古典詩歌研究彙刊

第六輯

龔鵬程 主編

第2冊

楚辭三九暨後世以九名篇擬作之研探（下）

高秋鳳著

　國家圖書館出版品預行編目資料

楚辭三九暨後世以九名篇擬作之研探（下）／高秋鳳 著 — 初

版 — 台北縣永和市：花木蘭文化出版社，2009〔民98〕

目 6+198 面：17×24 公分

（古典詩歌研究彙刊 第六輯：第 2 冊）

ISBN　978-986-6449-53-6（精裝）

1. 楚辭　2. 研究考訂

832.18　　　　　　　　　　　　　　　　　　98013859

ISBN - 978-986-6449-53-6

9 789866 449536

古典詩歌研究彙刊
第六輯　第 二 冊
　　　　　　　　　　　　ISBN：978-986-6449-53-6

楚辭三九暨後世以九名篇擬作之研探（下）

作　　　者　高秋鳳
主　　　編　龔鵬程
總 編 輯　杜潔祥
出　　　版　花木蘭文化出版社
發 行 所　花木蘭文化出版社
發 行 人　高小娟
聯絡地址　台北縣永和市中正路五九五號七樓之三
　　　　　　電話：02-2923-1455／傳眞：02-2923-1452
網　　　址　http://www.huamulan.tw 信箱 sut81518@ms59.hinet.net
印　　　刷　普羅文化出版廣告事業
初　　　版　2009 年 9 月
定　　　價　第六輯 25 冊（精裝）新台幣 35,000 元

楚辭三九暨後世以九名篇擬作之研探（下）

高秋鳳　著

目
次

下編：後世以九名篇擬作之探索

　　《楚辭》以其「驚采絕豔」「金相玉質」（《文心‧辨騷》語），成為中國文學史上唯一以諸侯國名立文學廟號者。〔註1〕而其對後世文學之影響，「甚或在《三百篇》之上」。《文心‧辨騷》云：「枚賈追風以入麗，馬揚沿波而得奇，其衣被詞人，非一代也。」又屈子之偉大人格及愛國氣節，與夫宋玉之懷才不遇，悲秋自憐，亦予後世文人莫大之感召。職是之故，後代擬騷之作，層出不窮。而〈九歌〉、〈九章〉、〈九辯〉，以其命題特殊，風貌各異，故而後之好騷者，尤喜以九名篇，創爲新作；或感懷屈宋故事，或藉之以洩一己鬱悶，間或以特愛楚聲，而爲遊戲之作者；然大抵皆有心人，有意之作，非無病呻吟也。

　　據姜亮夫先生《楚辭書目五種》著錄之以九名篇之作有崔琦〈九咨〉、服虔〈九憤〉、蔡邕〈九惟〉、曹植〈九詠〉、〈九愁〉、〔註2〕陸雲〈九愍〉、楊穆〈九悼〉、皮日休〈九諷〉、鮮于侁〈九誦〉、高似孫〈九懷〉、趙秉文〈黃河九昭〉、劉基〈九歎〉、王禕〈九誦〉、黃道周〈九繹〉、〈九齎〉、〈九訴〉、王夫之〈九昭〉、夏完淳〈九哀〉、尤侗〈九訟〉、凌廷堪〈九慰〉、王詒壽〈九招〉。〔註3〕今補入王逸章句所

〔註1〕　此華師仲麐於授文學理論研究課時所言。
〔註2〕　姜亮夫《楚辭書目五種》頁 421 標「〈九詠〉，魏曹植撰」而於目下附按語云：「子建別有〈九愁〉賦，體亦近騷。」
〔註3〕　以上見姜亮夫《楚辭書目五種》第三部紹騷隅錄。又饒宗頤《楚辭

收之王褒〈九懷〉、劉向〈九歎〉、王逸〈九思〉。並據翻檢類書、史書及各家文集，再補入陸喜〈九思〉、陸機〈九悲〉、陸雲〈九悲〉、〈九愁〉、張委〈九愍〉、黃伯思〈九詠〉、〈洛陽九詠〉、揭傒斯〈九招〉、劉基〈九難〉、何景明〈九詠〉、王夫之〈九礪〉及凌廷堪〈祀古辭人九歌〉，共計二十七家，三十六篇。(參見附錄三表一)

　　本編即據此二十七家、三十六篇作品分五章論述。其一，擬作作品及其作者綜述；其二，擬作作者與屈宋之關係；其三，擬作作品與三九；其四，擬作作品與「七」、「九」；最末則對擬作作品作一評價。

　　書錄》擬騷亦收崔琦〈九咨〉、服虔〈九憤〉、蔡邕〈九惟〉、楊穆〈九悼〉、皮日休〈九諷〉五篇，後續補又收曹植〈九詠〉、陸雲〈九愍〉、趙秉文〈黃河九昭〉、劉基〈九嘆〉、王褘〈九誦〉、夏完淳〈九哀〉、王夫之〈九昭〉、王詒壽〈九招〉等篇。

第一章　擬作作品及其作者綜述

　　鈴木虎雄《賦史大要》分賦史爲六期，其一騷賦時代（自屈宋至漢文景之間）；其二，古賦時代（自漢武帝至魏晉之交）；其三，駢賦時代（自晉宋至唐初）；其四，律賦時代（唐及宋初）；其五，文賦時代（宋代）；其六股賦時代（清代）。〔註1〕今以九名篇之擬作，既歷代迭出，且辭賦本不易分，而後之賦體又皆承《楚辭》而來，故爲論述方便計，乃參考《賦史大要》之分期，並略作改變，分四節，以略述以九名篇之擬作作品及其作者。其一，兩漢時期；其二，魏晉至唐時期；其三，宋金元時期；其四明清時期。

第一節　兩漢時期

　　兩漢爲古賦時代，斯時文人無不投注極大心力於賦體之創作。《楚辭》既爲賦體之前身，而漢賦又有「緣情託興」之家，〔註2〕故而當時以九名篇之擬作或所在不少。然以時久歲遠，亡佚必多。居今得窺全豹者，僅收入王逸章句之王襃〈九懷〉、劉向〈九歎〉、王逸〈九思〉。

〔註1〕　參見鈴木虎雄著殷石臞譯《賦史大要》第一篇第二章賦史時期之區分（正中版頁11）。

〔註2〕　劉師培《左盦集》卷八，《漢書‧藝文志》書後云：「屈平以下二十家，均緣情託興之作也，體兼比興，情爲裡而物爲表。」（《劉中叔先生遺書》頁1519）。

而蔡邕〈九惟〉，則僅餘殘文一段。至若崔琦〈九咨〉、服虔〈九憤〉，則僅見史籍著錄篇名，原文則渺不可知。以下即依時代順序，略論其人其作。

一、王褒與〈九懷〉

　　王褒字子淵，蜀郡資中（今四川資中縣）人。生年不詳，卒於宣帝神爵元年（西元前 61 年）。褒通音律，善歌詩。宣帝時益州刺史王襄薦其有逸才，上乃徵之。既至，應詔作〈聖主得賢臣頌〉。與張子僑等並為待詔。帝所幸宮館，輒為歌頌，議者多以為淫靡。後擢為諫議大夫。其後皇太子體不安，詔使褒等皆至太子宮中與之娛樂。褒乃朝夕誦讀奇文及己所作，至太子疾愈始歸。太子喜其〈甘泉頌〉及〈洞簫賦〉，令後宮貴人左右皆誦讀之。後方士言益州有金馬碧雞之寶，可祭祀得之。上乃使褒往祀，卒病死道中。褒文已開後世駢儷文學之端，其賦乃魏晉六朝賦之遠祖。《漢書‧藝文志》載：「王褒賦十六篇。」其作品今存〈聖主得賢臣頌〉（見《漢書》本傳）、〔註3〕〈九懷〉（見《楚辭》）、〈洞簫賦〉、〈四子講德論〉（見《文選》）、〈碧雞頌〉（見《後漢書‧西南夷傳》）、〈甘泉宮頌〉（見《藝文類聚》卷六十二）、〈僮約〉（見《藝文類聚》卷三十五）。〔註4〕

　　〈九懷〉在今本《楚辭》卷十五（釋文本之次為十一）。文前有王逸之序。序云：「〈九懷〉者，諫議大夫王褒之所作也。懷者，思也。言屈原雖見放逐，猶思念其君，憂國傾危而不能忘也。褒讀屈原之文，嘉其溫雅，藻采敷衍，執握金玉，委之汙瀆，遭世溷濁，莫之能識，追而憫之，故作〈九懷〉。」據此，則斯篇乃哀憫屈原而作。然就通篇觀之，雖是仿《楚辭》之作，似有以屈子口氣為文者，然亦有以屈原事迹為故實者（如〈尊嘉〉「伍胥兮浮江，屈子兮沈湘。」），且文

〔註3〕作品出處概以標出最早成書者為限。
〔註4〕王褒生平參見《漢書》卷六四本傳及《中國文學家大辭典》頁30、李曰剛先生《中國文學流變史（二）辭賦編》頁116、傅錫壬先生《新譯楚辭讀本》頁224。

中充滿遠遊遁世之思想，追憫屈原處不多，故所謂「追愍屈原」，亦僅及於有感於屈子之身世，而藉以抒一己之懷。全文分九章，各有分題，曰：〈匡機〉、〈通路〉、〈危俊〉、〈昭世〉、〈尊嘉〉、〈蓄英〉、〈思忠〉、〈陶壅〉、〈株昭〉，末則為亂辭。觀九章大意，可謂九篇一律，即先言世俗之善惡不分，己之遭讒受謗；次則言欲飄然遠舉；末則結以忽覩舊邦，不忍遽去，因思君憂國而愴然淚下。就內容言之，大抵仿〈離騷〉、〈九章〉；而就其形式言之，前八章為〈九歌〉句法，多為「二兮二」，或「三兮二」之句式，間有「三兮三」之句式。第九章則為〈懷沙〉句系，即「□□□□兮，□□□□」，亂辭亦為「三兮三」句式。全篇句式變化不多，如三、六、七、八、九章及亂辭，全章句式皆同，與屈宋之參差錯落比，略顯單調無致。然全篇多用排偶之句，已開後來駢儷文學之端。〔註5〕

二、劉向與〈九歎〉

劉向字子政，本名更生，豐（今江蘇豐縣）人。生於漢昭帝元鳳二年，卒於漢成帝綏和元年（西元前79年至西元前8年）。〔註6〕向為漢楚元王交四世孫，歷仕宣元成三朝。既冠，以行修飭，擢為諫大夫。是時，宣帝循武帝故事，招選名儒俊才，置於左右，向以通達經術，善為文章，與王褒、張子僑等並進對，獻賦頌凡數十篇。後因誤信方術家言，進淮南王書，言黃金可成，試之不驗，以是得罪，然帝奇其才，因得免死。元帝時，因宗室之親，而又忠直，明經術，有操行，升為散騎宗正給事中。數上封事，以陰陽休咎論時政得失，語甚切直。然因石顯專權，後遂廢十餘年。成帝立，乃復進用，拜為中郎，遷光祿大夫。後上詔向領校中祕書。向每校一書已，輒條其篇目，撮其旨意，錄而奏之。後又以向為中壘校尉。成帝時，外戚王氏專權，向以

〔註5〕　參見游國恩《楚辭概論》頁271～273及傅錫壬《新譯楚辭讀本》頁225、瞿兌之《中國駢文論》頁34。

〔註6〕　劉向生卒年有異說，此採錢大昕、吳榮光、錢穆、施之勉、徐復觀諸人之說。（詳見韓碧琴《劉向學述》第二章第一節劉向生卒考）。

為必危劉氏，屢上書切諫，帝知其忠誠，數欲擢為九卿，然不為王氏居官者所持，故終不遷，居列大夫官前後三十餘年，年七十二卒。「卒後十三歲而王氏代漢」。向為人簡易無威儀，廉靖樂道，專積於經術，不與世俗交，晝則誦書傳，夜則觀星宿，常達旦不寐。集一生精力整理編纂古籍，於中國學術貢獻甚大，平生著作頗夥，如《新序》、《說苑》、《列女傳》、〈洪範五行傳論〉等。《漢書‧藝文志》載：「劉向賦三十三篇。」今存〈九歎〉（見《楚辭》）、〈請雨華山賦〉（見《古文苑》）、〈高祖頌〉（見《漢書‧高祖紀》贊），又有〈雅琴賦〉、〈圍棋賦〉之殘文（見《全漢文》）及〈麒麟角杖賦〉、〈合賦〉等僅存其目者。（見《太平御覽》卷七百十）〔註7〕

　　〈九歎〉在今本《楚辭》卷十六（釋文之次為十三）。文前有王逸序。序云：「〈九歎〉者，護左都水使者光祿大夫劉向之所作也。向以博古敏達，典校經書，辯章舊文，追念屈原忠信之節，故作〈九歎〉。歎者，傷也，息也。言屈原放在山澤，猶傷念君，歎息無已，所謂讚賢以輔志，騁辭以曜德者也。」故而〈九歎〉乃劉向傷念屈原之作。通觀全文，或有代屈子立言者，或有以屈子為追愍對象而行文者，然皆為追敘屈子之身世感慨，故姜亮夫先生言其重覆屈子一生事跡最詳。（見《楚辭今繹講錄》頁106）全文分九章，即：〈逢紛〉、〈離世〉、〈怨思〉、〈遠逝〉、〈惜賢〉、〈憂苦〉、〈愍命〉、〈思古〉、〈遠遊〉。每章各有主題，要皆為抒遭讒見斥之憂，閔賢人不見用之悲。就形式言，本篇結構整齊，分九章，每章末均有「歎曰」以敘詩人之志，此亦「亂曰」之意。至若其句法，則大抵為〈離騷〉、〈九章〉句系，亦即以「六兮六」及「七兮六」之複句型式為主，兮字在不押韻句之末；而「歎曰」之句式亦同〈抽思〉、〈懷沙〉之亂詞，即以「四三兮」之句式為主，而於「兮」上之字押韻，例外在首章、末章均有二、三長達十二字之複句。

〔註7〕劉向生平參見《漢書》卷三十六本傳及韓碧琴《劉向學述》頁27、《中國文學家大辭典》頁33～34。

〈九歎〉雖為追敘閔懷屈子之作，然以向亦為宗親，又處國勢存亡之際，故其為文，常不自覺流露一己感懷。如〈離世〉章，一開始即連用五「靈懷」，的確能表現深沈之悲痛；而〈怨思〉一章，連用比喻，反覆申言忠賢之不見用，讒邪之反登壇堂，其所謂「孽臣之號咷兮，本朝蕪而不治。」豈非漢室之寫照？至若〈思古〉章前段迭用聯綿字，其描寫之佳，音節之美，具可見其文才。是以游氏許為稍有文學趣味。〔註8〕

三、王逸與〈九思〉

王逸字叔師，南郡宜城（今湖北襄陽縣南）人。約自東漢和帝永元初年至桓帝延熹初年間在世。（約西元89年至158年）安帝元初中，舉上計吏，為校書郎。順帝時，為侍中。王逸著《楚辭章句》一書行於世，又以為與屈原同土，故仿《楚辭》作〈九思〉一篇，附於章句之末。又著有賦、詩、書、論及雜文，凡二十一篇，及漢詩百二十三篇。其作品除〈九思〉收於《楚辭》外，尚有〈機婦賦〉（見《藝文類聚》卷六十五）及〈荔支賦〉（見《藝文類聚》卷八十七）等。〔註9〕

〈九思〉在今本《楚辭》卷十七（釋文之次亦第十七）。文前有序云：「〈九思〉者，王逸之所作也。逸南陽人，博雅多覽。讀楚辭而傷愍屈原，故為之作解。又以自屈原終沒之後，忠臣介士游覽學者，讀〈離騷〉、〈九章〉之文，莫不愴然，心為悲感，高其節行，妙其麗雅，至王褒、劉向之徒咸嘉其義，作賦騁辭，以讚其志，則皆列於譜錄，世世相傳。逸與屈原同土共國，悼傷之情，與凡有異，竊慕向、褒之風，作頌一篇，號曰〈九思〉，以裨其辭。」據此，則知〈九思〉乃逸因與原有同土共國之情，又慕王褒、劉向作〈九懷〉、〈九歎〉，以是而有斯篇之作。其文亦為哀悼追思屈子之作。全篇共

〔註8〕　參見游國恩《楚辭概論》頁273～275及傅錫壬先生《新譯楚辭讀本》頁249。
〔註9〕　王逸生平參見《漢書》卷八十上本傳及《中國文學家大辭典》頁54。

分九章，爲〈逢尤〉、〈怨上〉、〈疾世〉、〈憫上〉、〈遭厄〉、〈悼亂〉、〈傷時〉、〈哀歲〉、〈守志〉；末則亂曰六句。其各章分題乃仿〈九章〉、〈九懷〉、〈九歎〉，而結構則仿〈九懷〉，即九章外加亂曰一小段。其句式則採用〈九歌〉一系，即兮字在中之「二兮二」及「三兮二」之五字、六字句，間有七字、八字句。唯〈逢尤〉首二句「悲兮愁，哀兮憂」之三字句，則或仿〈七諫〉。其他無論內容、句式、結構均仿前人，無甚創意，復以取譬多惡物，故藝術價值不高。〔註10〕

四、崔琦與〈九咨〉及服虔與〈九憤〉

崔琦字子瑋，涿郡安平（今河北安平縣）人。在世年代約自漢和帝永元末年至桓帝延熹初年間（約西元 104 年至 158 年間）。琦少遊學京師，以文章博通稱。初舉孝廉爲郎。河南尹梁冀聞其才名，請與交。冀行多不軌，琦數引古今成敗以戒之，冀不能受，乃作〈外戚箴〉規諫之。不從，復作〈白鵠賦〉諷之，冀不能耐，因遣之歸。後除爲臨濟長，不敢就職，解印綬去。冀遂令刺客殺之。刺客見琦耕於陌上，懷書一卷，憩則臥而讀，頗欽之，以實告琦，琦乃逃亡，然終爲冀所捕殺。據《後漢書》本傳載，琦「著有賦、頌、銘、誄、箴、弔、論、〈九咨〉、七言，凡十五篇」。〔註11〕其〈九咨〉一篇，當爲擬《楚辭》之作，姜亮夫先生《楚辭書目五種》列入紹騷類（見頁 418），饒宗頤先生《楚辭書錄》亦有著錄（見頁 53），惜原文已佚。

服虔字子愼，初名重，又名祇，後改爲虔，河南滎陽（今河南滎陽縣）人。生卒年不詳，約漢桓、靈二帝間前後在世（約西元 168 年前後）。虔少以清苦建志，入太學受業，有雅才，善著文論，作《春秋左氏傳》，行之至今日。又以《左傳》駁何休之所駁漢事六十條。後舉孝廉，稍遷，中平末，拜九江太守。後免官，適遭亂離，因病

〔註10〕 參見游國恩《楚辭概論》頁 273、傅錫壬《新譯楚辭讀本》頁 265。
〔註11〕 崔琦生平參見《後漢書》卷八十〈文苑列傳〉及《中國文學家大辭典》頁 57。

卒於行旅中。《後漢書》本傳載:「所著賦、碑、誄、書記、連珠、〈九憤〉;凡十餘篇。」〔註12〕其〈九憤〉一篇亦為擬《楚辭》之作,姜氏《楚辭書目五種》列入紹騷類(見頁 418),饒氏《楚辭書錄》亦有著錄(見頁 53),然原文今已不可見。梁容若〈中國文學史上的偽作擬作與其影響〉一文謂其乃仿〈九章〉之作。

五、蔡邕與〈九惟〉

蔡邕字伯喈,陳留圉(今河南杞縣南)人。生於漢順帝陽嘉二年,卒於獻帝初平三年(西元 133 年至 192 年)。邕性篤孝,母嘗滯病三年,邕自非寒暑節變,未嘗解襟帶,不寢寐者七旬。母卒,廬于冢側,動靜以禮。與叔父從弟同居,三世不分財,鄉黨高其義。少博學,師事太傅胡廣。好辭章、數術、天文,妙操音律,又善鼓琴。閑居玩古,不交當世。建寧間,召拜郎中,校書東觀,遷議郎。邕因經籍文字多謬,熹平四年,乃與堂谿典、楊賜等奏定六經文字。邕乃自書冊鐫碑,立於太學門外,觀視及摹寫者,填塞階陌。會災異數見,應詔上封事,為程璜所構。詔下獄詰狀,論減死一等,與家屬髡鉗徙朔方,遇赦得還,亡命江海。後董卓辟之,稱疾不就,迫之始至。三日三遷,後拜左中郎將。卓被誅,邕在司徒王允坐,言之而歎,有動於色。允怒,收付廷尉。邕乞黥首刖足,繼成漢史,不許。士大夫多矜救之,不能得,遂死獄中。邕嘗撰集漢事,補列傳等數十篇,因李崔之亂,湮沒多不存。《後漢書》卷六十〈蔡邕列傳〉載其「所著詩、賦、碑、誄、銘、讚、連珠、箴、弔、論議、獨斷、勸學、釋誨、敘樂、女訓、篆埶、祝文、章表、書記,凡百四篇,傳於世。」今存《獨斷》二卷,為考訂典制之書,《蔡中郎集》十卷(四部叢刊初編《蔡中郎文集》),存碑、銘、誄等六十四篇,又集外詩文若干篇。〔註13〕

〔註12〕 服虔生平參見《後漢書》卷七九下〈儒林列傳〉及《中國文學家大辭典》頁 61。

〔註13〕 蔡邕生平參見《後漢書》卷六十本傳及《中國文學家大辭典》頁 63。

〈九惟〉一篇今本《蔡中郎集》未見，而《藝文類聚》卷三十五人部十九貧下引後漢蔡邕〈九惟〉曰：「八惟困乏……永離歡欣」一段。據此可推測〈九惟〉一篇，或爲九段文字合成，每段之首必爲一惟、二惟……。今觀八惟一段，但爲四字句，且不用兮字落句，而《藝文類聚》又屬之於「文」類，疑或非騷體。然姜氏書目以爲其「體製雖不似騷體，而志意固亦屈子之志意也。」故以之收入紹騷類中。（見頁 420）湯炳正《屈賦新探》亦云：「蔡邕寫有擬〈九章〉命名的〈九惟〉。」（見頁 129）就其命題及內涵言，當可歸入騷體。且八惟一段雖非騷體形式，而其他各段，今既已佚，或有以騷體爲之者，故本文亦將之收入。

第二節　魏晉至唐時期

魏晉至唐爲《楚辭》研究之中衰期，〔註14〕故併論之。魏晉至隋，文人之心力大多集中於新發展詩體之創作，如曹植、二陸之於五言詩。以是擬騷之風不如兩漢之盛。然亦有因身世、際遇同於屈宋而發爲騷體以抒懷者，如曹植之有〈九詠〉、〈九愁〉，二陸之有〈九悲〉、〈九愍〉。而陸雲〈與兄平原書〉有云：「又見作九者，多不祖宗原意，而自作一家之說。」〔註15〕足見當時以九名篇之擬作或亦不少，惜未能流傳於後。至若有唐一代乃詩之極盛時期，而韓柳之古文運動亦喧囂一時，當時文人或工古文，或精律絕，擬騷之作絕少矣！以是之故，有唐幾近三百年，今僅尋獲皮日休〈九諷〉一文耳。以下亦依時代先後爲序略論之。

一、曹植與〈九詠〉、〈九愁〉

曹植字子建，爲曹操之子，曹丕之弟。沛國譙（今安徽亳縣）人。生於漢獻帝初平二年，卒於魏明帝太和六年（西元 192～232

〔註14〕參見姜亮夫《屈原賦校註》序（華正版頁 4）。
〔註15〕見張溥《百三名家集》頁 2026。

年）。植年十餘歲，即能誦讀詩、論及辭賦數十萬言，且善屬文，下筆成章。其性簡易，不治威儀，輿馬服飾，不尚華麗。每進見，應答便捷，爲操寵愛。建安十六年，封平原侯。十九年，徙封臨淄侯。操征孫權，使植留守鄴都。植既以才見異，而丁儀、丁廙、楊脩等盡爲之用，操幾欲立爲太子。然植任性而行，不自彫勵，而丕則御人以術，矯情自飾，故遂定爲嗣。黃初元年，丕即位，誅丁儀、丁廙，且命植與諸侯並就國。二年，因監國謁者灌均之害，貶安鄉侯，又改封甄城侯。三年，立爲甄城王。四年，徙封雍丘王，朝京都，上疏並責躬、應詔詩。是時待諸國法峻，任城王暴薨。白馬王彪還國，欲同路東歸，監國使者不聽，發憤告離而作詩曰「謁帝承明廬」云云。七年，文帝崩。明帝太和元年，徙封浚儀。二年，復還雍丘，上書求自試。三年，徙封東阿。五年，上疏求存問親戚，復上疏陳審舉之義。六年，以陳四縣封爲陳王。植每欲求別見獨談，論及時政，幸冀試用，終不能得，以是悵然絕望，悒鬱以卒，年四十一。植自少至終，篇籍不離於手，前後所著賦、頌、詩、銘、雜論凡百餘篇。今有《曹子建集》十卷傳世。曹植之詩骨氣奇高，詞采華茂，其賦則婉麗而富情趣。以詩賦言，曹植實爲漢魏以來之卓然大家，其對後世詩壇之影響，可謂既深且遠。〔註16〕

〈九詠〉見《藝文類聚》卷五十六雜文部二賦下，〈九愁賦〉見《藝文類聚》卷三十五人部十九愁下。二文今皆收入《曹子建集》（四部叢刊本），〈九愁賦〉列於卷二，〈九詠〉則入卷九，列〈七啓〉之後。此或編輯者以爲〈九愁〉爲賦體，〈九詠〉乃騷體，故分列之。然觀〈九愁〉一文，雖標賦名，實亦擬《楚辭》之作。晁補之輯《變離騷》，並錄曹植之〈洛神賦〉、〈九愁〉及〈九詠〉。〔註17〕丁晏《曹集詮評》亦謂〈九愁賦〉乃「托體楚騷」（見卷一），姜氏書目亦云：

〔註16〕　曹植生平參見《三國志》卷十九〈魏書任城陳蕭王傳〉及丁晏《曹
　　　　集詮評・魏陳思王年譜〉、劉維崇《曹植評傳》。
〔註17〕　參見《濟北晁先生雞肋集》卷三十六〈變離騷序〉。

－243－

「子建別有〈九愁賦〉，體亦近騷。」（頁 421）以是與〈九詠〉並論之。

劉維崇《曹植評傳》以為〈九詠〉之風格、形式及內容，均法〈離騷〉（見頁 342）。是文以廣之遊女、楚之湘娥比喻國君，痛惜一己來時之不當，未及見君，是以傷痛萬分，泣下如雨，唯有效法屈子之從彭咸之所居，故結以「寧作清水之沈泥，不為濁路之飛塵。」就形式言，本文顯然分為兩段。前段採〈九歌〉句式，兮字在句中；後段則用〈九章〉句式，而去單句末之兮字。然末六句與〈九愁賦〉同，而《全三國文》及《曹集詮評》後皆附有與今本有別之〈九詠〉殘句若干，而明何景明亦有〈九詠〉之作，篇幅較長，竊疑本文或非全豹。〔註18〕

〈九愁賦〉先寫受讒被放而哀傷太息，續寫雖被放，然顧念先寵之隆，雖處危亡，仍無遠君之心。後接寫時俗之趨險，一己之孤獨，言己竟以忠見黜，長年離君，唯有藉遠遊抒憂，然顧念家邦，又不忍輕離。然一己既不能從邪循枉，唯有自棄於山野，與禽獸為伍，以山水為家。據此可知其內容乃仿〈離騷〉、〈九章〉。就其形式言，通篇皆為六字句，虛詞在第四字，例外僅為與〈九詠〉相同之「寧作清水之沈泥，不為濁路之飛塵」二句為七字句。雖其上句末無「兮」字，然句式似騷章句系，且亦無賦體習用之轉折詞，故而就內容、形式言，均為摹擬《楚辭》之作。

二、陸喜與〈九思〉

陸喜字恭仲，為陸雲之從兄，吳郡（今江蘇省吳縣）人。約生於吳景帝年間，卒於晉武帝太康中（西元 260～289 年）。〔註19〕喜仕吳，

〔註18〕 《全三國文》及《曹集詮評》輯錄〈九詠〉殘句達十多條，而《太平御覽》引〈九詠〉作〈九愁賦〉，而今本二文既有六句相同，疑其後半或有殘佚，而為抄錄者闌入〈九愁〉之文。

〔註19〕 《晉書》卷五四〈陸雲傳〉附陸喜，下並註「從父兄喜」，以是知其年長於陸雲。而於太康間即歿，而未聞早卒，則其年歲或大於陸機，

累遷吏部尚書。少有聲名，好學有才思。晉太康中以其貞潔好修，拜爲散騎常侍，尋卒。其著作近百篇，吳亡後又作《西州清論》，乃借諸葛孔明以行其書也。〔註20〕

據《晉書》卷五四載，喜著書近百篇，嘗爲自敘，其略曰：「劉向省《新語》而作《新序》，桓譚詠《新序》而作《新論》。余不自量，感子雲之《法言》而作《言道》，覩賈子之美才而作《訪論》，觀子政《洪範》而作《古今曆》，覽蔣子通〈萬機〉而作〈審機〉，讀〈幽通〉、〈思玄〉、〈四愁〉而作〈娛賓〉、〈九思〉，眞所謂忍愧者也。」據此則知陸喜有〈九思〉之作，而〈九思〉之文既仿〈幽通〉、〈思玄〉、〈四愁〉，則或爲擬《楚辭》之作，故併著錄之。

三、陸機與〈九悲〉及陸雲與〈九愍〉、〈九悲〉、〈九愁〉

陸機字士衡，吳郡（今江蘇省吳縣）人。生於吳景帝永安四年，卒於晉惠帝太安二年（西元261～303年）。機少有異才，文章冠世。年二十而吳滅，故閉門勤學，積有十年。慨吳之亡，作〈辯亡論〉二篇。太康末，與弟雲俱入洛，張華見之，曰：「伐吳之役，利穫二俊。」累遷太子洗馬。後爲趙王倫相國參軍，倫誅，賴成都王穎、吳王晏之救，得免罪，故委身事穎。太安初，穎與河間王顒起兵討長沙王乂，復以機爲河北大都督。機以三世爲將，又羈旅入宦，而頓居群士之右，故爲人所怨。終因宦者孟玖之誣，爲穎收殺，卒時僅四十三歲。機天才秀逸，辭藻宏麗，張華嘗謂之曰：「人之爲文，常恨才少，而子更患其多。」所著詩、賦、雜文凡三百餘篇。〔註21〕今有《陸士衡文集》十卷傳世（《四部叢刊》本）。陸機於文學史言，乃駢文之創始者，其〈文賦〉一文更爲文學批評之重要著作。

陸雲字士龍，陸機之弟。生於吳景帝永安五年，卒於晉惠帝太安

故列二陸前。
〔註20〕 陸喜生平參見《晉書》卷五四〈陸雲傳〉下。
〔註21〕 陸機生平參見《晉書》卷五四本傳及《中國文學家大辭典》頁121。

二年（西元 262～303 年）。雲六歲能屬文，性清正，有才理。少與兄
機齊名，雖文章不及機，而持論過之，號曰「二陸」。入洛後，一時
有「二陸入洛，三張減價」之謠。爲浚儀令，一縣稱其神明。郡守害
其能，屢譴責之，乃去官。百姓追思之，圖其形象，配食縣社。尋拜
吳王晏郎中令，累上書進諫。雲愛才好士，多所貢達。後入爲尙書郎、
侍御史、太子中舍人、中書侍郎。成都王穎表爲清河內史。穎晚節政
衰，雲屢以正言忤旨。逮機之敗也，並收雲。穎官屬江統、蔡克、棗
嵩上疏救之，以孟玖催殺，遂死，年四十二。雲爲文，詞藻麗密，旨
意深雅，所著文章三百四十九篇，又撰《新書》十篇。〔註22〕今有《陸
士龍文集》十卷傳世（《四部叢刊》本）。

　　陸雲〈與兄平原書〉曰：「雲今意視文，乃好清省，欲無以尙，意
之至此，乃出自然。張公在者必罷，必復以此見調，不知〈九愍〉不
多，不當小減。〈九悲〉、〈九愁〉，連日鈔除，所去甚多，才本不精，
正自極此，願兄小爲之，定一字兩字出之。」又曰：「嘗聞湯仲歎〈九
歌〉，昔讀《楚辭》，意不大愛之，頃日視之，實自清絕滔滔，故自是
識者。古今來爲如此種文，此爲宗矣！視〈九章〉時有善語，太類是
穢文，不難舉意，視〈九歌〉便自歸謝絕。思兄常欲其作詩文，獨未
作此曹語，若消息小佳，願兄可試作之。兄復不作者，恐此文獨單行
千載。」又曰：「兄文方當日多，但文實無貴於爲多，多而如兄文者，
人不厭其多也。屢視諸故時文，皆有恨文體成爾。然新聲故自難復過。
〈九悲〉多好語，可耽詠，但小不韻耳，皆已行天下，天下人歸高如
此，亦可不復更耳。」據以上三書觀之，陸雲曾作〈九愍〉、〈九悲〉、
〈九愁〉，而陸機似亦因雲之請，而有〈九悲〉之作。惜乎機之〈九悲〉，
雲之〈九悲〉、〈九愁〉，今皆不得見。今所存惟陸雲〈九愍〉一文耳。

　　〈九愍〉見《陸士龍文集》卷七騷類下。文前有作者自序云：「昔
屈原放逐，而〈離騷〉之辭興。自今及古，文雅之士，莫不以其情而

〔註22〕陸雲生平參見《晉書》卷五四本傳及《中國文學家大辭典》頁 122。

翫其辭，而表意焉，遂創作者之末而述〈九愍〉。」〈九愍〉乃模擬〈九章〉之作，每章各有小題。首章〈修身〉，先言屈子之世系、命名，繼寫其勤勉修身，然終因朋黨之疾，爲王所遺，是以願「沈思以自瘁，凌雲而高飛。」二章〈涉江〉言屈子遭讒被放而涉江，雖迭遭憂愍，旅途顛沛，仍不懊悔。三章〈悲郢〉，言屈子顧懷郢都，雖被放九年，仍繫心國事。四章〈紓思〉，〔註 23〕言屈子因歲暮而悲戚，慨嘆正當壯年，本應有所作爲，却因見放而無法一展長才。五章〈行吟〉，言屈子欲報國而無路可由，惟有退而修誠砥節，寧懷沙赴淵而不願抱素蒙辱。六章〈考志〉，言屈子之獨居無友，窮困憂思，並寫其雖欲從流，而爲己之貞志所不許，故惟有「明爽心以畢志，考吾道以自終。」七章〈感逝〉，寫因時令之變更，感歎生不逢辰，遭世多難，雖懷抱貞潔，而反蒙朋黨之譎。八章〈□征〉，先寫哀時命之險薄，故欲遠遊九閭，續寫神遊之境，末則以遠遊雖樂，然眷懷故土仍不免傷情作結。九章〈□□〉，〔註 24〕寫年冉冉既盈，思人生短暫，而樂少難多，居世既憂，寧自沈汨羅，效法申胥。就其句式言，全文以「□□□○□□，□□□○□□」之句法爲主，即上下聯均六字，第四字爲虛詞，此與騷章句系比，則僅少上聯末之「兮」字。而〈涉江〉、〈紓思〉、〈感逝〉三篇有亂，其亂之句式爲「□□□□，□□□兮」，韻腳在下聯兮字上，此與〈九章〉之〈涉江〉、〈懷沙〉、〈抽思〉之亂詞同屬〈橘頌〉句系。故就篇題、章題、內容、句式言，皆有意模仿〈九章〉也。

四、張委與〈九愍〉及楊穆與〈九悼〉

張委，爵里未詳，南朝宋人（西元 420～477 年左右）。〔註 25〕

〔註 23〕此從嚴可均校移。嚴氏所輯《全晉文》卷一百一陸雲〈九愍·紓思〉下案：「本集先〈行吟〉，後〈紓思〉，審觀〈紓思〉擬〈抽思〉，〈行吟〉擬〈懷沙〉，宋人重編誤倒耳，今依〈九章〉移正。」（見頁 2037）

〔註 24〕《全晉文》卷一百一下嚴可均曰：「此篇擬〈悲回風〉，宋刊本集誤認題在篇首，因刪去末一行，今無從校補。」（見頁 2038）

〔註 25〕嚴氏《全宋文》卷五十七案：「《御覽》列於顏延之後，殷琰前，知是宋人。」

《御覽》卷三五八兵部八九鑣下錄張委〈九愍〉曰:「映金箱之羽蓋,鳴玉衡之鸞鑣,望天路以振策,指萬里於崇朝。」文雖僅存四句,然就其內容言,似亦為擬騷之作,而其句式亦似騷章句式去上聯之「兮」字。

　　楊穆字紹叔,楊鈞之子,楊寬之兄,弘農華陰(今陝西華陰縣)人。魏永安中,除華州別駕。孝武末,寬請以澄縣伯讓穆,詔許之,仍拜中軍將軍,金紫光祿大夫,除車騎將軍,都督并州軍事,并州刺史,卒於家(約西元 530 年左右在世)。〔註26〕《隋書‧經籍志》四著錄:「《楚辭九悼》一卷,楊穆撰。」姜氏書目云:「按《四庫提要》云:『至宋已亡。』姚振宗云:『北周有楊穆,字紹叔,弘農華陰人,仕至并州刺史,不知是此人否?疑後漢梁竦作〈悼騷賦〉,北周楊穆為之注。』(見頁 429)饒氏書錄則云:「按審其書名,或為擬騷之製,姑列於此。」(見頁 53)〈九悼〉之文,今既不可見,從其標題,或可推測其為擬〈九章〉、〈悼騷〉之作,以是並錄之。

五、皮日休與〈九諷〉

　　皮日休字襲美,一字逸少,襄陽(今湖北襄陽縣)人。約生於唐武宗會昌年間,卒於唐僖宗中和初(約西元 843～883 年在世)。〔註27〕性傲誕,隱居鹿門山,嗜酒癖詩,號醉吟先生,又自稱醉士,言己天地之間氣,故號間氣布衣。咸通八年,登進士第,為著作郎,遷太常博士。時值末年,虎狼放縱,百姓手足無措,上下所行,皆大亂之道,遂作《鹿門隱書》六十篇,多譏切謬政。乾符喪亂,東出關為毗陵副使,陷黃巢軍中,巢惜其才,以為翰林學士,日休惶恐跼蹐,欲死未能,乃為讖文以惑眾。巢疑其懷恨諷己,遂殺之。臨刑,神色自若,知與不知皆痛惋也。日休在鄉里,與陸龜蒙交擬金蘭,日相贈和,自集所為文十卷,名《文藪》,及詩集一卷,《滑

〔註26〕楊穆生平參見《周書》卷二十二列傳第十四楊寬下。
〔註27〕皮日休生卒年據復文書局《新編中國文學史》。

臺集》七卷，又著《鹿門家鈔》九十卷，並傳於世。〔註28〕

　　〈九諷〉見於《皮子文藪》卷二，文前有〈系述〉一篇，即全篇之序言也。言屈平既放，作〈離騷經〉，「正詭俗而爲〈九歌〉，辨窮愁而爲〈九章〉。是後詞人摭而爲之，皆所以嗜其麗詞，撢其逸藻者也。至若宋玉之〈九辨〉，王褒之〈九懷〉，劉向之〈九歎〉，王逸之〈九思〉，其爲清愁素豔，幽抶古秀，皆得芝蘭之芬芳，鸞鳳之毛羽也。然自屈原以降，繼而作者，皆相去數百祀，足知其文難述，其詞罕繼者矣。」並怪王逸不以揚雄〈廣騷〉、梁竦〈悼騷〉爲〈離騷〉兩派。末言己作此文之動機曰：「吾之道不爲不明，吾之命未爲未偶，而見志於斯文者，懼來世任臣之君，因謗而去賢，持祿之士，以猜而遠德。故復嗣數賢之作，以九爲數，命之曰〈九諷〉焉。」〈九諷〉凡九章，亦爲屈子而作也。首章〈正俗〉，感歎風俗之澆薄，言己秉忠貞明哲之性，欲正俗撌邪，而讒人當政，奸佞在位，夫復何言！二章〈遇謗〉，言世俗之以白爲墨，以正爲非，而己之遭謗遇讒，即無路以自辨，惟沒齒而癆剌。三章〈見逐〉，先寫因靳尙、子蘭之讒而見逐，續寫遭放出國門之悲懷，末則以邪不容正，國人莫我知而欲訴帝於玉京作結。四章〈悲遊〉，言駐足於澧浦湘湄，觸景傷情，感嘆魂魄不能回返故都。五章〈憫邪〉，憫惜懷王之聽信讒臣，養虎爲患，以致客死咸陽。六章〈端憂〉，比屈子爲美人，寫其不見用之憂思。七章〈紀祀〉，言祠祀諸神，而神却不能易亂爲治，轉亡爲興，故將上訴於帝。八章〈捨慕〉，言己志潔如玉，却以興國佐王獲罪，而群小以美爲醜，以聖爲誣，處此濁世，惟有飄然遠逝，又何必懷此姦邪之故都。九章〈潔死〉，先寫堯舜之既死，而屈子亦以潔死，續以沅湘之景襯寫屈子之憂思，末以靈均之冤愁無人能解，唯盼來者以此爲鑒，勿致位於牙蘖。本文之句法，雜騷章、〈九歌〉句系，亦有如〈九辯〉之散文化者，句法變化較多，頗得騷歌參差錯落之美。

〔註28〕皮日休生平參見清辛文房《唐才子傳》卷八皮日休及《中國文學家大辭典》頁479。

第三節　宋金元時期

　　有宋一代之文學呈現極蓬勃之氣象，是時無論詩歌、散文、詞曲，皆有所創發。是以當其盛時，絕少擬騷之作，而及其國勢之衰也，方有忠貞志士，愛國文人，發爲擬騷之作。〔註29〕至若金、元兩代，或以異族入主，或以國祚短暫，故而擬騷之作亦極少。故而此期以九名篇之作，僅尋得鮮于侁〈九誦〉、黃伯思〈九詠〉、〈洛陽九詠〉、高似孫〈九懷〉、趙秉文〈黃河九昭〉、揭傒斯〈九招〉五篇，茲分論於下。

一、鮮于侁與〈九誦〉

　　鮮于侁字子駿，閬中（今四川閬中縣）人。生於宋眞宗大中祥符九年，卒於宋哲宗元祐二年（西元 1019～1087 年）。侁自少即莊重不苟，力學有文。年二十，登景祐五年進士。慶曆中，天下旱，詔求言，侁推災變所由興，又條當世之失有四，其語剴切。時王安石有重名，侁惡其沽激要君，乃上書論時政，專指安石。後陟副使，兼提舉常平。蘇軾稱其上不害法，中不廢親，下不傷民，以爲「三難」。時王安石、呂惠卿當路，正人多不容，侁所薦皆守道背時之士。蘇軾自湖州赴獄，親朋皆絕交，道揚，侁往見，臺吏勸其焚毀與軾往來之書文，侁以「欺君負友，吾不忍爲，以忠義分謫，則所願也。」後除集賢殿修撰，知陳州。元祐二年五月卒，年六十九。侁刻意經術，爲詩平澹淵粹，尤長於楚辭。著文集二十卷、《詩傳》二十卷、《周易聖斷》七卷、《典說》一卷、《治世黨言》七卷、《諫垣奏藁》二卷、《力筆集》三卷。〔註30〕

　　蘇軾〈書鮮于子駿楚詞後〉云：「鮮于子駿作楚詞〈九誦〉以示軾，軾讀之，茫然而思，喟然而嘆，曰：嗟乎！此聲之不作也久矣！雖欲作之，而聽者誰乎……今子駿獨行吟坐思，寤寐於千載之上，追

〔註29〕參見姜亮夫先生《楚辭書目五種》總目紹騷類即可知。
〔註30〕鮮于侁生平參見《宋史》卷三四四本傳、《宋人傳記資料索引》頁
　　　　4207、《淮海集》卷三十六〈鮮于子駿行狀〉。

古屈原、宋玉，友其人于冥寞，續微學之將墜，可謂至矣。」〔註31〕
宋許顗《許彥周詩話》云：「鮮于子駿作〈九誦〉，東坡大稱之，云友
屈宋於千載之上，觀〈堯祠〉、〈舜祠〉二章，氣格高古，自東漢以來
鮮及，前輩稱贊人，略緣實也。」〔註32〕據此可知鮮于侁之〈九誦〉
頗爲時人推崇，惜全文今未見，唯《淵鑑類函》卷一九八賦四十下錄
〈九誦·堯祠〉一章曰：「車轔轔兮廟塿……千萬年之不忘。」就其
分題及內容、形式言，〈九誦〉當爲擬〈九歌〉之作。

二、黃伯思與〈九詠〉、〈洛陽九詠〉

黃伯思字長睿，邵武（今福建邵武縣）人，生於宋神宗元豐二年，
卒於宋徽宗政和八年（西元 1079～1118 年）。自幼警敏，日誦書千餘
言。嘗夢孔雀集于庭，覺而賦之，詞采甚麗。甫冠，入太學，校藝屢
占上游。元符三年，進士高等。伯思好古文奇字，彝器款識，悉能辨
正。爲祕書郎，縱觀冊府藏書，至忘寢食，自六經及歷代史書、諸子
百家，天官地理、律曆卜筮之說，無不精詣。伯思頗好道家，自號雲
林子，別字霄賓。其學問慕揚雄，詩慕李白，文慕柳宗元。著有文集
五十卷，《翼騷》一卷，《東觀餘論》三卷。〔註33〕據陳振孫《直齋書
錄解題》、《宋史·藝文志》、焦竑《國史經籍志》、陳第《世善堂藏書
目錄》皆著錄伯思所撰《校定楚辭》十卷附《翼騷》一卷，〔註34〕則
其書至明仍存，今則僅存自序一篇（見《宋文鑑》九十二），其序言
屈宋之作名爲楚辭之因，說頗爲後世治《楚辭》學者所從。

《直齋書錄解題》卷十五《楚辭》類下著錄：「《校定楚辭》十卷，
《翼騷》一卷，〈洛陽九詠〉一卷。」解題曰：「秘書郎昭武黃伯思長

〔註31〕 見《東坡題跋》卷一（廣文書局影印汲古閣本）。
〔註32〕 見《許彥周詩話》頁 23（藝文百部叢書集成《百川學海》）。
〔註33〕 黃伯思生平見《宋史》卷四四三本傳，及李綱《梁谿先生全集》卷
　　　　一六八〈故祕書省祕書郎黃公墓誌銘〉。
〔註34〕 見《直齋書錄解題》卷十五，《宋史》卷二百八〈藝文〉七、《國史
　　　　經籍志》卷五頁 12、《世善堂藏書目錄》卷上經類末（頁 25）。

睿撰。其序言屈宋諸騷皆書楚語，作楚聲，紀楚地，名楚物，故可謂之楚辭……〈洛陽九詠〉者，伯思所作也。」又《東觀餘論》卷下有伯思自撰之〈跋九詠後〉，文曰：「洛陽王晉玉好文愛古，鑑裁殊高。予自爲此文，首以一通贈之。雖子淵〈九懷〉無以遠追靈均逸步，然休文〈郊居〉，欣遇王筠眞賞云。」又有〈跋洛陽九詠瞻上清後〉一文，曰：「右〈瞻上清〉一首，乃僕〈洛陽九詠〉之一也。因此碑秩有五君梧桲文，故書於帙右，欲考梧桲所以者，觀此可知也。政和元年八月初吉黃某書。」據二跋觀之，似伯思有〈九詠〉及〈洛陽九詠〉二作，疑〈九詠〉乃擬曹植〈九詠〉，而〈洛陽九詠〉觀其〈瞻上清〉之篇名可推知，或爲詠洛陽九處名勝之作，而其名勝當與佛道有關，且體式或擬〈九歌〉。

三、高似孫與〈九懷〉

　　高似孫字續古，號疎寮，餘姚（今浙江餘姚縣）人。南宋孝宗淳熙十一年（西元 1184 年）進士，歷官校書郎，徽州倅，處州守。少有俊聲，不自愛重。爲館職，上韓侂冑生日詩九首，皆暗用錫字，寓九錫之意，爲清議所不齒，知處州時尤多貪酷。其讀書以隱僻爲博，其作文以怪澀爲奇，至有甚可笑者，然詩猶可觀。著有《疎寮小集》、《剡錄》、《子略》、《蟹略》、《騷略》、《緯略》、《硯箋》、《文苑英華鈔》、《文選句圖》。〔註35〕其《騷略》一書共三卷，凡十八題，三十三篇，皆擬《楚辭》之作。《四庫全書總目提要》曰：「是編皆所擬騷賦，凡三十三篇。其後〈欸乃辭〉一篇，集杜甫詩八句、柳宗元詩四句爲之，殊纖詭也。」

　　〈九懷〉一文收於《騷略》卷一，文前有序言：「〈離騷〉不可學，可學者章句也，不可學者，志也。楚山川奇，草木奇，原更奇。原人高志高文又高。」以爲後人仿製者皆不及古人，並自許爲知原志者。

〔註35〕參見《中國人名大辭典》頁 877、《宋人傳記資料索引》頁 1755、《宋人軼事彙編》卷十八頁 894。

又言作〈九懷〉之因，曰：「越山川，曾識舜禹，作〈蒼梧帝〉，作〈思禹〉。又經句踐君臣，作〈越王臺〉，作〈鴟夷子皮〉。吳爲越所滅，失於棄胥也，作〈浙水府〉。始皇東游，以功被石，作〈秦游〉。王、謝諸人，殊鍾情於越，迄爲蒼生一起，作〈東山〉。其以德著于腏祠者，侑之歌，作〈江夫人〉，作〈嵷山雨〉，命之曰〈九懷〉。」其分題之下，皆注〈九歌〉諸題，如〈蒼梧帝〉下注「〈湘夫人〉」，〈思禹〉下注「〈湘君〉」，蓋〈蒼梧帝〉乃擬〈湘夫人〉，〈思禹〉擬〈湘君〉，〈越王臺〉擬〈東皇太一〉，〈鴟夷子皮〉擬〈雲中君〉，〈浙水府〉擬〈少司命〉，〈秦遊〉擬〈東君〉，〈江夫人〉擬〈大司命〉，〈東山〉擬〈河伯〉，〈嵷山雨〉擬〈山鬼〉，文止九篇，故無擬〈國殤〉、〈禮魂〉。其擬〈九歌〉，乃章模句擬，不僅內容相仿，且句數同，字數同，兮字位置亦同。僅少數句例外，此或其所見〈九歌〉版本與今本異。〔註36〕雖李之鼎謂其「規撫前人，薰香摘豔，自具鑪錘……高氏劬學尙古，上擬〈騷經〉，其學識誠加人一等矣！」（姜亮夫《楚辭書目五種》頁441引）然似此內容、形式均不脫前人窠臼者，亦僅止於賣弄學識，於創作言，乃徒拾香草之童蒙者矣！

四、趙秉文與〈黃河九昭〉

趙秉文字周臣，號閑閑老人，磁州滏陽（今河北磁縣）人。生於金海陵王正隆四年，卒於哀宗天興元年（西元 1159～1232 年）。幼穎悟，讀書若夙習。登大定二十五年進士第。明昌六年，入爲應奉翰林文字。太安元年（1209）出爲寧邊州刺史，三年改平定州，爲政一從寬簡。興定初，累拜禮部尙書。以身受厚恩，無以自效，願開忠言，

〔註36〕　〈浙水府〉擬〈少司命〉。〈少司命〉「夫人自有兮美子」，〈浙水府〉作「夫君兮以淵爲期」，兮字位置不同，然朱熹《楚辭集注・少司命》此句則作「夫人兮自有美子」。又「忽獨與余兮目成」作「將與余兮心傾」，「晞女髮兮陽之阿」作「舍余璫兮漁矼」。而後人斷爲〈河伯〉錯簡之「與女遊兮九河，衝風至兮水揚波」，高氏亦擬作：「一沐浴兮九江，水揚波兮淙淙。」

廣聖慮，每進見從容爲上言：「人主當儉勤、愼兵刑，所以祈天永命者。」哀宗即位，改翰林學士，進《無逸直解》、《貞觀政要》、《申鑒》各一通。天興改元正月，汴京戒嚴，上命秉文爲赦文，以布宣悔悟哀痛之意。秉文指事陳義，辭情俱盡。時年已老，日以時事爲憂，雖食息頃不能忘。每聞一事可便民，一士可擢用，大則拜章，小則爲當路者言，殷勤鄭重，不能自已。三月，草開興改元詔，閭巷間皆能傳誦。洛陽人拜詔畢，舉城痛哭。是年五月卒，年七十四。秉文爲人至誠樂易，與人交不立崖岸，未嘗以大名自居。仕五朝，官六卿，自奉養如寒士。自幼至老未嘗一日廢書，著《易叢說》十卷，《中庸說》一卷，《揚子發微》一卷，《太玄箋贊》六卷、《文中子類說》一卷，《南華略釋》一卷，《列子補注》一卷，《刪集論語、孟子解》各十卷，《資暇錄》十五卷，所著文章號《滏水集》者三十卷。其文出於義理之學，故長于辨析，極所欲言而止，不以繩墨自居。七言長詩，筆勢自放，不守一律。律壯麗，小詩精絕，多以近體爲之。至五言古詩，則沈鬱頓挫，似阮嗣宗，眞淳簡淡似陶淵明。〔註37〕

　　〈黃河九昭〉一文見《閑閑老人滏水集》卷一。本文乃大安元年（1209）秉文出守寧邊，下臨大河，登高望遠，有感而作。文分九章，曰：〈發源〉、〈狀流〉、〈化道〉、〈通塞〉、〈匡俗〉、〈避礙〉、〈鍾粹〉、〈入海〉、〈通天〉。蓋以爲黃河「崑崙道之，發聖源也；積石迤之，狀聖流也；龍門跂之，賢化道也；仙掌綺之，智通塞也；屹以砥柱，匡失俗也；障以大坯，避諸礙也；匯以大陸，鍾道粹也；播以九河，入聖海也，授以馬圖，道通天也。」（見〈黃河九昭〉自序）其德性頗與聖人之道相合，故作〈九昭〉一文，以思聖道之昭。其內容大抵如序所言。就其句式觀之，則本文不僅雜用騷章、〈九歌〉句法，且〈入海〉一章乃仿〈招魂〉，〈通塞〉前數句則類散文句法。而〈避礙〉章有孺子歌曰，及歌曰兩段；〈通天〉篇末有「亂曰」總結全文；凡

〔註37〕參見元好問撰〈趙公墓誌銘〉（見《閑閑老人滏水集》附）及《金史》卷一百十列傳第四十八本傳，及《中國文學家大辭典》頁760。

此皆仿〈九章〉。至若其思想、造語則除受《楚辭》影響外，顯受儒道諸家影響。如〈發源〉云：「日道有象兮，無其形，其下無尾兮，其上無根。」〈避礙〉云：「深則厲淺則揭兮，冬日羔裘夏葛製兮。遇坎則止，乘流逝兮。先師是言，歎棠棣兮。」

五、揭傒斯與〈九招〉

　　揭傒斯字曼碩，龍興富州（今江西豐城縣）人。生於元世祖至元十一年，卒於惠宗至正四年（西元 1274～1344 年）。傒斯幼貧，讀書尤刻苦，早有文名。大德間，湖南帥趙淇，雅號知人，見之驚曰：「他日翰苑名流也。」延祐初程鉅夫、盧摯薦于朝，特授翰林國史編修官。凡三入翰林，朝廷之事，臺閣之儀，靡不閑習。天曆初，開奎章閣，首擢爲授經郎，以教勳戚大臣子孫。文宗時，頗受親重。與修經世大典，文宗取其所撰憲典讀之，比爲唐律。順帝時，累遷翰林侍講學士。至正三年，詔修遼、金、宋三史，傒斯爲總裁官，凡政事得失，人材賢否，一律以是非之公，至於物論之不齊，必反覆辯論，以求歸於至當而後止。四年，遼史成，有旨獎諭，仍督早成金、宋二史。傒斯留宿史館，朝夕不敢休，因得寒疾，卒於官。追封豫章郡公，諡文安。傒斯少處窮約，事親甚孝，平生清儉，至老不渝；友于兄弟，終始無間言。立朝雖居散地，而急於薦士，揚人之善惟恐不及，而聞吏之貪墨病民者，則尤不曲爲之撝覆。著有《文安集》十四卷，其文章，敘事嚴整，語簡而當，詩尤清婉麗密。〔註 38〕

　　〈九招〉一文，見《揭文安公全集》卷十四雜文下。其文有小題曰：「爲故嗣漢三十八代天師張留公作。」因原文殘佚不少，全豹難闚，然從其韻腳觀之，本文似分九段。首段言眞人之逝乃厭世之濁穢，欲上游乎太空。以下數段即申言太空之遊雖好，然希冀仙之歸來，以助保下民。末則點出天師乃留侯後裔，世承烈而紹休，復再申冀其歸來之意。就其形式言，本文乃採騷章句法。又其每段之末，往往以「仙

_____

〔註 38〕揭傒斯生平參見《元史》卷一八一本傳。

其歸兮」,「仙不歸兮」致意,頗有〈招魂〉「魂兮歸來」之意。其篇命曰「九招」,或以文擬〈九章〉、〈招魂〉之意乎!

第四節　明清時期

明清二世擬騷之作頗多,此除因時代較晚,書籍保存較易外,抑其文風及時局世勢有以致之。蓋元末板蕩,有志之士無不傷亂愍離;而明之末季,異族入侵,忠臣烈士無不悲憤填膺。或憂生之哀苦,或懼國之危亡,蓋與屈宋有同慨之悲,故而發為擬騷之作者尤多。又,有明一代摹擬復古之風盛,而有清一代則舊體文學之總結。故自兩漢迄今所見以九名篇之作,或就作者人數言,或就作品篇數言,皆以此期為最夥。斯時以九名篇之作有劉基〈九嘆〉、〈九難〉,王褘〈九誦〉,何景明〈九詠〉,黃道周〈九繹〉、〈九鼇〉、〈九訴〉,王夫之〈九昭〉、〈九礪〉,夏完淳〈九哀〉,尤侗〈九訟〉,凌廷堪〈祀古辭人九歌〉、〈九慰〉,與夫王詒壽〈九招〉,共計九人十四篇。以下即分別論述之。

一、劉基與〈九嘆〉、〈九難〉

劉基字伯溫,青田(今浙江青田縣)人。生於元武宗至大四年,卒於明太祖洪武八年(西元 1311~1375 年)。基幼穎異,元至順間,舉進士,除高安丞,有廉直聲。後棄官歸青田,著《郁離子》以見志。及太祖定括蒼,聘至金陵,陳時務十八策。佐太祖滅陳友諒,執張士誠,降方國珍,北伐中原,遂成帝業。授太史令,累遷御史中丞。諸大典制,皆基與李善長、宋濂計定。封誠意伯,以弘文館學士致仕。基佐定天下,料事如神。性剛嫉惡,與物多忤,致為胡惟庸所構,憂憤而卒,年六十五。正德中,追諡文成。基虬髯,貌修偉,慷慨有大節,論天下安危,義形於色。帝察其至誠,任以心膂。每召基,輒屏人密語移時。基亦自謂不世遇,知無不言。遇急難,勇氣奮發,計畫立定,人莫能測。暇則敷陳王道,帝每恭己以聽,帝呼為老先生而不名,曰:「吾子房也。」基博通經史,尤精象緯之學,所為文章,氣

昌而奇，與宋濂並爲一代之宗。其詩沈鬱頓挫，自成一家。著有《誠意伯文集》二十卷，含《郁離子》四卷、《覆瓿集》十卷、《寫情集》二卷、《春秋明經》二卷、《犁眉公集》二卷；又有《國初禮賢錄》並行於世。〔註39〕

〈九嘆〉在今本《誠意伯文集》卷九騷類下。〈九嘆〉凡九首，未有分題，其大義「第一首傷世路之難也，第二首悲己德之不進也；第三首悲無所適從也，第四首悲無與爲鄰也；第五首悲世變之急也；第六首悲是非之不明也；第七首悲兇殘之不可爲也；第八首悲所用之非其宜也；第九首思歸隱以樂其天而無求也。」〔註40〕本文篇題與劉向〈九歎〉同，或誠意伯有意如此作也。然就其形式言，無分題，末無歎曰，亦與劉向之〈九歎〉有異。至若其句法則雜用騷章、〈九歌〉句系。其第一、四、五、七、九等首，大抵以〈山鬼〉、〈國殤〉之「三兮三」之七字句爲主。其他諸首則類〈懷沙〉句法，變化頗多，音節短促。

又《四部叢刊》本《誠意伯文集》卷四有〈九難〉一文，收入《郁離子》中。「《郁離子》者，誠意伯劉公在元季時所著之書也。」〔註41〕全文分九章，加前序一段，則共十首。寫郁離子隱居山中，而隨陽公子欲招之。首章招以歌舞峻宇，二章招以佚遊燕樂，三章招以財貨重寶，四章以富與貴招之，五章以辯士之縱橫馳騁招之，六章以軍旅之事招之，七章以眞人至樂招之，八章以神仙長壽招之。然郁離子皆不願也。末章則郁離子告以己志，乃「講堯禹之道，論湯武之事；憲伊呂，師周召；稽考先王之典，商度救時之政。明法度、肄禮樂，以待王者之興。」於是公子赧然，欲以郁離子爲師。由此可知本文乃劉基借賦體以說先王之教，從中亦可見其生於亂世，期待王者興起之心志

〔註39〕劉基生平參見《明史》卷一二八列傳第十六本傳及《中國文學家大辭典》頁 955。
〔註40〕見姜亮夫《楚辭書目五種》頁 444。
〔註41〕見徐一夔〈郁離子序〉（收入《誠意伯文集》卷首）。

矣！至若其文之首序末結，中之招辭則極盡鋪排能事，則其體製極似〈七發〉也！

二、王禕與〈九誦〉

王禕字子充，義烏（今浙江義烏縣）人。生於元英宗至治元年，卒於明太祖洪武五年（西元 1321～1372 年）。幼敏慧，及長，身長嶽立，屹有偉度。師柳貫、黃溍，遂以文章名世。覩元政衰敝，爲書七八千言上時宰。明太祖下婺州，與宋濂同徵，受署中書省掾，商略機務。命採故實爲四言詩，授太子。江西平，禕獻頌，太祖喜曰：「江南有二儒，卿與宋濂耳。學問之博，卿不如濂；才思之雄，濂不如卿。」旋授江南儒學提舉司校理，累遷侍禮郎，掌起居注，出爲南康府同知。太祖將即位，召還，議禮，坐事忤旨，出爲漳州府通判。時以刑亂用重，賦額逾制，人莫敢言，禕首上疏言祈天永命之要，在以忠厚存心，以寬大爲政。洪武二年召修元史，與宋濂俱爲總裁。禕史事擅長，裁煩剔穢，力任筆削。書成，擢翰林待制。五年正月議招諭雲南，命禕齎詔往。會元遣脫脫徵餉，脅王必殺禕，遂遇害。建文中，諡文節；正統中，改諡忠文。禕學有原本，兼優謀略，懷抱忠義，而不究所用，天下措之，所著有《王忠文公集》二十四卷，及《大事記續編》。〔註42〕

〈九誦〉一文，見於《王忠文公集》卷十六。文前有序曰：「余癸卯之歲（即元順帝至正二十三年，西元 1363 年），荐嬰禍患，哀感并劇，情有所不任，撫事觸物，輒形於聲，蓋彷彿乎〈離騷〉之作，而其情猶〈巷伯〉、〈蓼莪〉之義焉爾。先是庚寅之春，去國而歸，戊戌之冬，避兵以走，中間悲苦之詞，往往而在，合而次第之，得九篇，取〈九章〉、〈惜誦〉之語，題之曰〈九誦〉。」於此可見此文確爲有感而作，斷非無病呻吟也。全文分九章。首章〈遠遊〉，言己以醒醨爲羞，

〔註42〕王禕生平參見《明史》卷二八九列傳一七七忠義一本傳及王崇炳〈王忠文公傳〉一文（收入《王忠文公集》卷首）。

故年方壯而好遠遊，然遊抵京師，思見君訴懷，惜君門九重，不能上聞，唯有退修初服，以求志為賢。二章〈皇天〉，言皇天至仁，化造萬物，而人秉天地之粹純，獨衣冠乎厥身，惜弗能保此天衷而違天自棄，以致遭災遘禍。己惟有潔身自愛，並指天為正，誓必為善，以求毋忝所生。三章〈世運〉，言世運推移，治亂無常，今干戈並起，民不聊生，已達一紀，仰望蒼天，冀能亂極復治。四章〈哀古人〉，章名哀古人，實哀今之人。首以「哀吾不及古人之兮，胡乃遘茲亂離」點題，繼而寫戰亂流離之苦，末則以生死有命自寬。五章〈皇綱〉，寫皇綱弛廢，民生痛苦，己為貧為養而恥就簿書，然猶遭謗讟，惟反躬自責，順命委生。六章〈戎葵〉，言睹戎葵之向榮，而傷己之不類。並援引史事，歷述賢聖雖受辱而能自奮脫困，己為掾受辱，惟撫躬自悼，又何怨乎人。七章〈崦嵫〉，言己因生活奔走，未能承歡膝下，而嚴親已薄崦嵫，心常惶懼。今遽接訃音，所憂成實，恨己之不孝，雖死何惜，然徒死無補，惟有立誓揚名顯親，庶可稍贖罪愆。八章〈瞻烏傷〉，〔註43〕寫瞻望故鄉烏傷，思及鄉賢顏烏之孝行，感百行以孝為先，而己弗致之。嚴親見背，此〈蓼莪〉之思，何日能忘？九章〈□□〉，〔註44〕寫忠孝為大節所繫，己夙有志於邦國，然歲月忽逝，懼沒沒無聞，又寫家禍旋集，嚴親棄世，惟即死為所，然所以忍死苟活，為冀望有所成就。就形式言，本文大抵擬〈九章〉，除〈瞻烏傷〉探〈橘頌〉句法外，其餘各篇皆為騷章句式而〈世運〉章之亂詞句法則與〈懷沙〉之亂同。〈戎葵〉有少歌、倡、亂則仿〈抽思〉。

〔註43〕姜氏書目頁477言王褘〈九誦〉分「〈遠遊〉、〈皇天〉、〈世運〉、〈哀古人〉、〈皇綱〉、〈戎葵〉、〈崦嵫〉、〈瞻烏〉、〈傷□□〉」九篇。然考金華叢書《王忠文公集》卷十六頁11云：「右瞻烏傷」，且此章首句即云：「瞻望烏傷，吾故鄉兮。」末又有：「邑以是名曰烏傷。」而《讀史方輿紀要》卷九十三浙江五金華府義烏縣下云：「漢為會稽郡之烏傷縣，以秦時孝子顏烏傷其父而名。」以是知此章名曰「瞻烏傷」，姜書之誤為「瞻烏」，或偶疏忽，或手民誤植，則不敢妄斷。
〔註44〕姜氏書目作「傷□□」，或誤，已見前註。此原文題已佚。

三、何景明與〈九詠〉

　　何景明字仲默，信陽（今河南信陽縣）人。生於明憲宗成化十九年，卒於武宗正德十六年（西元 1483～1521 年）。弘治十五年進士，授中書舍人。與李夢陽輩倡詩古文，夢陽最雄駿，景明稍後出，相與頡頏。十八年奉敬皇哀詔下雲南，雲南君長及中貴人咸請題詠。比還，饋遺犀象珍貝，悉謝不受。正德改元，劉瑾竊柄，上書吏部尚書許進，勸其秉政毋撓，語極激烈。已，遂謝病歸。踰年，瑾盡免諸在告者官，景明坐罷。瑾誅，因李東陽薦，起故秩，直內閣制敕房。李夢陽下獄，眾莫敢為直，景明上書吏部尚書楊一清救之。九年，乾清宮災，上疏言義子不當畜，邊軍不當留，番僧不當寵，宦官不當任，語頗激切。錢寧欲交驩，以古畫索題，景明留一年，終不與題。十三年，擢陝西提學副使。其教諸生，專以經術世務，遴秀者於正學書院，親為說經，不用諸家訓詁，士始知有經學。嘉靖初，引疾歸，未幾卒，年三十九。景明志操耿介，尚節義，鄙榮利，與夢陽並有國士風。兩人為詩文，初相得甚歡，名成之後，互相詆諆。夢陽主摹倣，景明則主創造，各樹堅壘不相下。說者謂景明之才本遜夢陽，而其詩秀逸穩稱，視夢陽反過之。然天下語詩文必並稱何、李，又與邊貢、徐禎卿並稱四傑。著有《大復集》三十八卷與《雍大記》、《大復論》並行於世。〔註45〕

　　〈九詠〉一文見《大復集》卷三。其篇名與曹植〈九詠〉同，亦無分題；內容則擬〈九歌〉，亦言祭祀之事。首述祭堂之美、祭品之富，繼言神來時，歌舞之盛況，而後寫神去後，巫之往四方上下訪尋靈之踪迹，而終不可得，末則以下土幽暗嶮巇，需賴靈之照臨為結。就其句式言，前數段皆為〈九歌〉句法，即兮字在句中，而於兮字前後疊以二、三字之句法，大抵以「三兮二」及「三兮三」之句式為主，其末段則句法一變，將「兮」字，代以「之、而、以」等虛字，此或亦有意模擬〈九詠〉。

〔註45〕何景明生平參見《明史》卷二八六列傳一七四文苑二及《中國文學家大辭典》頁 1079。

四、黃道周與〈九繹〉、〈九懟〉、〈九訴〉

　　黃道周字幼玄，一字螭若，號石齋，漳浦（今福建漳浦縣）人。生於明神宗萬曆十三年，卒於清世祖順治三年（西元 1585～1646 年）。少貧，不能從師，其學多出於父母。少小即善攻苦，尚氣節，賤流俗，直以行王道，正儒術爲己任。年十四，便慨然有四方之志。天啓二年進士，授編修，爲經筵展書官。故事，必奉書膝行而進，道周以講筵道尊，不宜有此，遂平步進，魏忠賢目攝之，不能難。後告歸。崇禎二年進右中允，三疏救故相錢龍錫，因而降調。五年正月方候補，遘疾求去。瀕行上小人勿用疏，蓋刺溫體仁、周延儒。上怒，乃削籍歸。遂講學於大滌、紫陽等書院。八年復故官。十年，因久旱，日內繫兩尚書，上疏請慎喜怒以回天，復上求言省刑疏。帝怒，嚴旨切責。十一年，廷推閣臣，帝用楊嗣昌等，道周乃草三疏劾之。道周守經，失帝意。及奏對，又不遜，帝怒甚，欲加重罪，憚其名高，貶江西按察司照磨。久之，以巡撫解學龍推奬故，觸帝怒，削二人籍，下刑部獄，責以黨邪亂政，黃文煥、陳天定等並繫獄，遂謫戍廣西。十五年復故官，以病歸。福王時拜禮部尚書。南都亡，唐王以爲武英殿大學士。是時國勢衰，政歸鄭芝龍。鄭氏恃恩觀望，不肯一出關募兵，道周請自往江西圖恢復，所至遠近響應。率師至婺源，與清師遇，戰敗被執，幽別室中，囚服著書，後抗節不屈死，年六十二。諡忠烈。道周以文章風節高天下，嚴冷方剛，不諧流俗。「文章雄偉，博麗而勁，正如其詩，詩如其字，字如其人。」〔註46〕其學貫古今，所至學者雲集。精天文、曆數、皇極諸書。著有《洪範明義》、《月令明義》、《儒行集傳》、《緇衣集傳》、《易象正》、《三易洞機》、《孝經大傳》、《坊記集傳》、《表記表傳》、《續離騷》、《謇騷》等書。〔註47〕

〔註46〕見邵懿辰〈題黃忠端公《謇騷》卷後語〉（收入《半巖廬遺文》卷二，姜氏書目頁 454 引）。

〔註47〕黃道周生平參見《明史》卷二五五本傳及莊起儔〈漳浦黃先生年譜〉、洪思〈黃子傳〉（見《黃漳浦集》卷首）。

〈九繹〉、〈九盭〉、〈九訴〉三文並見《黃漳浦集》卷三十六。〈九繹〉凡十一章，〈貴者延〉第一，〈大藥〉第二，〈巫咸告〉第三，〈以難〉第四，〈知不及〉第五，〈荃之顧〉第六，〈下土不可居〉第七，〈江潭〉第八，〈戮赤菀〉第九，〈黃農沒〉第十，〈惜將來〉第十有一，末有亂詞。其亂詞曰：「余何瞻顧兮，遠不得正兮。君子履艱，不得言命兮。憂繭厥中，語曷竟兮。堅固余秉兮，執以爲信兮。或以諒之，冀有定兮。」據此則知本篇蓋寫固守善道，而履艱困頓之憂思。〈九盭〉，亦十一章：〈迷九逵〉第一，〈邇菑〉第二，〈在野〉第三，〈利用折〉第四，〈假余〉第五，〈胡不適〉第六，〈石髮〉第七，〈不祥〉第八，〈羽人來〉第九，〈曷渡海〉第十，〈來胡遲〉第十有一，後結以亂。此篇蓋萬曆三十五年，道周二十三歲時，父喪既殯而作。〔註48〕其亂曰：「烏棲於庭，君則諱兮。」「子不克職，爲親累兮。」蓋念親侘傺負奇，而己又未能克盡子職，故憂愁憤鬱，發而爲文。〈九訴〉，凡九章：〈帝無臣〉第一，〈大司命〉第二，〈少司命〉第三，〈偓佺〉第四，〈山鬼〉第五，〈龍女〉第六，〈三尸〉第七，〈東華帝子〉第八，〈諾皋將軍〉第九，末亦結以亂。其亂曰：「天門以幽不可方，聲高以邈神哉襄，神哉蹇蹇霓雜纕。矯予美好不得勠，持人以怒中齎嚴。望而不躋何躕躕，脩絜以誠冀有明。晉矣不征誰爲臧，東風離離余將行。」全篇蓋仿〈九歌〉之祀神曲也。就其形式觀之，〈九繹〉以〈九歌〉句系爲主，又雜〈懷沙〉句法及〈漁父〉、〈卜居〉之散文化句法。〈九盭〉則全爲〈九歌〉句系。〈九訴〉則僅有一句散文句法，其餘皆〈九歌〉句系。以是知〈九繹〉、〈九盭〉、〈九訴〉三篇爲擬〈九歌〉之作。全文以「三兮三」之句式爲多。至若其亂詞之形式，則〈九繹〉乃句句用兮字收尾，〈九盭〉則採〈橘頌〉句系，〈九訴〉則似七言古詩。

〔註48〕洪思〈漳浦先生年譜〉載：「（神宗萬曆三十五年）夏四月，丁外艱，念其親侘傺，未能自直，負奇以死。又值艱難，委命於空山，親戚乖離，無以自振，窮至不能爲喪，雖欲自比湘纍，又何過焉。故憂愁憤鬱而續〈離騷賦〉，作〈離疚經〉。既殯，作〈九盭〉。」（見《黃漳浦集》卷首莊起儔〈漳浦黃先生年譜〉卷上頁6引）。

五、王夫之與〈九昭〉、〈九礪〉

　　王夫之字而農，號薑齋，衡陽（今湖南衡陽市）人。生於明神宗萬曆四十七年，卒於清聖祖康熙三十一年（西元 1619～1692 年）。崇禎十五年，與兄介之同舉鄉試。張獻忠陷衡州，招授偽官，乃匿南嶽。賊執其父為質，夫之引刀自刺。舁往易父，父子俱得脫。清兵入關後，繼續南侵，南明宏光王覆滅。夫之眼見民族危亡，遂投袂奮起，於衡山組織義軍，響應桂王，共同抗清。後以瞿式耜薦於桂王，授行人。時國勢岌危，諸臣仍日相水火。夫之說嚴起恆救金堡等，又三劾王化澄，化澄欲殺之。聞母病，間道歸。明亡，益自韜晦。歸居衡陽之石船山，築土室曰觀生居，杜門著書授徒，學者稱船山先生。康熙間，吳三桂僭號於衡州，有以勸進表相屬者，夫之曰：「亡國遺臣，所欠一死耳，今安用此不祥之人哉！」遂逃入深山，作〈袚禊賦〉以示意。三桂平，郡守餽粟帛請見，以疾辭。未幾，卒，葬大樂山之高節里，自題墓碣曰：「明遺臣王某之墓」。夫之論學，以漢儒為門戶，以宋五子為堂奧，其所作《大學衍》、《中庸衍》，皆力闢致良知之說，以羽翼朱子。於張載《正蒙》一書，尤有神契。其著作甚夥，惜或有散佚，今有《船山全集》三百餘卷傳世。其《楚辭通釋》一書，乃藉注釋《楚辭》以發洩其社稷淪亡之痛。傅熊湘《離騷章義》自序曰：「王船山抱亡國之痛，發憤著書，作為《楚辭通釋》，孤心髣髴，宜較諸家為精。」（姜氏書目頁 255 引）是書今收入《船山全集》中，亦有單行本問世。〔註49〕

　　〈九昭〉一文見《楚辭通釋》卷末，文前有序曰：「有明王夫之，生於屈子之鄉，而邁閔戢志，有過於屈者，爰作〈九昭〉而敘之曰：『僕以為抱獨心者，豈復存於形埒之知哉！故言以奠聲，聲以出意，相逮而各有體。聲意或留，而不肖者多矣。況敘事徵華於經緯者乎？故以宋玉之親承音旨，劉向之曠世同情，而可紹者言，難述者意。

―――――――――――――――――――――――――――――――
〔註49〕王夫之生平參見《清史稿》卷四八○列傳二六七儒林一本傳及里仁　　　書局《楚辭通釋》前言。

意有疆畛，則聲有判合。相勸以貌悲，而幽響之情不宣，無病之譏，所爲空群於千古也。聊爲〈九昭〉，以旌三閭之志。』據此可知其確有以屈子自況者。全文九章皆代屈子立言，而亦隱寓一己之孤憤也。首章〈汩征〉，述屈子始遷於江南，覽河山之異而興悲。二章〈申理〉，乃追思往事，自信忠貞，而君惑於險陂之說，終不我從；後悔未能直揭讒人奸慝，致留禍根以蔓延。三章〈違郢〉，言郢都山川之美，人物之盛，雖經喪亂而不損，實爲先君生聚之積，而今郢都陷落，目送江山，徒留餘恨。四章〈引裹〉，寫若思若夢間，與君相遇之幻景。五章〈局志〉，寫一己之孤情自怵，而舉國無同心之偶，其幽貞之志，誰可告語。六章〈蕩憤〉，幻想一己蕩平強秦，誅其君，弔其民，息天下之禍，如滌陰翳而覩青天。七章〈悼子〉，悼頃襄沖弱嗣立，而國家多難，小人復群聚其側，而己遠竄千里之外，更誰能告以忠言。八章〈懲悔〉，謂君心邪正之分，乃社稷存亡之關鍵。君子雖不屑與小人爭，然觸權奸以死，亦無所悔也。九章〈遺懋〉，乃絕命之遺音，言己離物孤遊，不能閔亂憂傾，輔君式微，而耿耿孤忠，猶依依於宗國，至死不忘。〔註50〕就形式而言，其分章、分題皆與〈九章〉同，而句法亦以騷章句系爲主，間雜有〈九歌〉句系，此則與〈九辯〉同也。

又〈九礪〉之名見《薑齋文集》卷六，其文則闕。然其詩集〈憶得中錄九礪之一〉，係作於癸未年（明思宗崇禎十六年）。〔註51〕詩前有序云：「賊購索甚亟，瀕死者屢矣！得脫匿黑沙潭畔，作〈九礪〉九章，九仿《楚辭》，礪仿宋遺士鄭所南《心史》中詩。〔註52〕自屈大夫後，唯所南《心史》忠憤出於至性，與大夫相頡頏。願從二子

〔註50〕〈九昭〉各章章旨參考《楚辭通釋》之〈九昭〉註及里仁書局《楚辭通釋》前言。

〔註51〕據河洛《王船山詩文集》頁69，《薑齋文集》卷六〈九礪〉下案語：「詩集憶得中，尚存一首」尋得。

〔註52〕鄭思肖《鐵函心史》卷上中興集乙收以「礪」爲名之詩，自一礪至二十礪多首。

遊，故仿之。大亂後盡失其稿，僅約略記憶其一，緣從賊者斥國爲賊，恨不與碎，激而作此。」據此則〈九礪〉亦有得於《楚辭》之作。然觀今存一首乃五言古體詩，而已佚之八章，未知有否體似騷者，故附論之。

六、夏完淳與〈九哀〉

　　夏完淳字存古，江南華亭（今江蘇松江縣）人。約生於明思宗崇禎四年，卒於清世祖順治四年（西元 1631～1647 年）。〔註53〕五歲知五經，九歲善詞賦、古文，十五歲擬庾信作〈大哀賦〉，文采宏逸。完淳短暫之一生，受其父、師影響頗大。其父允彝，字彝仲，於清兵入關後，毀家倡義，奔走興復。後以福王被害，乃賦絕命詞，自投深淵以死。其師陳子龍，字臥子，南京失陷，與允彝於松江起義，失敗後逸去。念祖母年九十，不忍割，遁爲僧。後復與完淳組織太湖起義，欲舉事，事露被獲，乘間投水死。其後完淳亦被捕，時洪承疇欲寬釋之，完淳反設辭辱罵之，遂下獄。下獄後，仍談笑自如，作樂府數十闋，臨刑時，神色不變，年甫十七。乾隆四十一年，賜諡節愍。完淳頗負詩名，其詩有才氣，集名《南冠草》。今有《夏內史集》九卷傳世。〔註54〕

　　〈九哀〉見《夏內史集》卷二。〈九哀〉者，〈曜靈〉、〈思群公〉、〈南浦〉、〈結玉芝〉、〈雲中遊〉、〈臨清流〉、〈秋士悲〉、〈王孫〉、〈望首陽〉也。〈曜靈〉：「曜靈落兮蒼梧」，乃隱寓明亡之痛。〈思群公〉：「三江遠兮木葉落，思群公兮悲風作。」蓋思死國事之諸公也。〈南浦〉：「胡笳動兮樓船敗，從魚龍兮沈江海。」蓋言國亡於異族，惟沈江一途。〈結玉芝〉：「哀靈修之已化兮，慨皇輿以踽步。」乃哀痛君主已崩，國事全非。〈雲中遊〉者亦以君王遊雲中，喻其一去不返。

〔註53〕　完淳生卒年乃據《夏內史集》卷首作者註推知。然據《夏內史集》
　　　　　附錄，則或謂死時年十六，或謂年十八。
〔註54〕　參見《明史》卷二七七列傳一六五陳子龍及夏允彝傳及《夏內史集》
　　　　　卷首及附錄，並《詩和詩人》一書中〈殉國神童夏完淳〉一篇。

〈臨清流〉則寫一己高潔之志。〈秋士悲〉則以秋景襯秋士爲古今興亡而悲。〈王孫〉乃哀惜皇族因國亡而遭致荼苦。末章〈望首陽〉則以伯夷、叔齊故實，表明一己不爲亡國奴之志。〈九哀〉除少數句式仿〈九章〉，末章首數句仿〈九辯〉外，其餘各章於句式、詞彙、情調大抵與〈九歌〉相似，然其傷國憂君之意，充溢字裡行間，此則有類〈九章〉。

七、尤侗與〈九訟〉〔註55〕

尤侗字同人，更字展成，號悔庵，晚號艮齋，又號西堂老人。長洲（今江蘇吳縣）人。生於明神宗萬曆四十六年，卒於清聖祖康熙四十三年（西元 1618～1704 年）。侗少博聞強記，弱冠補諸生，以鄉貢除永平推官，守法不撓，坐事歸。康熙十八年試鴻博，列二等，授翰林檢討，與修明史。居三年告歸。聖祖南巡至蘇州，侗獻詩頌，上嘉焉，賜御書「鶴棲堂」額，遷侍講。侗天才富贍，詩文多新警之思，雜以諧謔，每一篇出，傳誦徧人口。初，世祖於禁中覽侗詩篇，以才子目之。後入翰林，聖祖稱之曰「老名士」。侗喜汲引才雋，性寬和，與物無忤。兄弟七人甚友愛，白首如垂髫。卒，年八十七。著《西堂集》、《鶴棲堂集》，凡百餘卷（見《清史稿》本傳）。亦工曲，著有《鈞天樂傳奇》及《讀離騷》、《弔琵琶》、《桃花源》、《黑白衛》、《清平調》雜劇（見《曲錄》），並行於世。〔註56〕

〈九訟〉見《西堂雜俎》三集卷二（廣文本卷上）。文前有序曰：「昔屈原作〈九歌〉、〈九章〉，宋玉申以〈九辯〉，而〈離騷經〉云：『啓九辯與九歌兮，夏康娛以自縱。』蓋猶仍古之名也。予獨怪原之立言過于自矜，而憤世嫉俗已甚。玉雖爲師辯其忠直，極狀其悲憂窮蹙，而未能釋以義理，故君子以爲激焉。予也有蘭臺之遇，而同湘纍

〔註55〕 尤侗生於 1618 年，早於王夫之、夏完淳。然王、夏乃明之遺臣義士，終生不仕於清，尤侗則卒年最後，且爲官於清，故列於王、夏之後。

〔註56〕 尤侗生平參見《清史稿》卷四八四列傳二七一文苑一及《中國文學家大辭典》頁 1316。

之憂。妻亡子歿，塊然逆旅，恫乎有足悲者。然哭泣之餘，思命不猶，自訟而已，豈敢怨懟，以滋罪戾。故擬楚人之辭，作爲〈九訟〉。于時秋也，即以悲秋託始。至其卒章，比于〈遠遊〉，系以實事，而非放爲悠謬之說。後之人有如賈誼、揚雄者，亦當有感于斯篇云爾。」據此知本文乃寫「妻亡子歿，塊然逆旅」之悲。全篇分九章，然無分題。首章寫遊客悲秋、二章寫羈旅之人因歲月飛逝而思故鄉。三章寫天災、兵燹導致民生凋敝，四章自註：「真人謂予亡婦在天妃宮故云。」乃弔亡妻之作。五章亦寫因韶光流逝，而起思鄉之情。六、七兩章皆寫逆旅獨居之寥落。八章自注：「真人贈予敦艮子說。」蓋述一己之志度。九章自注：「此述文昌降乩事。」蓋以文昌降乩事比于遠遊。至若其形式，則雜採章、歌、辯。蓋首章悲秋多擬〈九辯〉，亦多聯綿詞，其餘各章則模擬〈九歌〉、〈九章〉，然間亦有樂府、古詩之情韻。

八、凌廷堪與〈祀古辭人九歌〉、〈九慰〉

　　凌廷堪字次仲，一字仲子，歙縣（今安徽歙縣）人。生於清高宗乾隆二十年，卒於仁宗嘉慶十四年（西元 1755～1809 年）。廷堪六歲而孤，十二歲棄書學賈，偶於友人家中見《詞綜》、《唐詩別裁》，攜歸就讀，遂能詩及長短句。後應邀至揚州詞曲館檢校，故精於南北曲，而能別宮調。二十五歲，因友人之勉，始學作八股文，讀五經。後游學京師，受業於翁覃谿學士，乃究心經史之學。乾隆五十年成進士，授寧國府教授。迎母至學署，先意承志，得親歡心。母偶不懌，必長跪以請，俟母笑乃起。母沒，哀毀骨立眚一目。而妻亦相繼殂謝，子然一身，居恒不樂。嘉慶十四年以疾終，年五十五。廷堪於學，無所不窺，其於六書、曆算以迄古今疆域之沿革，職官之異同，靡不條貫。尤專禮學，著《禮經釋例》十三卷，江藩許爲「一代之禮宗」（見《校禮堂文集》序）。禮經而外，復潛心於樂，謂今世俗樂與古樂、雅樂、中隔唐人燕樂，乃辨六律五音、五旦七調，著《燕樂考原》六卷，江

藩歎以「思通鬼神」。其於詩也，不分唐宋門戶，專論聲韻之協，對偶之工；詩餘亦不主一家，而嚴於律。雅善屬文，尤工駢體，得漢魏之醇粹，有六朝之流美。盧文弨贊其詩不落宋元以後，其文則在魏晉之間，可以挽近時滑易之弊（見《校禮堂初稿》序）。錢大昕亦謂其各體文「精深雅健，無體不工，儒林文苑，兼於一身。」（見〈與次仲書〉）生平著作甚富，除《禮經釋例》、《燕樂考原》外，尚有《元遺山年譜》二卷，《充渠新書》二卷、《校禮堂文集》三十六卷，詩集十四卷、《梅邊吹笛譜》二卷。〔註57〕

〈祀古辭人九歌〉一文見於《校禮堂文集》卷六。此文之作蓋在乾隆四十三年，時作者二十四歲。〔註58〕其序首言文之時義大矣，繼云屈宋班張之作何以能名垂千古，而後之作者，或有「訓詁未辨，遽爾名家，古今未通，袞然成集」，實乃「頑石欲渾太璞而同之，斯固陋夫藏拙之方，抑亦後來談藝之謬」，故而後世「論文之書日繁，爲文之旨日誨」。然「自隋以上，溯魏之初，範良御之馳驅，示大匠之規矩，傳於世者」，尚有曹丕、摯虞、陸機、蕭統、沈約、任昉、劉勰、鍾嶸、徐陵九家。末則云寫作此文之動機。蓋「將約友人章酌亭共治古文辭，於是釀酒於罇，刻楮爲主，書厥姓名，祀之蓬屋，割雞而登俎，芼菡而實豆，并仿《楚辭·九歌》，爲迎神、送神之曲，屬酌亭和焉。」〔註59〕至若其本文則祀古辭人之九歌，內容大抵略述古辭人生平及贊頌其於文學之成就，尤彰顯各家論文之作。文分九篇：其一，祀魏文帝曹丕，以其有《典論·論文》之作也。其二，祀晉摯

〔註57〕 凌廷堪生平參見《清史稿》卷四八一列傳二六八本傳及《校禮堂文集》卷首收錄之盧文弨〈校禮堂初稿序〉、江藩〈校禮堂文集序〉及《國朝漢學師承記·錢辛楣先生書》。
〔註58〕 〈祀古辭人九歌〉序：「乾隆四十三年（1778）著。雍閼茂之歲元日壬戌……并仿《楚辭·九歌》，爲迎神送神之曲。」故知此歌作於二十四歲。
〔註59〕 〈祀古辭人九歌〉序：「并仿《楚辭·九歌》，爲迎神送神之曲，屬酌亭和焉。」則章酌亭似亦有和此作者，然以作者、作品皆不可考，故未錄之。

虞，以其有《文章流別》之著也。其三，祀晉陸機，以其〈文賦〉之
鉤玄探微也。其四，祀梁昭明太子蕭統，以其《文選》之纂，乃獵苑
蒐奇也。其五，祀梁沈約，以其有《宋書·謝靈運傳》之論也。其六，
祀梁任昉，以其有《文章緣起》之作也。其七，祀梁劉勰，以其《文
心雕龍》乃詳剖體製，密研肌理，爲斯文之正鵠也。其八，祀梁鍾嶸，
以其《詩品》之作，品位次，溯源流也。其九，祀陳徐陵，以其《玉
臺新詠》之名垂千秋。又就其形式言，各篇皆可獨立，且以其爲祀古
辭人之歌，故皆採〈九歌〉句系。

　　〈九慰〉見《校禮堂文集》卷六。文前有一長序。其大意乃言
前人擬九之作，大抵皆傷原之懷忠遭疾，履信遘疑，其悼念之情多，
而慰藉之意少。氏則以爲原所遇雖曰不辰，「然文章之所沾漑，著述
之所衣被，秦漢以還，得其一體，便可名家；獵其片言，即成偉製。」
且「原天懷所蘊結，至性所流露」，「何嘗求諒於後人，何嘗冀知於
來哲，然世之論者覷其爲百代之模楷，享千秋之俎豆，固當以慰，
而不當以悼也。」並言其寫作此文乃丁未年〔註60〕經故楚舊疆，感
屈子往事，惜後人之知悼而不知慰也，故作〈九慰〉。「慰者，安也，
聊以文章之無窮，著述之不朽，以慰安屈原之志云爾。」據此序可
知凌氏此作非傷悼屈子，而爲以文章之不朽慰安屈子爾。全文分九
段，〔註61〕末加亂詞，共十段。首段言己遊楚中，因感屈子之事，
故鼓楫招其魄，陳辭以慰之。二段言屈子以忠忱爲文，其文纏綿悱
惻，爲後人所承。三段言屈作亦號曰經，行文秉忠愛爲之，立言則

〔註60〕　〈九慰〉序云：「柔兆敦牂之歲，廷堪應京兆試罷歸。次年秋，薄遊
　　　　南州，溯江而上。經故楚之舊疆，感屈原之往事，惜後人之知悼而
　　　　不知慰也，乃作頌一篇，號曰〈九慰〉。」柔兆敦牂之歲，即丙午年，
　　　　次年則丁未年，乃清高宗乾隆五十二年（1787），時作者三十三歲。
〔註61〕　據嘉慶十八年刊本《校禮堂文集》，〈九慰〉一、二段未分，自「偉
　　　　哉大江之東注兮」至「木葉脫兮迥春姿」；七、八段亦未分，自「歷
　　　　九州而相君兮」至「或破涕而欣然」。然據文意及韻腳似應分之。或
　　　　以一段、七段之末適至行尾，而每段雖另行起而未空格，故分段不
　　　　明。

法夫周孔，實與六經殊轍合塗。而班固謂其揚己，固非知音；王逸言其比於經義，說亦穿鑿，蓋其文乃隨所措而咸宜，足可爲百世典則，然何以無人慰之？四段言楚國無風，而屈子以其窮愁憤激，發爲偉文，惜未出於獲麟前，不能爲尼父論定。然魯有頌，楚有騷，則亦不以無風見尤矣！五段言屈子之作雖怨誹而不怒，乃二雅之變聲。慨其生之不時，未能逢盛世明主，以致悲吟於楚野，然所作皆發乎情、禮，本於愛君。六段言屈作廣賦之聲貌，使賦成鉅觀，其作品爲後世楷模，故其雖遭諑於當時，庶亦可見知於來者。七段寫屈子不忍輕棄舊鄉，乃忠愛之根於性，而其志潔行廉，雖溘死而名足垂千古。八段言士恐脩名不立，屈子雖遇椒蘭之阨，楚雖遭強秦之夷，然皆未能滅其文名，而宋、景之輩，竊其餘緒，亦致通顯。九段言屈子雖生遭遷謫，而死後得永享廟食，爲楚民代代奉祀。亂詞則總結前意，謂屈子文章與風雅並美，後之文人奉之爲祖，其名不朽，足可告慰。至若其文之形式則與〈九辯〉相類，蓋無分題，且句法亦雜用騷章及〈九歌〉句系，大抵其前八段以騷章句系爲主，間用〈九歌〉句系。末段則爲屈子設祀，故採〈九歌〉句系。亂詞則同於〈抽思〉、〈懷沙〉之用〈橘頌〉句系。

九、王詒壽與〈九招〉

王詒壽字眉叔，山陰（今浙江紹興縣）人。生於清宣宗道光十年，卒於清德宗光緒七年（西元 1830～1881 年）。少孤，祖母孫夫人親授九經，讀皆上口。年十有四，始就外傳。才高好博涉，能文章，獨不喜制舉業。後以將母之故，就武康訓導。母喪，不復仕，應杭州奏開書局之聘，由分校至總校，同事一時之儁徧交之。學益邃密，纂述益富。精力與俱耗，甫中年而老，至可傷也。卒年五十二。其性澹逸，好古學，思心湛湛，詩篇雅令，工南宋人小詞，尤精駢文。著有《縵雅堂駢體文》八卷，《笙月詞》四卷。〔註62〕

〔註62〕王詒壽生平參見孫德祖〈王君眉叔小傳〉、譚獻〈復堂亡友傳〉。二

〈九招〉見《縵雅堂駢體文》卷八。文前有敘曰：「靈均善怨，歌楚些以〈招魂〉；宋玉工愁，賦悲秋于〈九辯〉。言之長也，寄所託焉。僕以下才，拙于詭遇，念美人之易暮，嗟羈旅之無聊。大江蒼波，渺孤蹤其安寄靈。秋白月耿，申旦以不暝。不無愴悅，安默語言。用效吳客之設辭，仍段巫陽之本旨，本文十首，命曰〈九招〉。匪故爭玉軑于騷林，亦藉寫瑤情于鏤管爾。」據此則知本文篇名乃擬〈招魂〉、〈九辯〉，而體製義旨則仿〈招魂〉、〈七發〉。全文分十段：首段為序，言眞宰使元修大夫招潛盧子。元修以潛盧子內外兼修，可為世楷模。潛盧子則以時艱世迍，不如逐太虛而優遊。大夫以為此乃不得志於時之說，故欲以數端招之。首招，招以高官顯爵。然潛盧子以為仕宦雖尊貴，不若隱居之逸安。二招，招以豪華富奢。然潛盧子以為盛衰隨化，且一人之身所費不多，何必為財富所累。三招，則元修以為富貴不能招之，乃其不知富貴之樂，故復以宮室之美招之。然潛盧子以為以齊物論之，高宅華第亦同蓬戶草屋，且結茅可蔽風雨即可，又何羨乎朱門。四招，招以紅妝倩女，笙歌曼舞。然潛盧子以為不若天籟之悅耳，山水之適性。五招，招以服物之都美。然潛盧子以為麗衣珍飾，非大雅之雍容，尚不如三閭初服，晏子緇衣。六招，招以山珍海味。然潛盧子則以為珍羞肉食不如菜根香，且暴殄天物乃疾之所藏，聖之所傷。七招，招以田獵之樂。然潛盧子以為人之生也當揖情道藝，自有其樂，不必絕山谷而驅馳。八招，乃大夫以人間之盛已盡，而弗能招之，故以為潛盧子乃慕神仙之樂。然潛盧子以為神仙之事未可信，且縱或有之，亦當受上界束縛，何如逍遙於天地間。九招，則大夫以為「天既厭亂，人皆思治」，故以長治久安、太平之世招之。潛盧子乃蹶然而起，以此為心所嚮往焉，若有此境，當與之俱。以上乃略論本文內容，至若其形式則頗為複雜。或類賦或類騷，間亦有近體詩、樂府詩之體。如四招之潛盧答語首四句有類七絕；七招，潛盧答語前

文皆收入《縵雅堂駢體文》卷首。

六句有似歌行。然大抵爲賦之形式，而通篇駢儷句極多，可謂爲駢體賦，此亦以詒壽爲駢文家也。

第二章　擬作作者與屈宋之關係

　　屈子志潔行廉，可與日月爭光之偉大人格，予後人莫大之感召。而宋玉之人格雖不若屈子偉大，然其懷才不遇，自悲自憐之騷人形象，亦予後世文人鉅大影響。自兩漢至清朝，近二千年中，文人志士迭有擬騷之作。本文雖僅論及以九命篇者，尚且得二十有七人，計文三十有六篇。又況載籍浩瀚，所經眼者，萬不及一；且年歲綿渺，遺佚尤多。以是吾人知屈宋二人之堅貞性格，困頓際遇，及對鄉土之眷戀，對國家之忠忱，在在引起後人無盡無止之感懷思慕，因之而發為擬騷之作。是故本章即分四節，探討擬作作者與屈宋之關係。其一，性格之相似；其二，際遇之雷同；其三，同鄉之情懷；其四，憂國之悲憤。

第一節　性格之相似

　　屈子之文，足以驚天地，泣鬼神。而其人格之光輝，亦如其文之絢爛耀眼。屈子以其守死善道、好修廉潔、嫉惡好善、忠貞正直、孤高激烈、好諫善諷、悲天憫人之性格，塑造一歷史不朽之典型。宋玉之人格，雖不若屈子之可鑑日月，然其忠貞廉潔之性格，亦與屈子相類；而其自悲自憐之軟弱，亦自有感人之處。是以後之志士文人，或有天性某端與屈宋相類者；或有受屈宋精神人格感召，而心嚮往之者。以是研閱後世擬騷作者之傳記、著作，頗可見其性格有與屈宋相

似處。以下即以時代先後爲次，試論擬作作者性格與屈宋相類之處。若該作者之生平因載籍資料不足，無法據以窺其性格者，則僅標其名。

一、兩漢時期

（一）王　褒

據《漢書》本傳載，褒曾擢爲諫議大夫，又觀其〈聖主得賢臣頌〉一文，於君人者必勤於求賢，再三致意。則其賦頌，雖議者多以爲淫靡不急，然亦好諫善諷者乎！

（二）劉　向

據《漢書》本傳載，向「以行修飭擢爲諫大夫」。而蕭望之、周堪更薦其「宗室忠直，明經有行。」而元成之際，向因石顯、王氏專權，數上書切諫。又其爲人「簡易無威儀，廉靖樂道，不交接世俗，專積思於經術」，以是知向乃好修廉潔、忠貞正直、好諫善諷之士。

（三）王　逸

（四）崔　琦

據《後漢書·文苑列傳》載，琦數引古今成敗戒河南尹梁冀。冀不能受，復作〈外戚箴〉、〈白鵠賦〉諷諫之，後竟爲梁所捕殺。以是知其爲人或乃好諫善諷、嫉惡好善者也。

（五）服　虔

據《後漢書·儒林列傳》載，虔「少以清苦建志」，又曾舉孝廉。而其〈九憤〉一文，今雖不見，然從其篇名可知爲抒憤之作。以是推論之，虔蓋爲好修廉潔、孤高激烈之士。

（六）蔡　邕

據《後漢書》本傳載邕「性篤孝」，「與叔父從弟同居，三世不分財，鄉黨高其義」。桓帝時，徐璜、左悺等擅恣，以邕善鼓琴，敕陳留太守督促發遣。至偃師，稱疾歸，心憤此事，作〈述行賦〉。旨在

借古刺今，抒發對人民貧困生活之同情，及志士仁人被壓抑之憤慨。
靈帝時，因災異數見，累上封事，得罪權臣，爲程璜所構，被徙遇赦，
亡命江海。凡此皆足見其嫉惡好善、孤高激烈、好諫善諷、悲天憫人
之性格。宜乎魯迅謂其爲有血性之人。〔註1〕

二、魏晉至唐時期

（一）曹　植

　　據《三國志‧魏書》本傳載，植「性簡易，不治威儀」，「任性而
行，不自彫勵，飲酒不節」，「常自憤怨，抱利器而無所施」。而今本
《曹植集》之〈九詠〉及〈九愁賦〉，皆有「寧作清水之沈泥，不爲
濁路之飛塵」語。於此可見其「孤高激烈」之性格。又丁晏以爲其「忠
孝之性，溢於楮墨，爲古今詩人之冠，靈均以後，一人而已！」〔註2〕
而林文月先生以爲「驕縱浪漫，勇莽衝動」，乃其短處；而「直爽光
明，多情纏綿」則其長處。〔註3〕此「直爽光明，多情纏綿」之性格，
寧非與屈子之正直、激烈相似乎？

（二）陸　喜

　　據《晉書》卷五四載，太康中，下詔曰：「僞尚書陸喜等十五人，
南士歸稱，並以貞潔不容皓朝，或忠而獲罪，或退身修志，放在草野。」
於此可知喜之爲人，或好修廉潔，或忠貞正直也。

（三）陸　機

　　陸機作〈辨亡論〉，論吳之所亡；作〈豪士賦〉，刺齊王冏。蓋亦
好諫善諷者乎？

（四）陸　雲

　　據《晉書》本傳載，雲「性清正，有才理」。爲浚儀令，「到官肅

〔註1〕　參見李曰剛《中國文學流變史（二）辭賦編》頁 127 引。
〔註2〕　見《曹集詮評》丁晏〈魏陳思王年譜〉前序。
〔註3〕　見林文月先生〈曹丕與曹植〉一文（《中國文學評論》第一冊頁 144）。

然，下不能欺，市無二價」。成都王穎「晚節政衰，雲屢以正言忤旨。」
張溥〈陸清河集題詞〉曰：「宰治浚儀，善察疑獄；佐相吳王，屢陳
讜論；神明之長，諫諍之臣，有兼能焉。」〔註4〕於此可知陸雲為好
修廉潔、忠貞正直、好諫善諷之士。

（五）張　委

（六）楊　穆

（七）皮日休

據《唐才子傳》載，日休傲誕，以文章自負，其「性沖泊無營，
臨難不懼。」為黃巢所殺時「神色自若」。「作《鹿門隱書》六十篇，
多譏切謬政。」〔註5〕大抵其作品多揭露唐末政治之橫暴，多敘寫農
民之悲苦生活。〔註6〕其於〈文藪序〉自言己之為文皆「上剝遠非，
下補近失，非空言也。」〔註7〕於此可見日休之性格為嫉惡好善、孤
高激烈；而其悲天憫人之懷亦同乎屈子也。

三、宋金元時期

（一）鮮于侁

據《宋史》本傳載，侁「性莊重，力學」。慶曆中，「推災變所由
興，又條當世之失」，「其語剴切」。惡王安石沽激要君，故上書論時
政，專指安石。時王安石、呂惠卿當路，正人多不容，而侁所薦皆守
道背時之士。蘇軾自湖州赴獄，親朋皆絕交，侁獨往見。東坡曾稱其
「上不害法，中不廢親，下不傷民」。〔註8〕秦觀謂其「忠亮果斷，出
於天性。自小官以至進擢，數上書言天下事，咸具利害。移諫議官御
史，其言或用或不用，未嘗小加損益。為政以經術自輔，所至有迹，

〔註4〕見張溥《百三名家集》第三冊頁1973。
〔註5〕見辛文房《唐才子傳》卷八〈皮日休〉。
〔註6〕見《歷代名家評傳》頁215。
〔註7〕見《皮子文藪》卷首自撰〈文藪序〉。
〔註8〕以上參見《宋史》卷三四四鮮于侁本傳。

其去，民追思之。熙寧、元豐之間，士大夫鶩於功利，更其素守者多矣。」而侁「雖屢更使指而屹然，於新進少年之中，號爲正人。晚登侍從，益厲鋒氣，知無不言。」〔註9〕據此知鮮于侁乃守死善道、嫉惡好善、忠貞正直、好諫善諷之士。

（二）黃伯思

伯思天資警敏，風度夷粹，幼不好弄，惟喜讀書。性至孝，平居篤志文史，視世務邈然，不甚經意。卒時家無餘貲，盈篋笥者，書籍而已。李綱曰：「世之所謂好古博雅君子，與夫直諒多聞之益友者，非公其誰當之？」〔註10〕據此，則知其爲好修廉潔之士。

（三）高似孫

（四）趙秉文

據《金史》卷一百十本傳載，秉文「爲政一從寬簡」，明昌間曾上書論胥持國當罷，守貞可大用。興定間，以「身受厚恩，無以自效，願聞忠言，廣聖慮；每進見從容爲上言：人主當儉勤，愼兵刑，所以祈天永命者。」年已老，仍「日以時事爲憂，雖食息頃不能忘。每聞一事可便民，一士可擢用，大則拜章，小則爲當路者言，殷勤鄭重，不能自已。」其「爲人至誠樂易，與人交不立崖岸，未嘗以大名自居。仕五朝，官六卿，自奉養如寒士。」「自幼至老，未嘗一日廢書。」元好問曰：「若夫不汩于利祿，不溺於流俗，慨然以仁義道德性命禍福之學自任，沈潛乎六經，從容乎百家，幼而壯，壯而老，怡然渙然，之死而後已者，惟我閑閑公一人。」〔註11〕由此可知秉文乃好修廉潔、忠貞正直、好諫善諷之士。

（五）揭傒斯

據《元史》卷一百八十一本傳載，傒斯主修遼、金、宋三史，「以

〔註 9〕　見秦觀《淮海集》卷三十六〈鮮于子駿行狀〉。
〔註10〕　見李綱《梁谿先生全集》卷一六八〈故祕書省祕書郎黃公墓誌銘〉。
〔註11〕　見《閑閑老人滏水文集》附錄元好問撰〈趙公墓志銘〉。

筆削自任，凡政事得失，人材賢否，一律以是非之公；至於物論之不齊，必反覆辨論，以求歸於至當而後止。」爲早成金、宋二史，「傑斯留宿史館，朝夕不敢休，因得寒疾，七日卒。」「平生清儉，至老不渝。友于兄弟，終始無間言。立朝雖居散地，而急於薦士，揚人之善惟恐不及，而聞吏之貪墨病民者，則尤不曲爲之撝覆也。」由是知其好修廉潔、嫉惡好善、忠貞正直之性格亦與屈子相類。

四、明清時期

（一）劉　基

據《明史》卷一二八本傳載，「基虬髯，貌修偉，慷慨有大節，論天下安危，義形於色。」其「性剛嫉惡，與物多忤」。於元至順間，除高安丞，有廉直聲。助明太祖佐定天下，料事如神。太祖知其至誠，任以心膂。「基亦自謂不世遇，知無不言。遇急難，勇氣奮發，計畫立定，人莫能測。」又謝廷傑謂其「剛毅慷慨，持大節，留心經濟。」又言「高皇帝天威嚴重，惟公抗辭，不以利害怵其中。振綱紀，斥姦慝，雖李善長亦忌譖之，況胡惟庸乎？考公履歷，豈孔氏所謂以道事君者，非耶！」〔註12〕而揭傒斯初見基，則謂人曰：「此魏徵之流，而英特過之，將來濟時器也。」〔註13〕凡此皆足以見劉基亦好修廉潔、嫉惡好善、忠貞正直之士。

（二）王　褘

據王崇炳〈王忠文公傳〉載，褘於元代，「以布衣上書，極言時事，凡數千言。」後明太祖即位，召議即位禮，坐事忤旨。而「時以刑亂用重，動致慘夸，且賦額逾制，人莫敢言」。然褘首上封事言之。後召諭雲南，因抗節遇害。胡鳳丹〈重刊《王忠文公集》序〉，許其爲文章、節義均不朽。並曰：「公之文章，公之節義爲之也。惟其浩

〔註12〕　見《誠意伯文集》卷首謝廷傑〈誠意伯劉文成公文集序〉。
〔註13〕　見《誠意伯文集》卷首〈誠意伯劉公行狀〉。

然之氣，以直養而無害；故其發於文者，磊磊落落，適肖乎其衷之所藏而不能掩。觀公之銜命滇南，義不屈辱，卒以身報高廟，特達之知，至今凜然有生氣。」凡此皆足以證明王禕乃守死善道、忠貞正直、好諫善諷者。〔註14〕

（三）何景明

　　景明志操耿介，尚節義，鄙榮利。使滇南，不持滇南一物。上書許進，勸其秉政毋撓；上書楊一清，救李夢陽；少師李西涯，疏上乞休，會有兵事，又援古大臣義，爲書讓之。「三書皆非身事，而抗言尊顯，語涉時忌，議者謂憂國憐才，古人莫加也。」其德量純粹，志大行堅，性高潔，不妄交游。自幼沖時，謙抑溫退，未嘗以才凌人。及論國家當否，則蹈厲奮發，有萬人獨往之氣。蔡汝楠謂：「以彼其才而好修又若此，固蔚然醇儒也。」又志在經術，富貴功名不齒諸口。樊鵬言其安貧樂道，不念家產，居官勤事，以祿自守，復絲毫無苟受，然又好予，卒後囊中僅餘金三十而已，豈可謂非清白君子者乎！凡此皆可知其爲好修廉潔、嫉惡好善、忠貞正直、孤高激烈，且好諫善諷之人。〔註15〕

（四）黃道周

　　黃道周少小即善攻苦，尚氣節，賤流俗，直以行王道，正儒術爲己任。年十四，即慨然有四方之志。天啓間，故事，必奉書膝行而進，黃子平步進，魏瑝目攝之，不能難。崇禎間，三疏救故相錢龍錫，因而降調。又屢上疏刺譏彈劾朝中小人。因守經，失帝意。及奏對，又不遜，帝甚怒，後謫廣西。唐王時國勢衰，政歸鄭芝龍。鄭氏恃恩觀望，道周乃自請往江西圖恢復。後戰敗被執，抗節不屈死。〔註16〕蔡

〔註14〕王崇炳〈王忠文公傳〉、胡鳳丹〈重刊《王忠文公集》序〉二文並見《王忠文公集》卷首。

〔註15〕參見《明史》卷二八六本傳及《大復集》卷三十八喬世寧〈何先生傳〉、蔡汝楠〈創建大復何先生祠記〉及樊鵬〈何大復先生行狀〉。

〔註16〕以上據《明史》卷二五五〈黃道周傳〉及洪思〈黃子傳〉。

世遠〈黃道周傳曰〉：「論者謂其三黜不辭剖心，一生清苦，負土廬墓，不營田宅，以身許君，獨立敢言，濱死不悔，國亡與亡，實爲一代完節之臣，可謂忠孝大儒矣！」〔註17〕道周亦嘗自謂「少喜讀是（騷經），動輒擬之，以此不諧于皆濁，迄今爲宜岸魁。」〔註18〕凡此皆可說明道周之性格與屈子頗爲相似，蓋其守死善道、好修廉潔、嫉惡好善、忠貞正直、孤高激烈、好諫善諷、悲天憫人皆與屈子同也！

（五）王夫之

據《清史稿》卷四八〇及〈王船山學譜〉載：張獻忠陷衡州，欲授夫之僞官，夫之乃匿南嶽。賊執其父以招之，乃自刺肢體往救之。桂王時，眼見民族危亡，乃投袂奮起，舉義兵於衡山，戰敗兵潰，走行在。時國勢阽危，諸臣仍相水火，夫之說嚴起恆救金寶等，又三劾王化澄。明亡，歸隱於衡陽。康熙間，吳三桂僭號於衡州，有以勸進表相屬者。夫之曰：「某本亡國遺臣，扶傾無力，抱憾天壤，國破以來，苟且食息，偷活人間，不祥極矣。今汝亦安用此不祥之人！」〔註19〕遂逃入深山。其刻苦貞晦，多聞博學，志節皎然。「自潛修以來，啓甕牖，秉孤鐙，讀十三經廿一史及張朱遺書，玩索研究，雖饑寒交迫、生死當前而不變，迄于暮年。體羸多病，腕不勝硯，指不勝筆，猶時置楮墨于臥榻之旁，力疾而纂。註顏于堂曰：『六經責我開生面，七尺從天乞活埋。』」〔註20〕卒，自題其墓曰：「明遺臣王夫之之墓。」自銘曰：「抱劉越石之孤忠，而命無從致；希張橫渠之正學，而力不能企。幸全歸于茲邱，固銜恤以永也。」觀其行事、言語，眞可謂好修廉潔、忠貞正直、好諫善諷之士。

（六）夏完淳

完淳之壽，雖僅十七，然受父、師氣節之影響，亦忠貞愛國。明

〔註17〕見《黃漳浦集》卷首錄蔡世遠《二希堂文集・黃道周傳》。
〔註18〕黃文煥《楚辭聽直》自序引（見姜氏書目頁84）。
〔註19〕見潘宗洛〈船山先生傳〉（收入《船山遺書》卷首）。
〔註20〕見王敔〈薑齋公行述〉（收入《船山遺書》卷首）。

亡，與其師陳子龍組義軍，欲抗清。事敗被捕，洪承疇欲寬釋之，反設辭詈之。下獄後談笑自如，臨刑時，神色不變。方授及陸宇燝〈南冠草序〉皆許為「忠孝」。據此可知其守死善道、忠貞正直之性格與屈子相似。〔註21〕

（七）尤　侗

　　據《清史稿》卷四八四載，尤侗除永平推官，守法不撓。性寬和，與物無忤，喜汲引才雋。然觀其〈九訟〉序文言：「予獨怪原之立言過于自矜，而憤世嫉俗已甚。」以是可知其非屈子之流也。而序又曰：「予也有蘭臺之遇，而同湘纍之憂。妻亡子歿，塊然逆旅，恫乎有足悲者。然哭泣之餘，思命不猶，自訟而已，豈敢怨懟！」觀此，則其自悲自訟，亦有類宋玉之自悲自憐矣！

（八）凌廷堪

（九）王詒壽

　　以上即據史傳資料及本人著作，他人論贊，分析擬作作者之性格。據此分析，吾人可知擬作作者之性格大抵有某端與屈宋相似。要而言之：其得屈子「守死善道」者，有鮮于侁、王禕、黃道周、夏完淳諸烈士。其得屈子「好修廉潔」者，有劉向、服虔、陸喜、陸雲、黃伯思、趙秉文、揭傒斯、劉基、何景明、黃道周、王夫之諸君子。其似屈子「嫉惡好善」者，有崔琦、蔡邕、皮日休、鮮于侁、揭傒斯、劉基、何景明、黃道周諸剛毅之士。其似屈宋之「忠貞正直」者，則有劉向、曹植、陸喜、陸雲、鮮于侁、趙秉文、揭傒斯、劉基、王禕、何景明、黃道周、王夫之、夏完淳諸志士。其若屈子之「孤高激烈」者，則有服虔、蔡邕、曹植、皮日休、何景明、黃道周諸高士。其若屈宋之「好諫善諷」者，有王褒、劉向、崔琦、蔡邕、陸機、陸雲、

―――――――――――――――――

〔註21〕參見《明史》卷二七七陳子龍、夏允彝傳及《夏內史集》卷首及附錄。

鮮于侁、趙秉文、王禕、何景明、黃道周、王夫之諸諫者。其似屈子之「悲天憫人」者，有蔡邕、皮日休、黃道周。而似宋玉之「自悲自憐」者，則止尤侗一人。以是觀之，擬作作者大多為好修廉潔、忠貞正直、好諫善諷之士，與屈子性格相似，宜乎有擬騷之作。就屈宋而言，屈子之人格感召確較宋玉為大，此亦屈子偉大人格散發之光輝所致。而宋玉性格之感召力雖較小，然其性格既有與屈子相似處，且其所塑成之騷人形象亦有其影響在，故並論之。

第二節　際遇之雷同

朱熹《楚辭集注》之作，乃在「以靈均放逐，寓宗臣之貶；以宋玉招魂，抒故舊之悲者。」〔註22〕黃文煥《楚辭聽直》之作，亦因坐黃道周黨下獄，於獄中作此書，蓋借屈原以寓感。〔註23〕而蔣驥《山帶閣注楚辭》後序云：「以余窮愁之身而沈沒於騷，豈不然乎？」以是觀之，歷來學者每有以身世際遇之似屈宋，而借注《楚辭》以抒憂憤。若然，則才子文人因其際遇或與屈宋雷同，因感生懷而有擬騷之作，亦理之當然爾。研閱有關屈宋之記載，觀二子之身世際遇，其常易引起後人觸境傷情者，不外遭讒被構、見疏去官、貶謫放逐、遘閔罹亂、塊然逆旅、懷才不遇六端。今試據此六端，析述擬作作者之際遇與屈宋雷同處。

一、遭讒被構

蔡邕因災異數見，應詔上封事，得罪權臣，致為程璜所構，詔下

〔註22〕《四庫提要》卷一四八《楚辭集註》：「周密《齊東野語》，記紹熙內禪事，曰：趙汝愚永州安置，至衡州而卒。朱熹為之註〈離騷〉以寄意焉。然則是書大旨，在以靈均放逐、寓宗臣之貶；以宋玉招魂，抒故舊之悲耳。」

〔註23〕《四庫提要》卷一四八《楚辭聽直》：「崇禎中，文煥坐黃道周黨下獄，因在獄中著此書，蓋借屈原以寓感，其曰『聽直』，即取原〈惜誦〉篇中皋陶聽直語也。」

詰狀。邕上書自陳曰:「臣實愚贛,唯識忠藎,出命忘軀,不顧後害,遂譏刺公卿,內及寵臣……陛下不念忠臣直言,宜加掩蔽,誹謗卒至,便用疑怪。」〔註24〕又據《晉書》卷五四載,陸機感成都王穎全濟之恩,故委身事之。然機以羈旅入宦而頓居群士之右,故為盧志、孟玖所讒,卒遇害。其弟陸雲亦為孟玖讒構,並遇害。又明劉基助太祖佐定天下,料事如神,然終亦為胡惟庸讒構,以致憂憤而卒。〔註25〕凡此諸人皆因戮力國事,才高受忌,而為奸人讒謗,卒被害,與屈子之逢尤罹謗,陳辭無由近似。

二、見疏去官

據《漢書》卷三十六劉向本傳載:元帝時,以石顯專權,被廢十餘年。成帝時又以外戚王氏把持朝政,向以宗室之親,不忍見劉氏之危,故屢上書切諫。「上數欲用向為九卿,輒不為王氏居位者及丞相御史所持,故終不遷。」而魏陳思王曹植亦以爭帝位之故,為曹丕、曹叡所疏,《曹集詮評·九愁賦》評曰:「托體楚騷,而同姓見疏,其志同,其怨亦同也。文辭淒咽深婉,何減靈均?」又晉陸雲為吳浚儀令時,以郡守害其能,屢譴責之,亦去官。有明何景明因劉瑾竊柄,上書許進勸其秉政毋撓,踰年,瑾盡免諸在告者官,景明坐罷。以上諸人,或以見疏被廢,或以見嫉去官,而劉向、曹植二人皆以同姓之親而見疏,其苦悶憤恨,尤逾諸人,其際遇感懷甚似屈子。

三、貶謫放逐

漢蔡邕以程璜之構,與家屬髡鉗徙朔方。魏曹植於文帝黃初二年,貶爵安鄉侯,是年又改封甄城侯,四年徙封雍丘王。太和元年又徙封浚儀,二年復還封丘,三年又徙封東阿,以同姓之親,抱「建永世之業,流金石之功」〔註26〕之大志,而迭遭貶謫,其悲痛憤懣,不

〔註24〕見《後漢書》卷六十下〈蔡邕列傳〉。
〔註25〕見《明史》卷一二八〈劉基傳〉。
〔註26〕見曹植〈與楊德祖書〉(《曹子建集》卷九)。

言可知。晉陸機以趙王倫曾任爲中書郎，爲齊王冏徙邊。又有明王禕因坐事忤旨，出爲漳州府通判；黃道周亦因三疏救故相錢龍錫而降調，因抗言力爭，彈劾群奸而謫戍廣西。凡此諸人皆因忠而被放，其遠離國都，獨處異域，寧無屈子「信非吾罪而棄逐兮，何日夜而忘之」（〈哀郢〉語）之憾恨乎？宜乎曹植有「之子在萬里，江湖迥且深。方舟安可極，離思故難忍」之哀。〔註27〕

四、遭閔罹亂

服虔「遭亂行客，病卒」；〔註28〕蔡邕則因李催之亂，致所補史傳湮沒不存。〔註29〕蓋東漢之末，外戚宦官爭權，先有黨錮之禍，繼遭羌亂及黃巾、董卓、李催之亂，故而社會動盪，民不聊生。唐皮日休「時値末年，虎狼放縱，百姓手足無措，上下所行，皆大亂之道。」〔註30〕劉基生當元末，棄官歸鄉，著《郁離子》以見志。王禕亦生於元末，其〈九誦〉序曰：「余癸卯之歲，荐嬰禍患，哀感并劇，情有所不任，撫事觸物，輒形於聲，蓋彷彿乎〈離騷〉之作，而其情猶〈巷伯〉、〈蓼莪〉之義焉爾。」〔註31〕黃道周、王夫之、夏完淳則並生明之末季。道周、完淳皆抗節死國事，夫之則以「竄身瑤峒，聲影不出林莽，遂得完髮以歿身。」三氏身處有明危亡之秋，其遭閔罹亂之痛，尤逾前人。故而道周因父喪不能歛，而有「雖欲自比湘纍，又何過焉」之恨，故作〈續離騷賦〉、〈離疚經〉及〈九鳌〉。〔註32〕而當起義兵敗被捕，於獄中又作《謇騷》，其「悲感雜沓，靈爽儵忽，與三閭大夫爲朋。」〔註33〕而夫之亦自謂「遭閔戢志，有過於屈者。」〔註34〕

〔註27〕見曹植〈雜詩〉六首之一（《曹子建集》卷五）。

〔註28〕見《後漢書》卷七九下〈儒林列傳〉。

〔註29〕見《後漢書》卷六十下〈蔡邕列傳〉。

〔註30〕見辛文房《唐才子傳》卷八〈皮日休〉。

〔註31〕癸卯之歲即元順帝至正二十三年，西元 1363 年。

〔註32〕見莊起儔《漳浦黃先生年譜》卷上頁 6 附洪譜（參見下編第一章註51）。

〔註33〕邵懿辰〈題黃忠端公《謇騷》卷後〉：「而此所書《謇騷‧九章》，草

完淳亦慨嘆：「逢人莫訴流離事，何處桃源可避秦？」〔註35〕凡此諸人皆生當末世，其遭閔罹亂有同乎屈子之「**鬱結紆軫兮，離慜而長鞠！**」（〈懷沙〉語）

五、塊然逆旅

曹植徙封東阿後，上疏求存問親戚，曰：「遠慕〈鹿鳴〉君臣之宴，中詠〈常棣〉匪他之誠，下思〈伐木〉友生之義，終懷〈蓼莪〉罔極之哀。每四節之會，塊然獨處，左右惟僕隸，所對惟妻子，高談無所與陳，發義無所與展；未嘗不聞樂而拊心，臨觴而歎息也。」〔註36〕尤侗〈九訟〉序云：「予也有蘭臺之遇，而同湘纍之憂。妻亡子歿，塊然逆旅，恫乎有足悲者。」而凌廷堪母歿，妻亦相繼殂謝，無子，「子然一身，居恒不樂。」〔註37〕王詒壽〈九招〉序亦自言：「僕以不才，拙于詭遇，念美人之易暮，嗟覊旅之無聊。」凡此諸人或因遭貶而遠離親友，或因妻亡子喪而子然不樂，或因覊旅在外而百無聊賴，其塊然逆旅之悲，有似屈子之「**哀吾生之無樂兮，幽獨處乎山中。**」（〈涉江〉語）亦有似宋玉之「**廓落兮覊旅而無友生，惆悵兮而私自憐。**」（〈九辯〉語）

六、懷才不遇

劉向以宗室之親，忠言直諫，上雖數欲用為九卿，然為權臣所阻，「故終不遷，居列大夫官前後三十餘年。」〔註38〕觀其〈九歎〉

于南京當鵝監中，去授命旬日耳。悲感離沓，靈爽儵忽，與三閭大夫為朋，而『高皇』二字，相爲上下。其中抑轖慘戾，有古今同慨者。」（姜亮夫《楚辭書目五種》頁454引）
〔註34〕見王夫之〈九昭〉序（《楚辭通釋》卷末）。
〔註35〕見《夏內史集》卷六〈遇盜自解〉：「浪迹烽煙獨此身，天涯孤客淚沾襟。綠林滿地知豪客，寶劍窮途贈故人。無復青氈王氏舊，自憐犢鼻阮家貧。逢人莫訴流離事，何處桃源可避秦。」
〔註36〕見《三國志‧魏書》曹植本傳。
〔註37〕見江藩《國朝漢學師承記》（收入《校禮堂文集》卷首）。
〔註38〕《漢書》卷三十六〈劉向傳〉。

一文屢以屈子之不遇爲慨。〔註39〕曹植懷樹德建功之大志，而屢遭謫貶，「常自憤怨，抱利器而無所施。」「每欲求別見獨談，論及時政，幸冀試用，終不能得。」以是鬱鬱而卒。觀其上疏求自試，陳審舉，每以無伯樂之舉爲恨。〔註40〕王夫之則「少遭喪亂，未見柄用。及明之亡也，顧念累朝養士之恩，痛憫宗社覆亡之禍，誠知時勢已去，獨慨然出而圖之，奮不顧身，其志可悲也。」〔註41〕而凌廷堪於學無所不窺，尤精禮、樂，然「冷宦無家，白頭乏嗣，雖死故鄉，實同旅殯，亦生人之極哀也。」〔註42〕至若王詒壽則終生不得志，窮苦困貧，老守局中，至死仍不及見其書之梓成；其憾恨尤甚也。凡此諸士，其懷才不遇，遭困履艱，寧非同於屈子之「懷質抱情，獨無匹兮，伯樂既沒，驥焉程兮。」（〈懷沙〉語）及宋玉之「悼余生之不時兮，逢此世之俇攘」，「國有驥而不知乘兮，焉皇皇而更索」（〈九辯〉語）乎！

　　蔡邕、陸機、陸雲、劉基之遭讒被構，仿若屈子之逢尤罹謗，陳辭無由。劉向、曹植、陸雲、何景明之見疏去官，有若屈子之同姓見疏，作忠造怨。蔡邕、曹植、陸機、王褘、黃道周之貶謫放逐，則似屈子之「信非吾罪而棄逐兮，何日夜而忘之！」服虔、蔡邕、皮日休、劉基、王褘、黃道周、王夫之、夏完淳之遘閔罹亂，一如屈子之「鬱結紆軫兮，離愍而長鞠。」曹植、尤侗、凌廷堪、王詒壽之塊然逆旅，則同屈子之「幽獨處乎山中」，宋玉之「羇旅而無友生」。劉向、曹植、王夫之、凌廷堪、王詒壽之懷才不遇，亦與屈宋同悲。凡此諸士，其際遇皆與屈宋有雷同處，故而發爲擬騷之作，以寄寓身世之痛也。

〔註39〕〈九歎・離世〉曰：「靈懷其不吾知兮，靈懷其不吾聞。」〈惜賢〉：「欲俟時於須臾兮，日陰曀其將暮。」〈愍命〉曰：「哀余生之不當兮，獨蒙毒而逢尤。」

〔註40〕見《三國志》卷十九《魏書・陳思王傳》。

〔註41〕見《船山遺書》卷首藩宗洛撰〈船山先生傳〉。

〔註42〕見《校禮堂文集》卷首江藩撰《國朝漢學師承記》。

第三節　同鄉之情懷

王逸〈九思〉序云：「逸與屈原同土共國，悼傷之情，與凡有異，竊慕向、褒之風，作頌一篇，號曰〈九思〉。」以是觀之，後世作者或有因與屈宋有同鄉之情懷，而發為擬騷之作者。《文心‧物色》云：「若乃山林皋壤，實文思之奧府，略語則闕，詳說則繁。然屈平所以能洞鑒風騷之情者，抑亦江山之助乎！」楚國特異之山川物色對屈宋作品之影響，既如斯之大，則其亦必影響後代之楚地作家。又論者每謂《楚辭》為南方文學之代表，與代表北方文學之《詩經》大異。據此而言，則地之南北亦必影響創作。故而本節擬分三層探討擬作作者與屈宋之地緣關係。其一，就擬作作者為兩湖之士而言；其二，就擬作作者籍隸戰國楚地而言；其三，就擬作作者為南方作家而言。嚴謹言之，則兩湖之士方與屈子同鄉，然兩湖乃屬戰國楚地，而楚地又處於中國南方，故擴而言之，楚地之人，南方之士，亦可謂與屈宋同鄉矣！

一、擬作作者為兩湖之士

屈原、宋玉皆籍隸湖北，然其主要活動領域則擴及湖南，故而兩湖之士，皆目屈宋為鄉賢。而後之作家，或為湖南才子，或為湖北文士，每多以屈宋為楷模，且自謂與原同土，如王逸、王夫之即是。

王逸，南郡宜城（今湖北省襄陽縣南）人，其〈九思〉自序云：「逸與屈原同土共國，悼傷之情，與凡有異，竊慕向、褒之風，作頌一篇，號曰〈九思〉。」此王逸自云因與屈子同土共國，故而對屈子悼傷之情，與凡有異，以是而作〈九思〉。究其悼傷之情之所以異，即在其除對屈子之人格、際遇有所感觸外，復有同鄉共土之情懷在焉。故而明張溥〈王叔師集題詞〉云：「（王逸）自以為與原同產南陽，土風哀思有足親者。」

又，王夫之〈九昭〉序亦云：「有明王夫之，生於屈子之鄉，而

邁閔戢志，有過於屈者，爰作〈九昭〉。」考夫之乃今湖南省衡陽縣人。嘗自云「生於屈子之鄉」，蓋亦以屈宋爲同鄉也。觀二王除有擬騷之作外，王逸爲《楚辭章句》，夫之亦著《楚辭通釋》，或亦以同鄉之情，而特愛楚聲乎？

　　除王逸、王夫之外，本文所論及之擬作作者，尚有唐皮日休亦爲兩湖之士。考日休乃今湖北省襄陽縣人，其〈九諷・系述〉雖未言與屈宋同土，而有是作，然觀其不懼「九」文難述，「九」詞罕繼，〔註43〕而發憤作〈九諷〉以見志，蓋亦受屈宋同鄉之情所感乎？

　　《水經注》言屈子之鄉「山秀水清，故出儁異，地險流疾，故其性亦隘。」〔註44〕而宋玉之邑人則「雋才辯給，善屬文而識音也。」〔註45〕是以擬作作者其與屈宋同鄉者，除同鄉情懷之感召外，亦有因山川景物、民情之相似，而自然較易受先鄉賢之影響也。

二、擬作作者爲楚地之人

　　戰國楚地疆域「略有今湖北、湖南二省，及河南省之南部，江蘇、安徽、浙江三省之大部，兼涉山東、江西、陝西、四川等省之地。」〔註46〕據此觀之，則二十七位擬作作者中有十七人乃籍隸戰國楚地。今列述於下：

　　1. 劉向，豐人，今江蘇省豐縣。

〔註43〕皮日休〈九諷・系述〉云：「在昔屈平既放……正詭俗而爲〈九歌〉，辨窮愁而爲〈九章〉……至若宋玉之〈九辨〉，王褒之〈九懷〉，劉向之〈九歎〉，王逸之〈九思〉……然自屈原以降，繼而作者，皆相去數百祀，足知其文難述，其詞罕繼者矣。」（《皮子文藪》卷二）

〔註44〕見《水經注》卷三十四〈江水〉，「又東過秭歸縣之南」註。

〔註45〕見《水經注》卷二十八〈沔水〉，「又南過宜城縣東，夷水出自房陵東流注之」註。

〔註46〕見童書業《中國疆域沿革略》頁27。
　　又，陳麗桂〈淮南多楚語〉一文亦云：「綜合〈貨殖列傳〉與〈地理志〉的記載，所謂的『楚地』，主要在今長江中游，以及淮、漢、湘、贛諸水流域，往東曾擴至吳、越、揚州一帶，把江、浙兩省也括了進去，往西則擴至四川的漢中，這個概念至少保留到西漢時代。」

2. 王逸，南郡宜城人，今湖北省襄陽縣。

3. 曹植，沛國譙人，今安徽亳縣。

4. 陸喜、陸機、陸雲，吳郡人，今江蘇省吳縣。

5. 皮日休，襄陽人，今湖北省襄陽縣。

6. 高似孫，餘姚人，今浙江省餘姚縣。

7. 揭傒斯，龍興富州人，今江西省豐城縣。

8. 劉基，青田人，今浙江省青田縣。

9. 王褘，義烏人，今浙江省義烏縣。

10. 何景明，信陽人，今河南省信陽縣。

11. 王夫之，衡陽人，今湖南省衡陽縣。

12. 夏完淳，江南華亭人，今江蘇省松江縣。

13. 尤侗，長洲人，今江蘇省吳縣。

14. 凌廷堪，歙縣人，今安徽省歙縣。

15. 王詒壽，山陰人，今浙江省紹興縣。〔註47〕

王夫之《楚辭通釋》序例云：

> 楚，澤國也，其南沅湘之交，抑山國也。疊波曠宇，以蕩
> 逖情，而迫之以釜嶔戌削之幽菀，故推宕無涯，而天采矗
> 發。江山光怪之氣，莫能揜抑，出生入死，上震天□，□
> □□秦，□江□□，皆此爲之也。夫豈東方朔、王褒之所
> 得與乎？

游國恩亦云：「今楚，於山則有九嶷南嶽之高，於水則有江漢沅湘之
大，於湖澤則有雲夢洞庭之巨浸，其間崖谷洲渚，森林魚鳥之勝，
詩人謳歌之天國在焉。」〔註48〕楚地以其山川物色之奇麗，蘊育無
數之文學家。擬九作者籍隸楚地者幾佔百分之六十三，此亦楚地山
川之助乎！

〔註47〕以上各作者之籍貫，古地名據史書記載，今地名則參考青山定雄編
　　　　《中國歷代地名要覽》及《辭海》附錄〈中華民國行政區域表〉。
〔註48〕見游國恩《先秦文學・楚辭之起源》（商務版頁136）。

三、擬作作者爲南方作家

劉師培〈南北文學不同論〉云：「屈平之文，音涉哀思，矢耿介，慕靈修，芳草美人，託詞喻物，志節行芳，符於二南之比興，而敘事紀游，遺塵超物，荒唐譎怪，復與莊列相同。南方之文，此其選矣！」《楚辭》既爲南方文學之代表，則南方文人以地緣關係，自然較易受其影響。以是本文所論及之擬作作者，南人竟有二十二位之多，佔全部作者之百分之八十一強。

擬作作者爲南人者，除上小節所云籍隸戰國楚地之作者十七人外，尙有王褒、鮮于侁、黃伯思、黃道周四人。王褒，蜀郡資中，今四川資中縣人。鮮于侁，閬中，今四川閬中縣人。黃伯思，邵武，今福建省邵武縣人。黃道周，漳浦，今福建省漳浦縣人。又張委，爵里未詳，然爲南朝宋人，亦屬南人。

劉師培〈南北文學不同論〉又云：「大抵北方之地，土厚水深，民生其間，多尙實際；南方之地，水勢浩洋，民生其際，多尙虛無。民崇實際，故所著之文，不外記事析理二端；民尙虛無，故所作之文，或爲言志抒情之體。」〔註49〕梁任公先生亦云：「燕趙多慷慨悲歌之士，吳楚多放誕纖麗之文，自古然矣。自唐以前，於詩於文於賦，皆南北各爲家數。長城飲馬，河梁攜手，北人之氣概也；江南草長，洞庭始波，南人之情懷也。散文之長江大河，一瀉千里者，北人爲優；駢文之鏤雲刻月，善移我情者，南人爲優。蓋文章根於性靈，其受四圍社會之影響特甚焉。」〔註50〕《楚辭》乃言志抒情之體，後之駢儷文亦受《楚辭》影響而產生，故而劉、梁二氏之言，正可說明何以南人擬作《楚辭》者較多。

綜上所述，擬作作者或與屈宋同履兩湖之地，或同屬楚地之人，或同爲南方作家，皆可謂與屈宋有地緣關係，亦即有同鄉之情懷也。至若河北崔琦、趙秉文，河南服虔、蔡邕及陝西楊穆五人，雖爲北方

〔註49〕 見《劉申叔先生遺書》頁 669。
〔註50〕 見梁啓超《飲冰室全集‧中國地理大勢論》（佳禾版頁 624）。

作家，然崔琦以「善諷好諫，嫉惡好善」之性格與屈子相似；服虔、蔡邕則性格、際遇皆有若屈子；而趙秉文之「日以時事爲憂」亦有同於屈子，故而皆有擬《楚辭》之作。至若楊穆者，以載籍資料不足，無從論之。

第四節　憂國之悲憤

　　屈子以王者之佐，生於亂世危邦，「以宗國而爲世卿，義無可去，緣被放之後，不能行其志，念念都是憂國憂民」，「不得已，以一身肩萬世之綱常，寄之於文以自見。」〔註51〕故其憂國悲憤之情充溢楮墨間。後世之人，讀其文，感其事，悲其志，未有不感慨萬千者。又況乎與屈子同爲宗臣而處危國，同是志士而抱亡國之憂患者。以是後之宗臣志士每每因懷有與屈子相同之憂國悲憤，情不能已，而發爲擬騷之作者。此劉向〈九歎〉、曹植〈九愁〉、〈九詠〉之所以作也。而黃道周、王夫之、夏完淳，並處明末國家危亡之秋，三人同有擬騷之作，亦有其所以然者乎？

一、宗臣憂國之悲

　　史遷謂屈原既死之後，楚日以削，數十年，竟爲秦所滅。〔註52〕林雲銘以爲：「太史公將楚見滅于秦，繫在本傳之末，以其身之死生，關係於國之存亡也。」〔註53〕《漢書》劉向本傳云：「上數欲用向爲九卿，輒不爲王氏居位者及丞相御史所持，故終不遷，居列大夫官前

〔註51〕　林雲銘《楚辭燈》凡例：「讀《楚辭》，要先曉得屈子位置，以宗國而爲世卿，義無可去，緣被放之後，不能行其志，念念都是憂國憂民，故太史公將楚見滅於秦，繫在本傳之末，以其身之死生，關係於國之存亡也。」又序云：「屈子以王者之佐，生於亂世宗族，志無所伸，義無所逃，不得已，以一身肩萬世之綱常，寄之於文以自見。」

〔註52〕　《史記》卷八十四〈屈原賈生列傳〉：「屈原既死之後，楚有宋玉、唐勒、景差之徒者，皆好辭而以賦見稱。然皆祖屈原之從容辭令，終莫敢直諫。其後楚日以削，數十年竟爲秦所滅。」

〔註53〕　同註51。

後三十餘年，年七十二卒。卒後十三歲而王氏代漢。」此班固亦繫王氏代漢於本傳之末，蓋亦以向之死生，關係國之存亡乎？考向為漢楚元王交之後，於漢誼屬宗親，又歷仕宣、元、成三朝，故亦為世臣。而當向之世，漢室政權旁落，先有石顯專權，後有王氏把持朝政。成帝時，劉向以為「外家日盛，其漸必危劉氏。吾幸得同姓末屬，累世蒙漢厚恩，身為宗室遺老，歷事三主。上以我先帝舊臣，每進見常加優禮，吾而不言，孰當言者？」〔註54〕故而屢次上書極諫。書中於大臣專政之害，反覆言之，可見其憂國之憤。宜乎〈九歎〉之作屢以忠臣被放為感，而〈離世〉之首即連用五「靈懷」，確能表達深沈之悲痛。

又魏陳思王植以爭立太子之故，於文帝即位後，備受迫害，且終生不受重用。然植以宗親之故，時時以國事為念，其上疏求自試曰：「夫憂國忘家，捐軀濟難，忠臣之志也。今臣居外，非不厚也，而寢不安席，食不遑味者，伏以二方未克為念。」又自云「與國分形同氣，憂患共之」，故而冒醜獻忠，又上疏陳審舉之義曰：「權之所在，雖疏必重；勢之所去，雖親必輕，蓋取齊者田族，非呂宗也；分晉者趙魏，非姬姓也。」〔註55〕其「意若暗指司馬氏者」，〔註56〕於此可見植雖外放，然時時繫心於魏之政局，恐國有危亡之憂也。觀其〈九愁賦〉之作，可謂「憤切而有餘悲」。〔註57〕蓋以既憤一己「以忠言而見黜」，又懼時王之蔽於讒妄，國事之岌岌可危也。

另外，陸機家三世為吳將。祖遜，吳丞相。父抗，吳大司馬。抗卒，機領父兵為牙門將。其於吳可謂世臣矣！吳亡後，機作〈辨亡論〉二篇，論權所以得，皓所以亡。張溥〈陸平原集題詞〉言：「〈辨亡〉懷宗國之憂。」於此知陸機亦有憂國之恨矣。

〔註54〕 見《漢書》卷三十六〈楚元王傳〉第六。
〔註55〕 見《魏書・陳思王傳》（《三國志》卷十九）。
〔註56〕 見《曹集詮評》李夢陽序。
〔註57〕 同註56。

二、志士懼亡之憤

　　明之末季，內有宦官把權，流寇侵擾；外有強鄰逼境，虎視眈眈。以是國勢陵夷，社會動亂，其卒也，帝崩國危，江山拱手讓於人。當此危亡之秋，凡忠臣志士，莫不奮然，欲起而救國。其未亡也，或於朝中力諍抗言，或於著作中極力諷諫。及其亡也，或組義軍，力抗異族之入侵；或遯入深林，以文字洩其亡國之恨。黃文煥云：「其懼國運之將替，則嘗與原同痛矣。惟痛同病倍，故於騷中探之必求其深入，洗之必求其顯出。」〔註58〕此黃文煥自云《楚辭聽直》之所爲作也。蓋以騷聲宜於抒憤，且忠臣志士與屈原同有懼亡之悲也。宜乎黃道周、夏完淳、王夫之皆有擬騷之作，而夫之尚且著《楚辭通釋》以洩亡國之恨歟！

　　黃道周嚴冷方剛，不諧流俗。當崇禎朝時，屢爲國事，上疏劾奸，且於朝中，抗言力爭，直言勸諫。崇禎亡後，又組義軍抗清，兵敗不屈死。其耿耿孤忠，可謂一代完臣。觀其所上諸疏皆「爲國家綱常」〔註59〕有曰：「彼小人見事，智每短於事前……亂視縈聽，浸淫相欺，馴至極壞，不可復挽，臣竊危之。」又曰：「積漸以來，國無是非，朝無枉直，中外臣工率苟且圖事，誠可痛憤。」〔註60〕其憂慮國事之憤，溢於言表。明亡後「以國恥未雪，中夜撫心，思聖明垂諭之言，一字一淚一血」，〔註61〕是以自請行邊。當兵敗被捕，爲詩曰：「斯民既顛隮，骨肉安足恃。抱頭出林莽，亦與狐豕類……蒼黃既可參，生死何足異。顏回委陋巷，正則蹈水澌。當其拼命時，要一無所繫，鬚髮聯華嵩，眉睫炤百世。試問古仁人，成就無乃是。」〔註62〕其以屈子自況，足見其憫民悼亡之痛與屈子相類也。

　　王夫之爲有明遺臣。當明末季，流寇爲亂，夫之爲〈九礪〉九章，

〔註58〕見黃文煥《楚辭聽直》凡例。
〔註59〕道周自云：「臣三疏皆爲國家綱常。」見《明史》卷二五五本傳。
〔註60〕見《明史》卷二五五〈黃道周傳〉。
〔註61〕見莊起儔《漳浦黃先生年譜》卷下頁15。
〔註62〕黃道周〈東山詩〉，同註61。見《黃漳浦集》卷首年譜下頁25。

自云：「九仿《楚辭》，礪仿宋遺士鄭所南《心史》中詩。」並序詩所以作之因：「緣從賊者，斥國爲賊，恨不與碎，激而作此。」〔註63〕及闖賊破北京，明思宗殉社稷，船山聞之，涕泣不食者數日，作〈悲憤詩〉一百韻，吟已輒哭。藩宗洛〈船山先生傳〉云：「先生少遭喪亂，未見柄用，及明之亡也，顧念累朝養士之恩，痛憫宗社覆亡之禍，誠知時勢已去，獨慨然出而圖之，奮不顧身，其志可悲。」而鄧顯鶴〈船山著述目錄後〉亦云：「先生生當鼎革，自以先世爲明世臣，存亡與共。甲申後，崎嶇嶺表，備嘗險阻，既知事之不可爲，乃退而著書……故國之戚，生死不忘，其志潔而芳，其言哀以思。」〔註64〕夫之既抱亡國之痛，故發憤著書。其《楚辭通釋》之作，乃發洩其社稷淪亡之痛。〔註65〕觀其〈九昭〉一文，以屈子自況，全文雖寫屈子，而實寄寓一己憂國之悲憤。凡此皆足以說明船山亦與屈子同抱憂國之憤。

殉國神童夏完淳，〔註66〕當其生也，國勢已微；及其束髮，便已從軍，未冠即死國事。其年雖未滿二十，而其忠貞壯烈，允傳千古。故朱彝尊贊曰：「存古南陽知二，江夏無雙。束髮從軍，死爲毅魄。其〈大哀〉一賦，足敵蘭成。昔終童未聞善賦，汪踦不見能文，方之古人，殆難其匹。」〔註67〕觀其乙酉年（清順治二年，西元 1645 年，是年清兵破揚州，史可法成仁）所作之〈大哀賦〉序云：「玉鼎再虧，金陵不復。公私傾覆，天地崩離……昔士衡有〈辯亡〉之文，孝穆有〈歸梁〉之札，客兒飲恨於帝秦，子山傷心於哀亂；咸悲家國，並見

〔註63〕 見《王船山詩文集》頁 521〈九礪〉之一序。
〔註64〕 以上並見《船山遺書》卷首。
〔註65〕 傅熊湘《離騷章義》序云：「王船山抱亡國之痛，發憤著書，作《楚辭通釋》，孤心劈顦，宜較諸家爲精。」（姜亮夫《楚辭書目五種》，頁 255 引）。
又，里仁版《楚辭通釋》前言頁 5：「王夫之是以註釋《楚辭》來發洩他的社稷淪亡之痛。」
〔註66〕 黃如卉《詩和詩人》一書有〈殉國神童夏完淳〉一篇。
〔註67〕 見《夏內史集》卷一〈大哀賦〉下註。

詞章。余始成童,便屬多難。揭竿報國,束髮從軍……長劍短衣,未識從軍之樂;青燐蔓草,先悲行路之難。故國云亡,舊鄉已破;先君絕命,哭藥房於九淵……國屯家難,瞻草木而撫膺;岳圮辰傾,覿河山而失色。」其寫國破家毀之憂憤,可謂感人肺腑。而其〈九哀〉之作亦寄寓其君死國亡之哀。故而其憂國之悲憤有同於屈子也。

劉向、曹植、陸機以宗親世臣而處危邦,黃道周、王夫之、夏完淳則以志士遺臣而逢國亡,其憂國悲憤有同乎屈子者,故自然而發爲擬騷之作也。

以上係從性格之相似、際遇之雷同、同鄉之情懷、憂國之悲憤四端略論擬作作者與屈宋之關係。爲求清楚起見,並製成「擬作作者與屈宋關係示意表」(參見附錄三表二)。據此表可知性格與屈子最近者爲黃道周、何景明,際遇與屈子最似者爲曹子建。若綜合性格、際遇、地緣、時代四因素,則與屈子關係最密切者,依次爲黃道周、曹植、王夫之、劉向。再者,從表上顯示,可知擬作作者與屈宋全無關係者,僅楊穆一人。然楊穆乃載籍資料不足,以是可知後世作者其所以有以九名篇之擬騷作品,除對〈九歌〉、〈九章〉、〈九辯〉之喜愛外,亦有其所以然也。蓋或其性格與屈宋相似,或其際遇與屈宋雷同,或與屈宋有同土共國之情,或與屈宋同有憂國悲憤,則其所作乃發乎眞情,非僞作也。若然則其所作雖爲摹擬三九,然亦必有其價值存焉!

第三章　擬作作品與三九

　　自屈子之改〈九歌〉，創〈九章〉也；稍後則有宋玉〈九辯〉之作。三文並以「九」名篇。而「九者，陽之數，道之綱紀也。」（〈九辯〉王逸注）漢人以九爲尊，多喜以之命篇，如〈九懷〉、〈九歎〉、〈九思〉者。又自宋玉〈九辯〉一文之大規模鈔襲模擬屈子之作，亦開漢人仿擬楚辭之風。〔註1〕姜亮夫先生曾言：「王褒爲〈九懷〉以追愍屈原，東方爲〈七諫〉以昭其忠信，其所擬象者，自體貌以至文心，莫不本於〈九章〉。〈九章〉久已爲西漢文人取則之典型。」〔註2〕以是知自漢而下，其以九名篇者，多有摹擬《楚辭》之作；而其所擬象者雖亦兼及〈離騷〉、〈遠遊〉，然大抵仍本於〈九歌〉、〈九章〉、〈九辯〉三篇。故而於此試論以九名篇之擬作與三九之關係。

第一節　內容之承襲

　　後世以九名篇擬作作品，其內容或有摹仿〈九章〉者，如王褒〈九懷〉、劉向〈九歎〉、王逸〈九思〉、陸雲〈九愍〉、皮日休〈九諷〉、王禕〈九誦〉、王夫之〈九昭〉；或有步武〈九歌〉者，如鮮于侁〈九

〔註 1〕 參見游國恩《楚辭論文集》收錄之〈《楚辭‧九辯》的作者問題〉一文。
〔註 2〕 見姜亮夫《屈原賦校註》之〈九章解題〉（華正版頁 373、374）。

誦〉、高似孫〈九懷〉、揭傒斯〈九招〉、何景明〈九詠〉、凌廷堪〈祀古辭人九歌〉；或有取則〈九辯〉者，如曹植〈九愁〉、劉基〈九嘆〉、尤侗〈九訟〉；或有兼擬歌章者，如曹植〈九詠〉、黃道周〈九繹〉、〈九鸞〉、〈九訴〉及夏完淳〈九哀〉。然此皆就其大較言之。蓋以三九關係密切，其內容頗有相通處，而後之擬作作者，其取則之時，往往兼容並包，故以此分論之，或有未得。今試就創作動機、作品主題、蘊含之思想及運用之素材四端以論擬作作品之內容與〈九歌〉、〈九章〉、〈九辯〉血脈相連之關係。

一、創作動機

就擬作作品之寫作動機言，或有如〈九歌〉之為祠祀神祇人鬼而作者，或有如〈九章〉之「思君念國，隨事感觸，輒形於聲者」（朱熹〈九章序〉），間亦有如宋玉或因屈子之事得感，或以觸景生情，自悲自憫而作〈九辯〉者。又，屈子之含忠履潔，自沈殉國，其氣格之高超，遭遇之悲慘，不斷引起後人感懷，故而歷代每多因追愍屈子而發為擬九之作者。茲論述於下：

有宋鮮于侁之〈九誦〉，雖居今僅得見〈堯祠〉、〈舜祠〉二章名，與夫〈堯祠〉一章之內容。然仍可據以推知〈九誦〉蓋為祠祀稱頌聖王賢君而作也。又，黃道周〈九訴〉九章之章名依序為：〈帝無臣〉、〈大司命〉、〈少司命〉、〈偓佺〉、〈山鬼〉、〈龍女〉、〈三尸〉、〈東華帝子〉、〈諸皋將軍〉，據此觀之，則知為祀神之曲。而其亂詞亦云：「天門以幽不可方，聲高以邀神哉襄。」由此亦可知其或為祀神之作。然黃氏此作，或於祀神之中隱含思君憂國之意，蓋受王逸說〈九歌〉之影響也。另，凌廷堪〈祀古辭人九歌〉，其序有云：「廷堪將約友人章酌亭共治古文辭，於是釀酒於尊，刻楮為主，書厥姓名，祀之蓬屋，割雞而登俎，芼菜而實豆，并仿《楚辭·九歌》，為迎神送神之曲。」由此固知其為祀古辭人而作也。以上三篇於其創作動機言，皆可謂受〈九歌〉之影響也。

曹植〈九詠〉云：「嗟痛吾兮來不時，來無見兮進無聞。」又云：「冀后王之一悟」，「悼邦國之未靜」。其思君念國之情溢於言表。而〈九愁〉云：「信舊都之可懷」，「悵時王之謬聽」，「懷憤激以切痛」，「亮無怨而棄逐」，蓋因遭放見逐，憤激切痛不能忍而鳴悲也。至若有明王夫之，其〈九礪〉序云：「賊購索甚亟，瀕死者屢矣，得脫匿黑沙潭畔，作〈九礪〉九章……緣從賊者，斥國為賊，恨不與碎，激而作此。」則此作亦出於忠國憂憤也。夏完淳〈九哀〉則為悼國君之亡，哀國事之非而作。凡此諸作皆「思君念國，隨事感觸」，而形於聲也。又，劉基〈九難〉之作則以世道迍邅，黎民蒙禍，故欲講習聖道以待王者之興，此則有類屈子「覽民尤以自鎮，結微情以陳詞」（〈抽思〉語）也。而王褘〈九誦〉序云：「荐嬰禍患，哀感并劇，情有所不任，撫事觸物，輒形於聲，蓋彷彿〈離騷〉之作，而其情猶〈巷伯〉〈蓼莪〉之義焉爾。先是庚寅之春，去國而歸，戊戌之冬，避兵以走，中間悲苦之詞，往往而在，合而次第之，得九篇，取〈九章·惜誦〉之語，題之曰〈九誦〉。」則此文雖多抒發個人感慨，然其「哀民生之多艱」（〈九誦〉語），懼兵燹之為禍，亦類騷章之所為作也。另，劉向〈九歎〉、王夫之〈九昭〉皆追愍屈子之作，然向以宗臣憂國，夫之以志士悼亡，則二文之作，亦出於思君念國也。

　　王褒〈九懷〉，王逸序以為乃追愍屈子之作，然游國恩先生則言非為哀屈而作，傅錫壬先生進而謂斯文之作，僅止於有感屈原身世而藉楚辭體為賦耳。〔註3〕若然則其寫作動機頗類於宋玉〈九辯〉之作也。又，劉基〈九嘆〉之作亦因秋起興，觸景生情，而悲世路之難，歎己之無所適從也。而黃道周〈九繹〉亂詞：「君子履艱，不得言命兮；憂繭厥中，語曷竟兮。」則斯文之作亦抒一己之感懷也。至若〈九鼇〉之作，則以念親之侘傺負奇，而己未能克盡子職，故而憂愁憤鬱，發而為文。另，尤侗〈九訟〉序云：「予也有蘭臺之遇，

〔註3〕游國恩之說見《楚辭概論》第五篇第四章（里仁版頁273）。傅錫壬先生之說見《新譯楚辭讀本》頁225（三民版）。

而同湘纍之憂,妻亡子歿,塊然逆旅,恫乎有足悲者。然哭泣之餘,思命不猶,自訟而已,豈敢怨懟,以滋罪戾。故擬楚人之辭,作爲〈九訟〉。」王詥壽〈九招〉序亦云:「僕以下才,拙于詭遇,念美人之易暮,嗟羈旅之無聊。大江蒼波,渺孤蹤其安寄靈。秋白月耿,申旦以不瞑,不無愴悅,安默語言。用效吳客之設辭,仍假巫陽之本旨,成文十首,命曰〈九招〉。」則二子之作亦以羈旅塊然,懷才不遇也。凡此諸作,其創作動機則有類乎〈九辯〉。

劉向〈九歎〉,王逸序云:「向以博古敏達,典校經書,辨章舊文,追念屈原忠信之節,故作〈九歎〉。」又〈九思〉序云王逸「讀《楚辭》而傷愍屈原,故爲之作解。又以自屈原終末之後,忠臣介士,游覽學者,讀〈離騷〉、〈九章〉之文,莫不愴然心爲悲感,高其潔行,妙其麗雅。」而「逸與屈原同土共國,悼傷之情,與凡有異。竊慕向、褒之風,作頌一篇,號曰〈九思〉。」據此則知向、逸之文皆追愍屈子而作也。其後晉有陸雲之〈九愍〉,唐有皮日休之〈九諷〉,明有王船山之〈九昭〉,亦皆追愍屈子,代屈立言之作。〈九愍〉自序云:「昔屈原放逐,而〈離騷〉之辭興。自今及古,文雅之士,莫不以其情而瓵其辭,而表意焉,遂廁作者之末,而述〈九愍〉。」而皮日休〈九諷‧系述〉亦云:「吾之道不爲不明,吾之命未爲未偶,而見志於斯文者,懼來世任臣之君,因謗而去賢;持祿之士,以猜而遠德。故復嗣數賢之作,以九爲數,命之曰〈九諷〉焉。」王夫之亦以生於屈子之鄉,而邁閔戢志,有過於屈者,爰作〈九昭〉。並自云〈九昭〉之作,乃「旌三閭之志」也。另,凌廷堪之〈九慰〉序自云:「經故楚之舊疆,感屈原之往事,惜後人之知悼而不知慰也,乃作頌一篇,號曰〈九慰〉。慰者,安也,聊以文章之無窮,著述之不朽,以慰安屈原之志云爾。」則凌氏此作雖以文章之無窮,著述之不朽,慰安屈子,非如前人之悼傷,然亦爲追思緬懷屈子之作也。

綜上所述,知後世以九名篇之擬作,其寫作動機,或與〈九歌〉

同，或與〈九章〉類，抑或與〈九辯〉相似，而大抵皆與屈宋之身世、遭遇，三九之悽愴感人有關也。

二、作品主題

　　後世以九名篇之擬作，或有緣屈宋而作者，或其創作動機有與三九相類者，以是其寫作主題，自然與〈九歌〉、〈九章〉、〈九辯〉有密切關係。三九之主題，自其異者言之：〈九歌〉為描述祀神活動，兼及神之戀愛情事，與夫對國殤之禮讚。〈九章〉則要在表白一己好修自飾之高節，及存君興國之心志。至若〈九辯〉則不外悲秋、思君，與夫自憐。若自其同者言之，則三九皆感歎時間之無常，空間之隔離。（參見上編第三章第一節二）以下即根據後世擬作作品之內容，析論其主題與三九之關連。

（一）與〈九歌〉有關者

　　曹植〈九詠〉前半篇，自「芙蓉車兮桂衡」，至「雅音奏兮文虞羅」，乃描寫祀神之情景。鮮于侁〈九誦・堯祠〉，則敘祭祀唐堯之盛典。高似孫〈九懷〉序云：「越山川，曾識舜禹，作〈蒼梧帝〉、作〈思禹〉。又經句踐君臣，作〈越王臺〉，作〈鴟夷子皮〉。吳為越所滅，失於棄胥也，作〈浙水府〉。始皇東游，以功被石，作〈秦游〉。王謝諸人，殊鍾情於越，迄為蒼生一起，作〈東山〉。其以德著于腏祠者，侑之歌，作〈江夫人〉，作〈嶀山雨〉。」據此可知此文乃高氏遊覽名勝，緬懷古人，故擬〈九歌〉，作祀歷史名人之祭歌也。揭傒斯〈九招〉，其小題云：「為故嗣漢三十八代天師張留公作」，觀其內容，或有類〈招魂〉，然主題亦係悼念頌讚張天師。何景明〈九詠〉則首述祭堂之美，祭品之富；繼言神降時，歌舞之盛；後接寫神去後，巫往上下四方尋訪神之踪迹；末則以下土幽暗嶮巇，需賴神之照臨為結。黃道周〈九訴〉，計〈帝無臣〉、〈大司命〉、〈少司命〉、〈偓佺〉、〈山鬼〉、〈龍女〉、〈三尸〉、〈東華帝子〉、〈諾皐將軍〉九篇。其篇名大抵亦如〈九歌〉十一

篇之多爲神祇之名，（註4）而各篇內容亦寫各神之事；且篇末亂詞云：
「天門以幽不可方，聲高以邀神哉襄」，「望而不躋何蹢蹢，修絜以誠
冀有明」；凡此皆可知其亦爲祀神之詞。凌廷堪〈祀古辭人九歌〉，從
其篇名及序即可知其爲祭祀九辭人之歌也。（註5）以上各篇，其寫作主
題蓋皆有擬於〈九歌〉之描述祀神活動也。

　　〈九歌〉以述神之行事爲祭歌內容（參見上編第三章第一節一），
故亦敘及神之戀愛情事，此亦影響於後之擬作作者。如高似孫〈九懷〉、
黃道周〈九訴〉，皆多寫情。〈九懷・蒼梧帝〉：「望九疑兮雲雨，心慘
慘兮思君。」〈思禹〉：「無一芳兮可酬，心難吐兮猶咽。」〈浙水府〉：
「舉酒兮訊君，將與余兮心傾。」〈九訴・少司命〉：「與君兮結好，思
所終兮捐其早。」〈倔佺〉：「交不夙兮情不素，哀相去兮歡相慕。」〈山
鬼〉：「霍離余兮江之畔，既嘲余兮又微盼。」又曹植〈九詠〉，亦有情
詞，如：「交有際兮會有期，嗟痛吾兮來不時。來無見兮進無聞，泣下
雨兮歎成雲。」然其實質則與〈九歌〉有異。蓋子建之作，乃以湘娥、
游女喻君，表面似寫對游女湘娥之情，而實寄寓其思君憂國之懷。然
則此亦受漢人以忠君憂國之說比附〈九歌〉諸神戀情之影響也。

　　至於〈九歌・國殤〉之禮贊爲國犧牲之英雄，此一主題則未見於
後世以九名篇擬作，此現象殊難理解，尙待方家爲吾解疑。

（二）與〈九章〉有關者

　　劉向〈九歎〉、王逸〈九思〉、陸雲〈九愍〉、皮日休〈九諷〉及
王夫之〈九昭〉皆爲哀憫屈子之作。其文大抵追敘屈子身世，或代屈

〔註4〕　〈九歌〉十一篇除〈禮魂〉外，其命篇皆以諸神祇之名爲之。《楚辭
　　　　補註》卷二〈九歌〉篇目〈東皇太一〉下註：「一本自〈東皇太一〉
　　　　至〈國殤〉上皆有祠字」，亦可知。而道周〈九訴〉九篇除「帝無臣」
　　　　外，亦皆以神祇之名命篇。

〔註5〕　凌廷堪〈祀古辭人九歌〉序：「乾隆四十三年著雍閹茂之歲元日壬戌，
　　　　廷堪將約友人章酌亭共治古文辭，於是釀酒於尊，刻楮爲主，書厥
　　　　姓名，祀之蓬屋，割雞而登俎，芼菘而實豆，并仿《楚辭・九歌》，
　　　　爲迎神送神之曲，屬酌亭和焉。」（《校禮堂文集》卷六）。

子立言，或爲屈子申情，故其寫作主題與〈九章〉有極密切關係。就五篇內容觀之，其寫作要旨可歸納爲四：其一，寫屈子好修自飾、志潔行廉之人格；其二，述屈子存君興國之忠忱；其三，述屈子遭讒被放之悲；其四，感歎君主不辨忠奸，而用佞去賢。如〈九歎〉首章〈逢紛〉，先敘屈子身世及志潔行廉之人格，再敘其遭讒見斥之悲，末則寫對故國之懷思痛傷。〔註6〕而〈惜賢〉、〈愍命〉二章則極寫國君之去賢用奸及忠賢之見害。又，〈九思〉之〈怨上〉、〈憫上〉二章皆寫群佞同流爲污，而若屈子之高潔者，唯有獨處悲愁。〈遭厄〉、〈悼亂〉則寫屈子遭難自沈，楚國用奸逐忠。〈傷時〉一章寫雖欲遠舉，而仍眷顧邦國。〈九懟〉則〈修身〉、〈行吟〉、〈紓思〉、〈考志〉幾章反覆申言屈子之好修自飾、砥節礪行。〈涉江〉寫屈子遭讒見放之哀傷，〈悲郢〉寫屈子顧懷郢都，時以君王、國事爲念，〈□征〉章則云：「懷故都而傷情」，「悲舊邦之欹傾。」〈感逝〉之亂詞曰：「繒羅重設，鳳矯翼兮。梧桐逝矣，樹榛棘兮。」則感歎賢俊不用，奸佞滿朝。〈九諷〉則〈正俗〉、〈遇謗〉、〈見逐〉、〈憫邪〉諸章皆寫屈子之賢而遭讒，忠而見放。〈捨慕〉寫屈子之志潔德芳，而楚國奸邪當道，倒上爲下，以聖爲誣。〈悲遊〉、〈憫邪〉、〈紀祀〉諸章則屢以國事爲憂。〈九昭〉則自〈汨征〉、〈申理〉、〈違郢〉、〈引裒〉、〈局志〉、〈蕩憤〉、〈悼子〉、〈懲悔〉至〈遺愍〉九章，皆念念於存君興國。〈局志〉、〈悼子〉二章則援引古事，感歎君主不知用賢去佞。凡此諸篇，其寫作主題皆不外在敘屈子之志潔行廉，及其存君興國之惓惓忠忱，故其作品主題大體與〈九章〉相似。

　　至於王褒〈九懷〉、曹植〈九愁〉、王褘〈九誦〉三篇，雖非追愍屈子之作，然其寫作主題亦有類於屈作者。試略論之：〈九懷〉乃有感於屈原身世，而藉騷體抒懷，其九章大意不外先言世俗之善惡不分，己之遭讒見放；次則言欲高舉有遠游之志，末則以忽睹舊邦，

〔註6〕參見傅錫壬先生《新譯楚辭讀本》頁249。

不忍遽去，因思君憂國而愴然涕下作結。〔註7〕其亂詞曰：「皇門開兮照下土，株穢除兮蘭芷覩，因佞放兮後得禹，聖舜攝兮昭堯緒，孰能若兮願爲輔。」亦可知其以去佞用賢爲全文主意，故知其寫作主題亦有同於〈九章〉者。又，曹植〈九愁〉則要在寫遭讒被放之悲及懷君憂國之思，末並表明一己寧作清水沈泥，而不爲濁路飛塵之志節。故其主題亦與〈九章〉相似也。至若〈九誦〉雖爲王禕抒個人感懷之作，然以其「荐嬰禍患，哀感并劇，情有所不任，撫事觸物，輒形於聲，蓋彷彿乎〈離騷〉之作。」(〈九誦〉序) 故其寫作主題亦有同乎〈九章〉者。如首章〈遠遊〉，既歎君門九重，己聞不能上達；又寫退修初服，以求志爲賢。二章〈皇天〉則表明潔身自愛；以求毋忝所生之志。此亦屈子好修自飾之意也。又〈世運〉、〈哀古人〉、〈皇綱〉三章則極寫民生亂離之苦，亦〈哀郢〉、〈抽思〉之志也。而〈皇綱〉、〈戎葵〉二章寫爲掾受辱，屢遭謗讟，亦同於〈九章〉之極言賢俊遭謗，讒佞在位也。

（三）與〈九辯〉有關者

王褒〈九懷〉既抒個人之感懷，而其感懷亦有同於宋玉者。如〈匡機〉：「撫檻兮遠望，念君兮不忘。」〈蓄英〉：「紛蘊兮黴黑，思君兮無聊。」此思君情懷亦同於〈九辯〉。又〈通路〉：「陰憂兮感余，惆悵兮自憐。」〈昭世〉：「撫余佩兮繽紛，高太息兮自憐。」此自憐情緒亦宋玉所有。又，劉基〈九嘆〉全文皆以悲秋興懷，既寫因秋傷時之逝，亦寫因秋而興思鄉懷君之愁。故其著力寫悲秋，與〈九辯〉頗爲相似。至若夏完淳〈九哀‧曜靈〉、〈思群公〉、〈南浦〉、〈結玉芝〉、〈雲中遊〉、〈臨清流〉、〈秋士悲〉、〈王孫〉、〈望首陽〉九章，皆以秋景襯寫秋情，而〈秋士悲〉、〈望首陽〉二章亦擬〈九辯〉，極力寫秋，故亦可謂與宋玉悲秋有同工之妙。而有清尤侗〈九訟〉之作也，即自云：「予也有蘭臺之遇，而同湘纍之憂，妻亡子歿，塊然逆旅，惆乎

<hr>

〔註7〕參見傅錫壬先生《新譯楚辭讀本》頁225。

有足悲者。」又云：「于時秋也，即以悲秋託始，至其卒章，比于〈遠遊〉。」據此即知其主題大抵與〈九辯〉相類也。其文起首即云：「悲夫！秋風蕭蕭兮起朔方。」二段首又云：「嗟秋日之易逝兮」。故知其確以悲秋爲主題。除悲秋外，全文亦流露自憐自傷之情緒。首段既云：「有客惇惇兮私自傷」，「步踟蹰兮倚惆悵」；二段又云：「憯羈人兮不自聊，視蒼天兮天益高。」蓋全文亦多寫因羈旅而自悲自憐也。凡此諸作其寫作主題皆有同於〈九辯〉者。

（四）與三九共同主題（感歎時間之無常，空間之隔離）相關者

　　擬作作品主題與三九相關者，除上列所述外，尚有對時間無常及空間隔離之感歎。此一主題爲三九共同重視者，自然亦多表現於擬作中。以下試就時間之無常、空間之隔離二端論之：

1. 時間之無常

　　擬作作品表現時間之無常者，可謂所在多有。或明寫歲月飛逝，而己仍淹留無成；或以景物之變異，暗寓歲月之不饒人。如劉向〈九歎・怨思〉：「欲容與以俟時兮，懼年歲之既晏。」而王逸〈九思〉之〈傷時〉、〈哀歲〉二章，更於章名揭出對時間無常之慨歎。陸雲〈九愍・脩身〉亦云：「悲年歲之晚暮，殉修名而競心。」揭傒斯〈九招〉云：「歲浩蕩而忽暮兮，民憂愁而曷夷。」至若黃道周〈九繹・惜將來〉：「怨莫極兮逝者哀，思莫煩兮惜將來。」又若劉基〈九歎〉、夏完淳〈九哀〉及尤侗〈九訟〉則又以景物之異，暗寫時光之流逝。如〈九歎〉：「秋天沉寥兮百草黃，蟋蛄悲吟兮朝榮有芳。」〈九哀〉：「秋颸動兮玉梁，芳草萋兮河陽。」〈九訟〉：「春與秋其代序兮，何韶光之忽也。」至若曹植〈九詠〉：「交有際兮會有期，嗟痛吾兮來不時。」則寫來之非時而不遇，此亦緣於時間而生之感嘆也！

2. 空間之隔離

　　擬作作品表現空間隔離之主題，或如〈九歌〉之以神踪渺遠難企爲憾者，或如〈九章〉、〈九辯〉之以媒絕路阻，見君不得爲愁者，亦

有如屈子見放、宋玉背鄉而興憂國思鄉，魂欲歸而不得之悲者。凡此皆緣空間隔離而生之哀愁。舉例明之，如何景明〈九詠〉：「嗟四方與上下，吾又安知其所尋。」黃道周〈九訴‧龍女〉：「靈何方兮淼若逃，暮朝君兮江上皐。」此與〈九歌〉之以神踪渺遠難企為憾同也。又如皮日休〈九諷‧正俗〉：「念儓覆之在位兮，若梟羊之當路。」王夫之〈九昭‧悼子〉：「美人豈其無儔兮，介良媒而屢誤。」此則以媒絕路阻，不得見君為愁也。又若劉向〈九歎〉：「余思舊邦心依違兮」，「瞻顧郢路終不返兮」。曹植〈九愁〉：「顧旋復之無軏，長自棄於遐濱。」此忠臣見放，因憂國而悲也。又如王禕〈九誦〉：「瞻望烏傷，吾故鄉兮。千里阻隔，路茫茫兮。」尤侗〈九訟〉：「望家鄉兮有所思，願馳驅兮夢見之。」此遊子思鄉之哀也。

　　綜上所述，可知後世以九名篇之擬作，其寫作主題亦有承襲三九者。

三、蘊含之思想

　　《楚辭》雖為文學作品，然蘊含豐富之思想。（參見上編第三章第一節三）以是後之擬作作者於擬作之時，於其豐富之思想亦有所取擬，故而以九名篇之擬作，其蘊含之思想，亦多有與三九相同者，茲舉其犖犖大者分論之。

（一）遠遊思想

　　三九所蘊含之遠遊思想，影響後之擬作者頗大。高似孫〈九懷‧蒼梧帝〉：「朝騰余軏兮梧陰，夕娛兮清澧。」〈思禹〉：「朝欲逝兮河津，夕濯衣兮西淑。」何景明〈九詠〉：「予遊兮北渚，往媵兮帝女。」「訪靈遊兮南麓，悵赤華兮不燭。」黃道周〈九訴‧少司命〉：「與君遊兮九嶷，君自尊兮予自卑。」〈東華帝子〉：「明霞冠兮芙蓉珮，予馭雲兮為君蓋。」夏完淳〈九哀‧思群公〉：「靈森發兮蕩九垓，緒颸橫兮相徘徊。」〈望首陽〉：「召豐隆兮招玄冥，驂龍首兮凌扶搖。」凡此諸作，其文中之遠遊，蓋皆與〈九歌〉中神之遨遊，或巫為尋神而遠遊相近。

又揭傒斯〈九招〉曰：「溘上征夫太空」，曰：「託赤松而遠遊」，則以天師之逝爲遠征太空，從仙人遊。而尤侗〈九訟〉自序云：「至于卒章，比于〈遠遊〉。」本文並自注：「此述文昌降乩事」，則亦敘神、巫之事。二文雖與〈九歌〉略異，然仍近〈九歌〉中之遠遊。

　　至若〈九章〉、〈九辯〉之遠遊思想，雖或由〈九歌〉之遠遊觀念而來，然其本質則與〈九歌〉異。蓋章、辯之遠遊，乃緣於現實之險難痛苦，故欲遠遊以忘憂，故其遠遊思想，實爲作者藉超現實之遊以解脫現實之苦悶。此思想影響後世擬作尤甚。王襃〈九懷〉可謂通篇皆充溢此遠遊遁世之思想。而劉向〈九歎〉九章，既有〈遠逝〉，復加〈遠遊〉，足見此思想之強烈。王逸〈九思・逢尤〉云：「嚴載駕兮出戲游，周八極兮歷九州。」〈疾世〉復云：「紛載驅兮高馳，將諮詢兮皇羲。」其餘之〈遭厄〉、〈傷時〉、〈守志〉諸章，亦皆有此思想。又曹植〈九愁〉：「御飛龍之蜿蜒，揚翠霓之華旌……披輕雲而下觀，覽九土之殊形。」亦藉遠遊以抒憂憤。另，陸雲〈九愍〉八章〈□征〉，皮日休〈九諷・捨慕〉，亦藉遠遊以暫紓憂國之憤。又若王褘〈九誦〉首章亦爲〈遠遊〉，然其遠遊乃遊歷山水名勝，故云：「泛浙河以西渡兮，憩錢唐之故都……覿河山之宏壯兮，望城闕之瑋麗。」此則與章、辯之遠遊異。而王夫之〈九昭・蕩憤〉云：「余儲奇服以遐征兮，紛髣髴而襲之……驚飂風而凌浮敭兮，夫何倒景之足憂。」其敘述雖與章、辯相似，然寓意則異，蓋其遐征乃指遠征強秦以蕩憤也。此則藉章、辯之遠遊而或轉寫現實之眞遊歷，或寄寓於冥想中征服遠敵之意。（船山之〈蕩憤〉既明寫屈子遠征強秦，亦暗寓征服來犯之遠敵——滿清。）

　　準上所述，可知後世擬作於三九之遠遊思想，皆有所承襲，雖然亦有性質大異者，然亦可謂自屈宋之遠遊發展轉化者。

（二）政治思想

　　屈子爲政治家，故其〈九章〉蘊含豐富之政治思想，宋玉〈九辯〉

則承襲屈子對政治之看法而稍異之。（參見上編第三章第一節三）後世以九名篇之擬作，因受屈宋影響，於作品中亦有表現其政治主張者，然大抵未出屈宋範疇。歸納言之，則舉賢去佞及反蔽壅、禁朋黨也。

王褒〈九懷・通路〉：「痛鳳兮遠逝，畜鴆兮近處。」〈株昭〉：「瓦礫進寶兮，捐棄隨和。」其亂詞亦云：「四佞放兮後得禹，聖舜攝兮昭堯緒，孰能若兮願為輔。」又劉向〈九歎〉之〈惜賢〉、〈愍命〉二章則援引史事，以明示舉賢去佞之重要。王逸〈九思〉亂詞則云：「配稷契兮恢唐功，嗟英俊兮未為雙。」陸雲〈九愍・感逝〉亂曰：「矰羅重設，鳳矯翼兮。梧桐逝矣，樹榛棘兮。」皮日休〈九諷〉序則明揭斯文之作在「懼來世任臣之君，因謗而去賢」，故其文末二句曰：「來者之目鑒兮，無致位於牙孽。」王夫之〈九昭〉之〈局志〉、〈悼子〉、〈懲悔〉數章亦皆以國君不能用賢為悲。凡此皆或暗喻或明寫為政之人當舉賢能，去奸佞。

又，王褒〈九懷・通路〉，以賢者無由而進為主意。劉向〈九歎・逢紛〉：「願承閒而自恃兮，徑淫曀而道壅。」〈遠遊〉：「懷蘭芷之芬芳兮，妬被離而折之。」此則以賢俊被郥離為憾。王逸〈九思・逢尤〉：「念靈閨兮隩重深，願竭節兮隔無由。」〈守志〉：「伊我后兮不聰，焉陳誠兮效忠。」此亦寫忠臣之無由陳誠。曹植〈九愁〉：「恨時王之謬聽，受奸枉之虛辭。」「以忠言而見黜，信毋負於時王。」則寫因讒被黜，不得進用。陸雲〈九愍・涉江〉：「悲讒口之罔極，隔離情於參辰。」又，王禕〈九誦・遠遊〉：「君門邃乎穆穆兮，嚴虎豹以守關。」黃道周〈九繹・以難〉：「非娥眉兮則妬予」，「欲言兮以難」。凡此皆寫忠臣被離，無由盡忠，故知諸士或以章、辯之屢以媒絕路阻，陳辭無由為恨，或以己之遭讒被郥而與屈宋有同慨之悲，故於擬作中時以「反蔽壅」為念。

王逸〈九思・怨上〉：「哀哉兮溷溷，上下兮同流。」〈憫上〉：「眾多兮阿媚，骯髒兮成俗。貪枉兮黨比，貞良兮嫈獨。」曹植〈九愁〉：

「兢昏瞀以營私，害予身之奉公。共朋黨而妬賢，俾予濟乎長江。」
陸雲〈九愍·修身〉：「黨朋淫以惡美，疾傾宮之揚娥。」〈感逝〉：「馨
貞規以殉節，反蒙謫於朋群。」凡此皆謂小人朋比爲奸，妬害賢良，
亦顯示出作者「禁朋黨」之主張也。

另外，陸雲〈九愍·悲郢〉：「忘大寶之勿假，輕挈瓶之守器」，
言君王應勿將權勢假人。皮日休〈九諷·憫邪〉：「既養虪以遺患兮，
遂倒鈐而受柄」，則言養奸而致權位旁落，此亦戒爲政者之不辨忠奸，
以權假人，或受有法家影響，然亦與屈子之主張相通也。

要而言之，後世擬作於作品中表現之政治思想大抵不出屈子所主
張者。

（三）愛國思想

屈子執著強烈之愛國思想可謂九死不悔，此影響後之忠臣志士極
大，而後世擬作作者受屈子愛國憫民精神之感召，自然於作品中亦流
露此一思想。至若宋玉之愛國思想乃表現於忠君上，此於「以君爲國」
之古代，其影響亦不薄。（參見上編第三章第一節三）以是後之擬作
作者亦有以思君憶王表現其愛國思想者。

王褒〈九懷·匡機〉：「撫檻兮遠望，念君兮不忘。」〈蓄英〉：「紛
蘊兮黴黰，思君兮無聊。」此以思君念王表現其忠君愛國者。劉向〈九
歎·離世〉：「余思舊邦心依違兮」，〈憂苦〉：「悲余心之悁悁兮，哀故
邦之逢殃。」王逸〈九思·逢尤〉：「望舊邦兮路逶隨，憂心悄兮志勤
劬。」曹植〈九詠〉：「何世俗之蒙昧，悼邦國之未靜。」〈九愁〉：「匪
徇榮而愉樂兮，信舊都之可懷。」陸雲〈九愍·悲郢〉：「嗟哲士之足
歎，傷邦家之殄瘁。痛靈修之匪懷，頹九成於一簣。」皮日休〈九諷·
見逐〉：「望靈修兮似失，出國門兮若驚。」凡此或藉懷思舊都、或藉
悼傷邦國殄瘁以寄其愛國之思。

至若王禕〈九誦·世運〉：「眚干戈其並起兮，鼎四海之沸騰。哀
民生之多艱兮，寧性命之可憑。」〈皇綱〉：「皇綱忽其遂弛兮，今歷

載猶莫振。昔烟火以萬里兮，今瓜剖而豆分。」此則於民生亂離，皇綱不振，殷殷致意，其憂國憫民有同乎屈子懷抱者。又，王夫之、夏完淳並生明末，眼見國亡於異族，故其作品尤充分顯露愛國思想。夫之〈九昭〉首章寫覽河山之異而悲，三章〈違郢〉寫目睹郢都淪陷而恨，四章〈引裏〉則幻想與君相遇，六章〈蕩憤〉則幻想掃平強敵，八章〈懲悔〉則明揭君心邪正之分乃社稷存亡所繫，末章〈遺愍〉，則絕命之際猶以宗國為念。夏完淳〈九哀〉則首章〈曜靈〉乃隱寓明亡之痛，二章〈思群公〉乃思懷死國事之諸士，三章〈南浦〉寫國亡於異族之憤，四章〈結玉芝〉乃哀痛君亡而國事全非，末章〈望首陽〉則表明不為亡國奴之志。二文於屈子強烈之愛國思想，可謂極力闡發。此亦二氏與屈子同有憂國之思、懼亡之恨歟！

除遠遊、政治、愛國思想外，擬作蘊含之安土重遷觀、天命觀、人生觀亦有承襲三九者。略而言之：擬作安土重遷之思想亦與屈宋同，即與愛國思想結合也。然若劉基〈九歎〉：「屣履起兮獨徬徨，心悠悠兮懷故鄉。」「魚歸淵兮狐首丘，終余生兮安所求。」及尤侗〈九訟〉：「雁嗷嗷兮悲故鄉」，「忽極目兮傷懷，睨舊鄉兮流涕。」則皆單純之懷思故鄉，而有落葉歸根之思。又，擬作之天命觀大抵亦不出三九之宿命及天命靡常之思想。如王逸〈九思〉：「愍余命兮遭六極，委玉質兮於泥塗。」蔡邕〈九惟〉：「天之生我，星宿值貧。」曹植〈九愁〉：「豈天鑒之孔明，將時運之無常。」「嗟大化之移易，悲性命之攸遭。」王褘〈皇綱〉：「我命不其在天兮，固賴此以為恃。」另外，關於人生觀，則大抵亦同於屈宋之立脩名。如王逸〈九思〉：「相輔政兮成化，建烈業兮垂勳。」曹植〈九詠〉、〈九愁〉：「寧作清水之沈泥，不為濁路之飛塵。」王褘〈九誦·哀古人〉：「庶有立於功言兮，稍自見於身後。」凌廷堪〈九慰〉：「士生三代以還兮，恐修名之不立。」「年壽有時遷化兮，未若聲名之無窮。」

綜上所述，可知後世以九名篇之擬作，其蘊含之思想，亦大抵承襲自〈九歌〉、〈九章〉、〈九辯〉。

四、運用之素材

　　山川景物、歷史材料、神話故事爲〈九歌〉、〈九章〉、〈九辯〉所常使用之素材。（參見上編第三章第一節四）而此三素材亦多爲後世以九名篇之擬作採用，此或爲擬作者受屈宋之影響有以致之，然亦以此三素材係寫作之重要資源也。蓋「山林皐壤，實文思之奧府」（《文心·物色》語），而據事類義，援古證今，若得其要，則雖小成績，譬若寸轄制輪，尺樞運關也。〔註8〕至若神話故事則「事豐奇偉，辭富膏腴」，有益文章矣。〔註9〕

（一）山川景物

　　擬作作者或觸景生情，或以景襯情，或藉物起興，故於山川景物之描寫可謂篇篇有之，尤以受宋玉悲秋之影響，於秋景之描繪獨多。以下試舉例說明之：

　　王褒〈九懷·尊嘉〉「言季春之時百卉垂條，獨幽蘭隕落，故以屈子沈江爲痛。」〈蓄英〉則「言秋時本花草茂盛而微霜下降，使大地爲之沈寂，故己欲離此遠去。」〈株昭〉則寫「在冬時見枝葉凋謝而興悲」〔註10〕此則因季節變換，景物殊異，因而觸景生情。王逸〈九思·傷時〉乃寫「當陽氣奮發之時，思貞良之遇害，故欲遠舉，然己仍眷顧獨懷」。〈哀歲〉則寫「歲末興哀，見萬物之惟暮，己之無友而憂鬱。」〔註11〕陸雲〈九愍·涉江〉乃敍述涉江所見，其亂詞云：「顧我愁景，惟永傷兮。」〈紆思〉亂詞：「猗猗芳草，殖山阿兮。朝日來照，發豐華兮。秋風蕭瑟，凝霜加兮。傾葉懷春，猶俟河兮。」王禕〈九誦〉：「時仲冬方凜冽，號曠野之朔風。冰皚皚而

〔註8〕《文心雕龍·事類》：「事類者，蓋文章之外，據事以類義，援古以證今者也。」「故事得其要，雖小成績，譬寸轄制輪，尺樞運關也。」
〔註9〕《文心雕龍·正緯》：「若乃義農軒皞之源，山瀆鍾律之要，白魚赤烏之符，黃金紫玉之瑞，事豐奇偉，辭富膏腴，無益經典而有助文章。」
〔註10〕同註7。
〔註11〕參見傅錫壬先生《新譯楚辭讀本》頁265。

層生兮，雪皓皓以遞積。」凡此皆觸景生情也。

劉向〈九歎‧思古〉：「冥冥深林兮樹木鬱鬱。山參差以嶄巖兮，阜杳杳以蔽日。」曹植〈九詠〉、〈九愁〉：「野蕭條以極望，曠千里而無人。」皮日休〈九諷‧悲遊〉：「芷既老兮深約，日將暮兮紅萎。」〈端憂〉：「汀邊月色兮曉將曉，浦上蘆花兮秋復秋。」高似孫〈九懷‧越王臺〉：「草長兮菲菲，越山青兮霏微。」〈崟山雨〉：「江有蘺兮溪有蓀，沙一抹兮雲垂垂。」王夫之〈九昭‧汨征〉：「發江山之芊藀兮，回風被乎嘉卉。」〈遺懟〉：「悲風颯兮楓林幽，夕雨互兮秋草積。」凌廷堪〈九慰〉：「偉哉！大江之東注兮，包七澤而孕三湘。」凡此則或以景襯情，或藉物起興。

至若傾力寫秋如〈九辯〉者，有劉基〈九歎〉、夏完淳〈九哀〉及尤侗〈九訟〉。〈九歎〉九段皆與秋有關，尤其首尾二段更極寫秋景，如：「秋風起兮夕露溥，浮雲沈陰兮白日晝寒。」「秋天沉渺兮百草黃，蟋蛄悲吟兮朝榮有芳。」〈九哀〉則〈秋士悲〉全章皆寫秋景，〈王孫〉則「三江波兮木葉脫，孤雁嗷嗷兮起天末。秋氣高兮肅清，激流霜兮哀越。」〈望首陽〉則「廖廓兮秋天肅而氣高，搖落兮草木變黃于亭皋」至「天淫淫兮降霜，大塊動兮秋潦。」皆極寫秋景。又尤侗〈九訟〉即以悲秋託始，故其首、二段亦著力寫秋景。

另外，如劉向〈九歎‧逢紛〉亂詞：「譬彼流水紛揚磕兮，波逢洶湧潰滂沛兮……龍邛脟圈繚戾宛轉阻相薄兮」，則以景託喻屈子之貞潔。王夫之〈九昭‧悼子〉：「獻歲發春兮，荃茸茸其始秝。」則以歲時秝草喻幼君。又，趙秉文〈黃河九昭〉之作，雖非描繪黃河之景，然其要在寫黃河之德性，亦緣山水景物而作也。

（二）歷史材料

運用歷史材料為素材，乃屈子創作之特色，觀〈九章〉提及之歷史人物即可知之。後之擬作承襲此一作風，亦多有運用歷史材料為素材者。然以擬作作者生在屈子之後，故所取資者或較多，且亦有逕以

屈子事迹爲故實者。

　　王褒〈九懷・尊嘉〉：「伍胥兮浮江，屈子兮沈湘。」〈陶壅〉：「思堯舜兮襲興，幸咎繇兮獲謀。」劉向〈九歎・怨思〉：「若龍逢之沈首兮，王子比干之逢醢。」〈惜賢〉：「驅子僑之犇走兮，申徒之赴淵……吳申胥之抉眼兮，王子比干之橫廢。」又〈愍命〉、〈思古〉二篇亦多以故實襯寫今之君不能用賢。王逸〈九思・逢尤〉亦舉丁文、呂傅，平差、忌囂之事以明君賢相比昏主佞臣。〈悼亂〉亦以督萬侍宴，反襯賢如孔聖、鄒衍者反遭困厄。皮日休〈九諷・遇謗〉：「既不辨於顏跖兮，遂一貫於堯桀。」〈捨慕〉：「以鄭姬爲醜兮，以子產爲愚。」趙秉文〈黃河九昭・避礙〉：「申生以孝斃兮，萇弘以忠而誅夷。尾生信而溺兮，仲子廉而飢。」王禕〈九誦・皇天〉：「顏氏子之求仁兮，盜跖恣睢而強暴。」〈戎葵〉：「昔姬文囚羑里兮……彼史遷雖宮刑，亦奇禍之終脫」一段，尤多以歷史故事爲說。王夫之〈九昭・扃志〉亦以伯夷、叔齊、百里奚、比干、伍子胥之事寫忠賢見棄。尤侗〈九訟〉則云：「相如渴兮曼倩飢，子雲寂寞兮亭伯孤。」凡此皆以歷史故實爲素材。

　　又，元揭傒斯〈九招〉，係「爲故嗣漢三十八代天師張留公作」，以其追悼對象乃漢留侯之後，故文末云：「昔留侯之純懿乎，佐炎漢而興劉。」乃敘張良功蹟。至若高似孫〈九懷〉，雖爲擬〈九歌〉之作，然卻以歷史人物與名勝古蹟爲歌詠對象，其自序云：「越山川，曾識舜禹，作〈蒼梧帝〉、作〈思禹〉。又經句踐君臣，作〈越王臺〉，作〈鴟夷子皮〉。吳爲越所滅，失於棄胥也，作〈浙水府〉。始皇東游，以功被石，作〈秦游〉。王謝諸人，殊鍾情於越，迄爲蒼生一起，作〈東山〉。其以德著于腏祠者，侑之歌，作〈江夫人〉，作〈嶠山雨〉。」據此可知其以歷史故實爲寫作之素材也。又凌廷堪〈祀古辭人九歌〉之作，乃祠祀曹丕、摯虞、陸機、蕭統、沈約、任昉、劉勰、鍾嶸、徐陵九位文學理論家，其文以述各家之生平及文學上之貢獻爲主，故亦取材於歷史矣！

（三）神話故事

三九皆以神話爲寫作素材，然〈九歌〉係直接扮演神之故事，敘述神之特性；而〈九章〉、〈九辯〉則藉神話敘寫非現實之遊，以表達其遠遊之思想。此二用法，悉見於後世之擬作，試略論述之：

曹植〈九詠〉「芙蓉車兮桂衡」至「雅音奏兮文虞羅」乃敘神之行事。皮日休〈九諷‧紀祀〉乃寫湘君、湘夫人、河伯、山鬼諸〈九歌〉中神祇之事。鮮于侁〈九誦‧堯祠〉，則以歷史人物爲神，而寫其來享祠祀之事。高似孫〈九懷〉所歌誦者亦歷史人物，然於文中則已將其轉化爲神，而敘其行事。如〈蒼梧帝〉：「哀絃切兮入雲，靈來下兮繽紛。」〈思禹〉：「攬九州兮余憂，民將魚兮誰瘳。」趙秉文〈黃河九昭‧化道〉則亦將黃河視若河神，而敘其跋龍門之事。揭傒斯〈九招〉所悼雖爲凡人，然因此人爲道教之天師，故亦視之爲神，故文首即曰：「維眞人之壽命兮，敝天地而弗終。寧厭濁醜穢兮，溘上征乎太空。」何景明〈九詠〉雖未分篇，然亦寫祭神之事，其於神之容止服飾亦多所敘寫，又描述巫之訪尋神跡，亦以神話爲素材。黃道周〈九繹〉、〈九鰲〉、〈九訴〉三篇亦多寫神之事，尤以〈九訴〉九篇亦如〈九歌〉之各標諸神之名，而篇之內容即寫諸神之事。夏完淳〈九哀〉乃擬〈九歌〉寓明亡之痛，其〈曜靈〉、〈思群公〉乃悼亡君及死國事諸臣，而將諸人視爲神祇，多以神話中之人、事、物敘寫冥想中諸神之事。至若尤侗〈九訟〉述文昌降乩事，亦如〈九歌〉之敘神之行事。以上諸作其以神話爲素材，皆同於〈九歌〉之直接敘寫神之故事、特性。

王褒〈九懷‧思忠〉：「駕玄螭兮北征」，「玄武步兮水母」；〈陶壅〉：「駕八龍兮連蜷」，「覯皇公兮問師」。劉向〈九歎‧逢紛〉：「馳余車兮玄石……魚鱗衣而白霓裳。」〈遠逝〉：「佩蒼龍之蚴虯兮……建黃繡之總旄。」王逸〈九思‧逢尤〉：「周八極兮歷九州，求軒轅兮索重華。」〈守志〉：「乘六蛟兮蜿蟬……秉電策兮爲鞭。」曹植〈九愁〉：「御飛龍之蜿蜒……飄弭節於天庭。」陸雲〈九愍‧紆思〉：「頓椒丘而息駕……訪百神而考祥。」〈□征〉：「結垂雲之翠虹……塵蒙颿而

絕輪。」皮日休〈九諷・捨慕〉:「吾將奮鱗於大空兮」,「吾將發榮於蟠桃兮」。趙秉文〈黃河九昭・通天〉:「前羲和使弭節兮……聞琅琅之天語。」以上皆以神話中之人、事、物寫超現實之遊,大抵與〈九章〉、〈九辯〉之駕馭諸神同也。又,王夫之〈九昭・蕩憤〉亦以神話人物寫「遐征」,然其遐征乃遠征強敵,亦從章辯之遠遊衍出,而本質有異。

運用神話爲素材,除上述兩種用法外,如劉向〈九歎・遠逝〉:「合五嶽與八靈兮,訊九魃與六神。」則與〈惜誦〉質諸五帝、六神同。而王逸〈九思・疾世〉:「求水神兮靈女」及夏完淳〈九哀・望首陽〉「叩英皇兮訪有姚」,則略同〈離騷〉之「求宓妃」、「媒娀女」(《文心・辨騷》語),亦爲運用神話,以寫其渴求媒理,爲通悃忠也。至若皮日休〈九諷・見逐〉:「將訴帝于玉京」,亦與〈離騷〉之「就重華而陳詞」同也。另外,如劉基〈九難〉、王詒壽〈九招〉乃擬〈七發〉之作,其於舖陳宮室之美、神仙之樂等,亦皆多運用神話中之人、事、物。其用法雖與《楚辭》不同,然亦受屈宋作品運用神話之影響也。

綜上所述,知後世以九名篇擬作,其運用之素材,大體與〈九歌〉、〈九章〉、〈九辯〉雷同也。

據上所論,可知後世以九名篇之擬作,其創作動機、作品主題及蘊含之思想、運用之素材皆有同於三九者,故知其內容實與三九有血脈相連之關係也!

第二節　形式之模擬

後世以九名篇之擬作除內容與三九有血脈相連之關係外,其形式雖亦有取則三九以外之《楚辭》各篇,甚或偶採楚辭以外之文體者,然大抵仍以模擬〈九歌〉、〈九章〉、〈九辯〉爲主。此蓋其既以「九」名篇,則於爲文之際,自然有意摹仿之。以是其所作,無論結構、造句、遣詞、聲律與夫寫作技巧皆與三九有形近貌似之處。

以下即分成五小節探討後世擬作其結構、造句、遣詞、聲律及寫作技巧與三九之關係。

一、結　構

〈九歌〉係由十一篇各有分題之祀神曲組成，就全篇言，其爲一完整有機之舞曲結構；就各篇言，則或以候人爲線索，或以設祀、神來享、神去爲行文依據。至若〈九章〉則由九篇了不相關之文辭組成，就全篇言，其間並無必然關係；就各篇言，則自有其以時序或誦唱形式統馭全文進展者。而〈九辯〉則爲一無分題，無分篇之完整獨立篇章，其結構則爲或感時、感事、感物之抒情結構。（參見上編第三章第二節一）以下即試析後世擬作其結構有所取資於三九者。

（一）與〈九歌〉相關者

鮮于侁〈九誦〉雖僅存〈堯祠〉一章，並〈舜祠〉一篇名，然可知其爲分篇且各有分題之祀神曲。而就〈堯祠〉內容觀之，首言設祀，繼言神來享，末言神之聖德，則其結構有類〈九歌〉。高似孫〈九懷〉依序爲〈蒼梧帝〉、〈思禹〉、〈越王臺〉、〈鴟夷子皮〉、〈浙水府〉、〈秦游〉、〈江夫人〉、〈東山〉、〈嶧山雨〉九篇，亦爲分篇且各有分題之祀神曲，而其內容則模擬〈九歌〉除〈國殤〉、〈禮魂〉外之各篇，故其結構亦似之。黃道周〈九繹〉、〈九釐〉皆如〈九歌〉之各有分題，且亦分十一篇，顯然模擬〈九歌〉。又氏所作〈九訴〉一篇依次爲〈帝無臣〉、〈大司命〉、〈少司命〉、〈偓佺〉、〈山鬼〉、〈龍女〉、〈三尸〉、〈東華帝子〉、〈諾皋將軍〉九篇，雖文止九篇，然其亦爲分題、分篇之祀神曲。且就其篇名觀之，亦可知其諸神之排列雖與〈九歌〉之依天神、地祇、人鬼爲次不同，然亦隱然有一定之次，〔註12〕則其於〈九歌〉爲完整統一之舞曲結構或有所取法焉。

〔註12〕帝無臣，則爲最尊貴之天神，次則與人關係密切之兩司命神，再次爲古仙人，再次爲山神、水神（龍女），又次爲人體中之三尸神，末則殿以太陽、太陰之神。（東華帝子，日神也，諾皋將軍則太陰之名

又凌廷堪〈祀古辭人九歌〉，雖無分題，然於各篇之末皆注明祀何人之詞，故亦與分篇同。就其形式、內容言，其結構當較近〈九歌〉。另曹植〈九詠〉前半篇寫祀神之事，亦先言設祀，繼言神享，亦與〈九歌〉同。

（二）與〈九章〉相關者

　　王褒〈九懷〉分九篇，各有分題，末繫亂詞；王逸〈九思〉亦同。此就其全篇言，結構似九章。劉向〈九歎〉亦分九篇，且各有分題，其結構整齊，即每章之末均有歎曰以敘詩人之意，名為歎曰，實則與〈九章〉之〈哀郢〉、〈懷沙〉之亂曰同，故其結構亦近〈九章〉。至若皮日休〈九諷〉、王禕〈九誦〉、王夫之〈九昭〉，皆分九章，各有分題，其全篇結構亦似〈九章〉。又，陸雲〈九愍〉為〈修身〉、〈涉江〉、〈悲郢〉、〈行吟〉、〈紓思〉、〈考志〉、〈感逝〉、〈□征〉、〈□□〉九章，其〈涉江〉、〈紓思〉、〈感逝〉三篇末有亂曰，顯係模擬〈九章〉之〈涉江〉、〈抽思〉及〈懷沙〉。趙秉文〈黃河九昭〉亦分九章，各有分題，其〈避礙〉篇末有孺子歌曰，又歌曰；〈通天〉篇之末則有亂曰，亦擬〈抽思〉、〈涉江〉等篇之前誦後唱之結構。以上係就外在形式之結構言之。至若各章之內在結構，如王褒〈九懷〉之首，言己之遭讒，繼言欲遠游，末則以忽覩故鄉，不忍遽去作結，〔註13〕此則頗類〈離騷〉。又如劉向〈九歎・怨思〉，反複陳述志向之不達，其內在結構頗似〈抽思〉。至若陸雲〈九愍〉之〈涉江〉、〈紓思〉、〈感逝〉，其內在結構亦有擬於〈九章〉之〈涉江〉、〈抽思〉、〈懷沙〉。又黃道周〈九繹〉、〈九鬽〉、〈九訴〉雖擬〈九歌〉，而其文末之亂曰，顯受騷、章影響。

（三）與〈九辯〉相關者

　　曹植〈九詠〉、〈九愁〉，揭傒斯〈九招〉、劉基〈九嘆〉、何景明

　　　也。）
〔註13〕同註7。

〈九詠〉、尤侗〈九誦〉無分篇，無分題，亦無亂詞，就整篇外在架構言，接近〈九辯〉。凌廷堪〈九慰〉亦與〈九辯〉同爲無分題、無分篇，然其文末多一亂詞，顯受騷、章影響。就內在結構言，則劉基〈九嘆〉亦如〈九辯〉之爲或感事、感時、感物之抒情結構。而尤侗〈九訟〉自序云：「于時秋也，即以悲秋託始，至其卒章，比于遠遊。」其以悲秋始，以遠遊終之結構正學自〈九辯〉。

　　以上乃後世以九名篇之作，其結構承襲三九者。又自王逸《楚辭章句》於〈離騷〉、〈九歌〉、〈天問〉、〈九章〉以下至己作〈九思〉之前，皆加題一序，爾後之作，如陸雲〈九愍〉、高似孫〈九懷〉、趙秉文〈黃河九昭〉、王禕〈九誦〉、王夫之〈九昭〉、尤侗〈九訟〉、凌廷堪〈九慰〉及〈祀古辭人九歌〉等作，皆於本文之前自序作文之意，而皮日休〈九諷〉文前之〈九諷系述〉，亦自序之意，此或受王逸章句之影響。又，劉基〈九難〉、王詒壽〈九招〉則前一段爲序，中八段爲招辭，末段爲結，其體製似〈七發〉，然本文九段則或以以九名篇，故有擬於〈九章〉之以九章成篇。

二、造　句

　　三九句型大體分〈九歌〉句系、騷章句系、〈橘頌〉句系、〈懷沙〉句系四式。〈九歌〉皆用九歌句系，〈九章〉則兼採騷章、〈橘頌〉、〈懷沙〉句系，至若〈九辯〉則雜用〈九歌〉句系及騷章句系。以上乃就句型而言，若據造句法言之，則三九造句之重要特色爲詞組代句，限制詞冠句首及單詞獨用，與夫同義詞疊用。（參見上編第三章第二節二）以下即據擬作之句型及造句法，略析其與〈九歌〉、〈九章〉、〈九辯〉之關係。

（一）與〈九歌〉相關者

　　王褒〈九懷〉除〈株昭〉一章採用〈懷沙〉「四兮四」句型外，其他各章及亂詞皆採〈九歌〉句系，以「二兮二」及「三兮二」句式最多，亂詞五句皆「三兮三」句型。王逸〈九思〉亦採〈九歌〉

句系，亦以「二兮二」、「三兮二」、「三兮三」句型為主；惟首章二句「□兮□」之三字句為三九末見。曹植〈九詠〉前半篇自「芙蓉車兮桂衡」至「泣下雨兮歎成雲」亦採〈九歌〉句系。鮮于侁〈九誦・堯祠〉亦採〈九歌〉句系，至若高似孫〈九懷〉則擬〈九歌・山鬼〉以上九篇，句型皆同。（參見本編第一章第三節三）劉基〈九嘆〉除部分採用〈懷沙〉「四兮四」、「四兮五」句型外，大多為〈九歌〉句系。何景明〈九詠〉或有意擬曹植之作，自文首至「胡軒輆兮不我復」，亦採〈九歌〉句系。黃道周〈九繹〉、〈九盩〉、〈九訴〉三篇亦以〈九歌〉句系為主，而〈九繹・下土不可居〉則雜騷章句系及〈九辯〉「二兮五」之句型，〈黃農沒〉則雜散文句法，亂詞則採〈橘頌〉句系，然中有四句，句句用兮，似擬《史記》屈賈列傳所引〈懷沙〉亂詞。〔註14〕又〈九盩〉亂詞則採〈橘頌〉句系，〈九訴〉亂詞則似七言詩。夏完淳〈九哀〉除〈望首陽〉一章句法似〈九辯〉外，亦以〈九歌〉句系為主，中偶雜數句騷章句式。凌廷堪〈祀古辭人九歌〉則皆採〈九歌〉句系。

（二）與〈九章〉相關者

　　劉向〈九歎〉大抵採騷章句系，其虛詞上下之字或有參差，然以「□□□○□□兮，□□□○□□」之「六兮六」句型為主。而歎曰則採〈橘頌〉句系，然首、末章各有長達十二字之長句二三。又〈思古〉一章有「冥冥深林兮樹木鬱鬱」一句採〈九歌〉句系。揭傒斯〈九招〉亦採騷章句系，以「六兮六」句型為主。王禕〈九誦〉除〈瞻烏傷〉及〈世運〉亂詞，〈戎葵〉倡曰一段採〈橘頌〉句系外，餘皆採騷章句系。又，曹植〈九詠〉「先後悔其靡及」以下，以「□□□□□□，□□□○□□」之句型為主，亦即騷章句系去其上句句末之兮字。曹植〈九愁〉句法亦同〈九詠〉。至若有明何景明〈九詠〉末段，

〔註14〕《史記・屈賈列傳》所引〈懷沙〉亂詞，每句末皆有兮字，如：「浩浩沅湘兮，分流汨兮。修路幽拂兮，道遠忽兮。」

即「嗟四方之與上下」以下，亦採此句型，惟末句之上句末仍保留兮字，此可見從騷體至賦體演變之痕跡。另，陸雲〈九愍〉除〈涉江〉雜二「六兮六」句型及其亂詞並〈紓思〉、〈感逝〉之亂詞採〈橘頌〉句系外，餘句法亦同〈九詠〉、〈九愁〉。此句型雖與騷章句系之上句末有兮不同，然亦從騷章句系來。故皆列入與〈九章〉相關者。

（三）與〈九辯〉相關者

〈九辯〉乃雜採〈九歌〉句系、騷章句系，故擬作有雜採此二句系者，則列入與〈九辯〉相關者。皮日休〈九諷〉句法變化較多，如〈正俗〉：「吾欲以明喆之性辨君臣之分兮，定文物之數」，其兮字上長至十二字；又如〈遇謗〉則有與〈九辯〉相同之「二兮六」句型，如：「有肪兮點而謂之不潔。」且其各章多雜用騷章句系、〈九歌〉句系，而所用句型較多，故文頗有散文參差錯落之致，此亦有得於〈九辯〉者。趙秉文〈黃河九昭〉句法亦較複雜，除〈入海〉一章採〈招魂〉句系，〈通天〉一章採騷章句系，其餘各章大多雜用〈九歌〉、騷章句系，而〈避礙〉章及〈通天〉章亂詞兼採〈橘頌〉句系，除此外如〈通塞〉、〈匡俗〉二章亦偶有三四言句及四四言句，或為受賦體影響。王夫之〈九昭〉、尤侗〈九訟〉亦雜用〈九歌〉、騷章句系。以上就其句型觀之，乃較近〈九辯〉者。

以上乃據後世擬作之句型見其與三九之關係。至若三九造句之重要特色，如詞組代句，於近〈九歌〉句系之篇章中亦可偶見。如曹植〈九詠〉：「惠儔兮苓牀」，高似孫〈九懷·思禹〉：「蓀橈兮桂檝」。又限制詞冠句首及單詞獨用亦偶有所見，如劉向〈九歎·怨思〉：「蹇離尤而干詬」，皮日休〈九諷〉：「粵句亶之薄俗兮」，揭傒斯〈九招〉：「溢上征乎太空」，王禕〈九誦·皇綱〉：「紛巧言其如簧」。至若同義詞疊用亦可見，如王逸〈九思·逢尤〉：「世既卓兮遠眇眇」，皮日休〈九諷·潔死〉：「永幽憂而怫鬱」，劉基〈九嘆〉：「愴悒恨兮不忍聽」，王禕〈九誦·哀古人〉：「步徬徊而蜷局兮，行徬徨以蹉跎。」

除上述之外，後世擬作亦常有模擬、點竄三九名句者。〈湘夫人〉：「麋
何食兮庭中，蛟何為兮水裔」二句，屢為擬作所仿。如劉基〈九嘆〉：
「舟何為兮山阿，車何為兮水濱。」夏完淳〈九哀・臨清流〉：「萍
何為兮崖際，鶴何為兮林間。」尤侗〈九訟〉：「蘋何聚兮水中，花
何開兮木末。」又，〈少司命〉：「悲莫悲兮生別離，樂莫樂兮新相知。」
二句前人許為千古情語之祖，〔註15〕亦為擬作競相摹擬。如皮日休
〈九諷・悲遊〉：「悲莫悲兮新去國，怨莫怨兮新相思。」高似孫〈九
懷・越王臺〉：「樂莫樂兮知幾，哀莫哀兮別離。」趙秉文〈黃河九
昭・化道〉：「速莫速兮蛻骨餘，樂莫樂兮縱壑初。」至若點竄三九
文句入文者，則隨處可見，不煩贅舉。

三、遣　詞

　　三九於遣詞之特色，要在其聯綿詞與方言之運用。故後世擬作亦
受此影響，而有運用聯綿詞及方言之傾向。除聯綿詞、方言外，後世
擬作亦多有沿用屈宋常用語彙之習慣，此或擬作者習染《楚辭》既久，
無形中受其影響；或以屈宋之瓌辭麗句、豔溢錙毫，使擬作者愛而不
忍弗用！以下即分聯綿詞之運用、方言語彙之承襲、常用語彙之沿用
或點竄三端，論後世以九名篇擬作，其遣詞用語與三九之關係。

（一）聯綿詞之運用

　　三九極著力於聯綿詞之運用，此亦為擬作作者所承襲。試論述之：
　　疊字之運用，乃辭賦之重要特質。三九皆多疊字，而後之擬作
者，亦多承襲此風。如王褒〈九懷〉之闐闐、皎皎、莽莽，劉向〈九
歎〉之藹藹、哀哀、愁愁，王逸〈九思〉之眇眇、嫈嫈、眽眽，蔡
邕〈九惟〉之殷殷、栗栗，曹植〈九愁〉之眇眇、慊慊、慘慘，陸
雲〈九愍〉之悠悠、猗猗、渾渾，皮日休〈九諷〉之猖猖、怒怒、
綿綿，鮮于侁〈九誦〉之轔轔、蕭蕭、欣欣，高似孫〈九懷〉之慘

〔註15〕參見王世貞《藝苑卮言》卷二。

慘、冉冉、鏘鏘，趙秉文〈黃河九昭〉之闐闐、冥冥、滔滔，揭傒斯〈九招〉之繽繽、溶溶、怲怲，劉基〈九嘆〉之種種、佷佷、紛紛，〈九難〉之黝黝、冥冥、岩岩；王褘〈九誦〉之巍巍、穆穆、浪浪，何景明〈九詠〉之霏霏、委委、英英，黃道周〈九繹〉之施施、沛沛、冥冥，〈九蟄〉之燐燐、鎔鎔、裳裳，〈九訴〉之暮暮、漫漫、潺潺；王夫之九昭之晝晝、淫淫、冪冪，夏完淳〈九哀〉之亭亭、瀰瀰、潺潺，尤侗〈九訟〉之蕭蕭、泥泥、黯黯，凌廷堪〈九慰〉之裳裳、蒼蒼、茫茫，〈祀古辭人九歌〉之井井、湛湛、濛濛，王詒壽九招之〈寥寥〉、〈蕭蕭〉、〈踽踽〉。由此可知後世擬作承襲三九多用疊字之風。且三九所用之疊字，多為擬作者所採，然亦有兼採於他文他書者。

　　除疊字外之雙聲、疊韻等聯綿詞亦數見於擬作。如：王褒〈九懷〉之潺湲、容與、惆悵，劉向〈九歎〉之徘徊、從容、逶移，王逸〈九思〉之屏營、魫頯、謰謱，曹植〈九詠〉之猗靡、蕭條，〈九愁〉之太息、參差、蜿蜒，陸雲〈九愍〉之彷徉、逍遙、翱翔，皮日休〈九諷〉之鬱悒、瘀刺、倘佯，鮮于侁〈九誦〉之招搖，高似孫〈九懷〉之嵯峩、躊躇、繽紛，趙秉文〈黃河九昭〉之委靡、規矩，揭傒斯〈九招〉之偓佺、超遙、潺湲，劉基〈九嘆〉之盤桓、蕭條、逍遙，〈九難〉之窈窕、嚶鳴、飄搖，王褘〈九誦〉之齷齪、邑鬱、蹉跎，何景明〈九詠〉之嵯峨、猗靡、潺湲，黃道周〈九繹〉之徘徊、逍遙、窈窕，〈九蟄〉之侘傺、崔巍、徜徉，〈九訴〉之嶙峋、徘徊、颭颭，王夫之〈九昭〉之迢遞、翩翩、愉悅，夏完淳〈九哀〉之偓佺、徘徊、陸離，尤侗〈九訴〉之踟躕、惆悵、爰玃，凌廷堪〈九慰〉之崔嵬、鬱邑、纏綿，〈祀古辭人九歌〉之逍遙、紛綸、仿偟，王詒壽〈九招〉之優游、雍容、紛紜。

（二）方言語彙之承襲

　　後世擬作於三九所用之方言亦多有承襲，此或以屈宋當時之方

言，至擬作作者之時，已爲通言；或緣擬作者有意模擬《楚辭》之
用楚語也。王襃〈九懷・危俊〉：「步余馬兮飛柱」，〈尊嘉〉：「江離
兮遺捐」。劉向〈九歎・怨思〉：「下江湘以遭迴」，〈惜賢〉：「搴薜荔
於山野兮」。陸雲〈九愍・修身〉：「希千載以遙想」，〈□□〉：「悼居
世其何感」。皮日休〈九諷・悲遊〉：「退不解其佗傺兮」，〈捨慕〉：「以
夋衣兮爲裸」。高似孫〈九懷・蒼梧帝〉：「蹇躊躇兮自喜」，〈思禹〉：
「蓀橈兮桂橶」。趙秉文〈黃河九昭・沇流〉：「水不積兮遭吾舟」，〈通
天〉：「寂然不動」。劉基〈九嘆〉：「野寂寞兮無人」，「心馮噫兮不能
伸」。王禕〈九誦・遠遊〉：「瞻魏闕以徨徊兮」，〈哀古人〉：「步徨徊
而蜷局兮」。何景明〈九詠〉：「睇孔鸞之翠蓋」。黃道周〈九繹・大
藥〉：「搴太壹兮呪嚅」，〈以難〉：「睇彼嚶嚶兮，百鳥續明」。〈九鼈・
迷九逡〉：「羌彳亍兮中剗盤」，〈在野〉：「中佗傺兮茹荼」；〈九訴・
少司命〉：「謇不顧兮佚然逝」，〈龍女〉：「羌知君兮不得敖」。王夫之
〈九昭・汨征〉之「汨」字，及〈蕩憤〉：「輕蹇產之雲迻兮」。夏完
淳〈九哀・南浦〉：「翳窈窕兮哀山鬼」，〈臨清流〉：「葯房兮內寒」。
尤侗〈九訟〉：「搴空幃而無寐兮」，「遙思兮小園」。凌廷堪〈九慰〉：
「搴木末之芙蓉」，「心佗傺兮不平」。以上之「步馬、離、遭迴、搴、
遙、悼、佗傺（佗傺）、裸、蹇（謇）、橈、遭、寂、馮、睇、羌、

汩、蹇產、窕、葯」皆三九所使用之楚方言。（參見附錄一表五）

（三）常用語彙之沿用或點竄

除聯綿詞、方言之外，尚有若干語彙爲三九所常見者，亦多爲後世擬作所沿用或點竄。如王褒〈九懷〉之眾芳、委積、鳳凰，劉向〈九歎〉之承閒自恃、沈抑、怫鬱，王逸〈九思〉之距跳、浮雲、自憐，曹植〈九詠〉之芙蓉、蘭席、玉俎陳，〈九愁〉之寄言、昏瞀、御飛龍，陸雲〈九愍〉之怨思、湛露、廖廓，皮日休〈九諷〉之靈修、猖狂、乘青螭，高似孫〈九懷〉之蘭藉、江皐、憺忘歸，趙秉文〈黃河九昭〉之晞吾髮、神靈雨、目成，揭傒斯〈九招〉之溘上征、竊獨哀、佩長劍之陸離，劉基〈九嘆〉之木葉落、愴悗、秋天沆瀣兮百草黃，〈九難〉之曼目、蘭茝、薜荔，王禕〈九誦〉之出國門以南邁、善非由外鑠、鳳麟長逝，何景明〈九詠〉之予遊兮北渚、木蕭蕭兮葉下、夕邁駕兮冀州，黃道周〈九繹〉之眾莫知兮、荃棄予兮、攬轡兮吾將行，〈九翳〉之沆瀣、邑犬群吠、駕六螭，〈九訴〉之與君游兮九嶷、攬九州、交不忞兮情不素，王夫之〈九昭〉之旅北斗、挹桂酒、儲奇服，夏完淳〈九哀〉之浮雲、九垓、擥木蘭兮芳州，尤侗〈九訟〉之私自傷、夕彌節、女嬋媛，凌廷堪〈九慰〉之冠切雲、佩寶璐、就重華，〈祀古辭人九歌〉之好奇服、風蕭蕭、有美一人兮，王詒壽〈九招〉之若人兮、張機設網、搴桂旂。以上乃篇各舉三例，實後世擬作之沿用或點竄三九語彙，可謂數見不鮮。

以上從聯綿詞之運用、方言語彙之承襲、常用語彙之沿用或點竄，可知後世以九名篇擬作，於遣詞一端受三九之影響頗鉅。

四、聲　律

節奏與韻律爲構成詩歌聲律之二要素。後世擬作於造句、遣詞既與三九有密切關係，則其聲律或亦有承襲於三九者，以下即分節奏、韻律二端略論之。

（一）節　奏

詩之節奏與夫遣詞、造句有密切關係，故以下試從此二方面論之：

1. 遣　詞

遣詞之影響節奏者，要在虛詞及聯綿詞之運用。就虛詞言，又以兮字之用法影響最鉅。而兮字之用法則與句型攸關。凡採〈九歌〉句系者，其兮字用法與〈九歌〉同，即逐句用兮之句中式，凡此者，其節奏較近〈九歌〉。若採騷章句系、〈懷沙〉句系者，則為單句句末用兮式；採〈橘頌〉句系者，則為偶句句末用兮式，凡此者其節奏較類〈九章〉。若兼採〈九歌〉句系、騷章句系者，其節奏則或近〈九辯〉。據此言則王褒〈九懷〉、王逸〈九思〉、曹植〈九詠〉前半篇、鮮于侁〈九誦・堯祠〉、高似孫〈九懷〉、劉基〈九嘆〉、何景明〈九詠〉、黃道周〈九繹〉、〈九螯〉、〈九訴〉、夏完淳〈九哀〉、凌廷堪〈祀古辭人九歌〉等作節奏較近〈九歌〉。又，劉向〈九歎〉、揭傒斯〈九招〉、王禕〈九誦〉則近〈九章〉。至若曹植〈九詠〉後半篇及〈九愁〉、陸雲〈九愍〉三篇其句型乃以「□□□○□□，□□□○□□」為主，雖較騷章句系少上句末之兮字，然亦近騷章句系，故節奏亦近〈九章〉。至若皮日休〈九諷〉、趙秉文〈黃河九昭〉、王夫之〈九昭〉、尤侗〈九訟〉皆兼用〈九歌〉、騷章句系，故節奏近〈九辯〉。（參見上編第三章四並本章二）

又，後世擬作皆承襲三九運用聯綿詞之特色，故亦有得於三九纏綿曼妙之節奏美者。其中尤以劉向〈九歎・思古〉：「冥冥深林兮樹木鬱鬱……泣霑襟而濡袂」一段，連用之聯綿詞，多達十五，其描寫與音節俱屬上乘。〔註16〕另外，尤侗〈九訟〉首段亦連用十六組聯綿詞，其音節亦曼妙，為有意模擬〈九辯〉悲秋者。

2. 造　句

造句之影響節奏者，除句型本身外，以句型之排比變換及句子之

〔註16〕參見游國恩《楚辭概論》頁 275。

長短變化影響最大。句型已於本節之二論及，此僅就句型之排比變換與句子之長短變化論之。

擬作或有運用排比，以求節奏整齊者；或於排比中加以變換句型，以求整齊中有錯落者。試舉例明之，如王褒〈九懷‧通路〉：「痛鳳兮遠逝，畜鴳兮近處。鯨鱣兮幽潛，從蝦兮游渚。乘蚼兮登陽，載象兮上行。」即以排比句法使節奏整齊。又劉向〈九歎‧遠逝〉：「合五嶽與八靈兮，訊六魓與六神。指列宿以白情兮，訴五帝以置辭。北斗為我折中兮，太一為余聽之。」連用三組對句，而句型略變，於整齊中有錯落。又王逸〈九思〉：「川谷兮淵淵」至「冰凍兮洛澤」六句亦運用排比句法。而皮日休〈九諷‧遇謗〉：「有肪兮黕而謂之不潔，有泉兮壅而謂之不決，有茞兮韇而謂之不芳，有軸兮鍥而謂之不輟」四句雖雜散文句法，然亦以排比出之，既有散文參差之節奏感，又有排比之整齊美，可謂善於學騷者。至若黃道周〈九繹‧巫咸告〉：「夕想兮矖矖，日望兮貿貿，荃不思兮維余咎」，及尤侗〈九訟〉：「青笠兮綠簑，從漁父兮江涯，採蕈兮釣鱸。扣絃兮醉歌，歸來兮則那？芳草萋萋兮春幾何？」皆為前數句句型相同，而於末句使用結構不同之句型，以求整齊中有錯落。

又擬作亦有運用句子之長短變化以求與文氣詩情相契合，並調整詩之節奏者。如劉向〈九歎〉首末兩章之歎詞，皆有意以長句調整節奏，並表現繚戾險阻、高遠無窮之意。（註17）皮日休〈九諷‧捨慕〉雜用騷章、〈懷沙〉句系，且其複句之下句有長至十字者，蓋以句子之長短變化表達屈子鬱抑不平之怨思也。又王夫之〈九昭〉末章〈遺懇〉兼採〈九歌〉、騷章、〈橘頌〉句系，亦藉句子之長短變化抒寫屈子絕命之心聲也。夏完淳〈九哀‧望首陽〉乃擬〈九辯〉首章，其句

〔註17〕劉向〈九歎〉首章〈逢紛〉歎曰：「揄揚滌盪漂流隕往觸崟石兮，龍卬脟圈繚戾宛轉阻相薄兮」，〈遠遊〉歎詞：「潺湲轇轕雷動電發馺高舉兮，什虖凌冥沛濁浮清入帝宮兮，搖翹奮羽馳風騁雨游無窮兮。」（《楚辭補註》卷一六）

之長短極有變化，如首二句爲長達九、十字之長句，其下則接以二句
六字句，此於朗誦之時，更見其節奏之既錯落又整齊。至若凌廷堪〈九
慰〉之首、二、四段，有兮字上長至十二字者，而其下句僅六字，如：
「夫何十五國之詩並采於太史兮，獨楚國而無風。」其複句上下句之
忽長忽短，使詩之節奏隨之忽快忽慢，頗似〈九辯〉之「參差錯落，
伸縮自如」！

（二）韻　律

　　擬作之韻律或亦有承襲〈九歌〉、〈九章〉、〈九辯〉者，然以後世
音變，擬作者容或受當時語音之影響，故於韻部之分合，或與屈宋作
品有異，故此僅就其換韻情形及韻字出現之位置略論其韻律與三九之
關係。

　　王褒〈九懷〉或二韻一換，或三韻、四韻、五韻、六韻、七韻、
八韻、九韻、十韻、十三韻一換，（註18）而以五韻、八韻、四韻一換
略多，故就其換韻頗不一致情形言，頗類〈九歌〉，然就其有長至十
韻以上方換韻，則亦有類〈九辯〉。至若其韻字出現大多在一、二、
四句句末，或二、四句句末，故類〈九歌〉，而〈株昭〉一篇採〈懷
沙〉句系、韻字皆在偶數句句末，故與〈懷沙〉相似。劉向〈九歎〉
則多二韻一換，且韻字皆在偶數句句末，故其韻律乃承襲騷章。王逸
〈九思〉雖亦以二韻一換爲略多，然亦有三韻、四韻……一換者，且
其韻字出現位置亦大抵與〈九歌〉相類，故仍爲仿〈九歌〉者。

　　曹植〈九詠〉前半篇用韻情形類〈九歌〉，後半篇則與〈九章〉
雷同。其〈九愁〉則或二韻、三韻、四韻、六韻、七韻一換，而韻字
亦在偶數句句末，較近〈九辯〉。陸雲〈九愍〉以四韻一換最多，次
爲五韻、三韻……，韻字則出現於偶數句句末，故韻律較近〈九辯〉。
皮日休〈九諷〉各章皆一韻到底，然其韻字出現於偶數句句末，則亦
與〈九章〉同也。

〔註18〕參見傅錫壬先生《新譯楚辭讀本》頁 226〈九懷〉韻譜。

　　鮮于侁〈九誦・堯祠〉雖爲擬〈九歌〉之作，然其二韻一換及韻字出現於偶句句末，則其用韻與〈九章〉類也。高似孫〈九懷〉爲擬〈九歌〉之作，其用韻亦類〈九歌〉。蓋其〈越王臺〉擬〈東皇太一〉，故一韻到底，〈鴟夷子皮〉擬〈雲中君〉，然爲一韻到底，其餘各章多三韻一換。至若其韻字亦多出現於一、二、四句句末，此皆可見其有意擬〈九歌〉也。趙秉文〈黃河九昭・鍾粹〉章用韻類〈九歌〉，其餘各章或一韻到底，或二、四、八韻一換，而韻字出現於偶句句末，故較類〈九章〉。揭俟斯〈九招〉佚文較多，然從其韻字皆於偶句末，可知用韻較近〈九章〉。

　　劉基〈九嘆〉句句用韻，頗似〈九歌・國殤〉。〔註19〕其一、二、三、四、六、七幾段爲一韻到底，餘則或二韻、四韻、六韻一換，故其韻律較近〈九歌〉。王禕〈九誦・瞻烏傷〉採〈橘頌〉句系，故韻字在兮字上，然爲一韻到底。末章則或二韻、三韻、四韻……一換，頗不一致，或類〈九辯〉。其餘各章除〈世運〉亂詞、〈戎葵〉倡曰爲近〈橘頌〉句系之兮字上韻外，餘皆爲騷章句系之二進用韻法。何景明〈九詠〉則類〈九歌〉，多三韻一換。黃道周〈九繹〉、〈九螯〉、〈九訴〉採〈九歌〉句系，其用韻亦較近〈九歌〉，然〈九繹・下土不可居〉前半用韻似騷章之二進法，而其亂詞並〈九螯〉之亂詞採〈橘頌〉句系，故其用韻亦似之。王夫之〈九昭〉則〈引裹〉一章類〈九歌〉，其餘八章多爲騷章之二進法。夏完淳〈九哀〉用韻亦近〈九歌〉。尤侗〈九訟〉之押韻，其二段頗類〈九辯〉，五段則前半類〈九章〉，後半類〈九歌〉，其餘各段大抵類〈九歌〉。凌廷堪〈九慰〉其一、三、四、五、七、八段皆爲二進法，六段則或二韻一換、三韻一換，亦類騷章之用韻，而二、九兩段則採〈九歌〉用韻法。若自全篇觀之，則其用韻或類〈九辯〉也；至若亂詞則似〈橘頌〉之兮字上韻。〈祀古辭人九歌〉之用韻則亦類〈九歌〉。

〔註19〕　〈國殤〉除「誠既勇兮又以武」一句不韻外，其他各句皆用韻。

以上乃略析擬作之用韻有擬於三九者。又〈九章〉之〈惜誦〉、〈懷沙〉有於「也」字上押韻，此亦爲擬作所承。如劉向〈九歎·愍命〉：「誠惜芳之菲菲兮，反以茲爲腐也。懷椒聊之藹藹兮，乃逢紛以罹詬也。」王褒〈九誦·世運〉：「何群黎之荼毒兮，一乃至於斯也。非天其孰使然兮，眾夢夢其莫知也。」〈戒葵〉：「爲掾而受辱兮，亦爲親之故也。觀過乃知仁兮，吾敢改乎此度也。」王夫之〈九昭·違郢〉：「蘭春被乎平皋兮，都人懷芳而從之。被羅袿之袪服兮，尚不改乎此容也。」〈懲悔〉：「捐盛年之煌扈兮，殉奄息於既耄。辱干將以剚石兮，夫唯靈修之悼也。」尤侗〈九訟〉：「春與秋其代序兮，何韶光之忽也。江與海其滔滔兮，何芳洲之竭也。」凌廷堪〈九慰〉：「惟不忍輕棄夫舊鄉兮，固忠愛之根於性也。不屑與雞鶩而爭食兮，亦潔清以自命也。」「臨湘流而哀悼兮，固世俗之常態也。蟬翼重而千鈞輕兮，余心蓋別有在也。」

綜上所述，可知後世以九名篇之擬作，其節奏、韻律亦有承襲於三九者。

五、寫作技巧

後世以九名篇之擬作，其主題、思想、素材、結構、造句、遣詞、聲律，既皆有摹擬自三九者；故彼等於三九高妙之寫作技巧，亦自然有所取資。以下即分別就隱喻、象徵、摹寫、想像、對偶五端分論之：

（一）隱　喻

隱喻爲三九創作極特出之寫作技巧，故後世擬作亦多運用此技巧爲文。如王褒〈九懷·通路〉以鳳、鷃、鯨、鱏、蜙蝦等動物隱喻賢去佞用。〔註20〕劉向〈九歎·怨思〉以孤子、冤鶊、玄蝯、征

〔註20〕王褒〈九懷·通路〉：「痛鳳兮遠逝，畜鷃兮近處。鯨鱏兮幽潛，從蝦兮游湑。」（《楚辭補註》卷一五）從，傅錫壬先生《楚辭讀本》頁216：「從，當爲蜙字之誤。」

夫隱喻屈子之遭放。（註21）王逸〈九思・逢尤〉以「虎兕爭兮於廷中，豺狼鬥兮我之隅」隱喻小人之爭鬥。陸雲〈九愍・感逝〉：「有鳥翻飛，集江湘兮」，則以鳥隱喻屈子之被放。皮日休〈九諷・見逐〉以鸒斯之不容鶬鷃，茨蔂之不讓杜蘅，隱喻小人之排擠忠良。（註22）趙秉文〈黃河九昭・通塞〉：「求蛟螭兮木末，索蚌蟲兮雲中。」乃擬〈九歌〉隱喻求不得也。劉基〈九嘆〉：「鷹化鳩兮雀變隼，狸爲貙兮龍爲蚓。」乃喻善之轉惡也。王禕〈九誦・世運〉：「鳳麟長逝梟獍產兮」則亦喻賢去佞用也。黃道周〈九繹・以難〉：「締蘼蕪兮縈以茋」，「蔂登登兮稱豐芩」，乃以惡草喻讒佞之得志。〈九蠡・在野〉：「萬木怒兮知秋，十日登兮猶夜」，則言環境之惡也。王夫之〈九昭・悼子〉：「獻歲發春兮，荃茸茸其始穉。抽盈盈之微榮兮，孰飄風之可試」，乃喻國君之幼弱。夏完淳〈九哀・曜靈〉章，則以曜靈之落喻國君之亡。由上舉諸例可見擬作實有意學習三九之隱喻技巧也。

（二）象　徵

象徵爲〈九章〉、〈九辯〉常見之寫作技巧，故後世擬作亦多所運用。如王褒〈九懷〉全篇多以善物與惡物對比，以象徵國君之去賢用佞，世俗之不辨白黑。（註23）劉向〈九歎〉則既擬〈九章〉之香草服飾象徵，亦有取於〈九辯〉之以景物象徵環境之險惡。前者如〈惜賢〉：「懷芬香而挾蕙兮……冠浮雲之峨峨」，「結桂樹之旖旎兮，紉荃蕙與辛夷。」後者如「陵魁堆以蔽視兮……石嵾嵯以翳日。」王逸〈九思〉亦以賢俊善物之困阨、讒佞惡物之得志以象徵世俗之倒上爲下、任讒

〔註21〕劉向〈九歎・怨思〉：「閔空宇之孤子兮，哀枯楊之冤鶵……征夫勞於周行兮，處婦憤而長望。」（《楚辭補註》卷一六）

〔註22〕皮日休〈九諷・見逐〉：「彼鸒斯以有賊兮，固不能容乎鶬鷃。彼茨蔂之叢穢兮，固不能讓乎杜衡。」（《皮子文藪》卷二）

〔註23〕如註20所引，及〈尊嘉〉：「余悲兮蘭生，委積兮從橫。江離兮遺捐，辛夷兮擠臧。」〈株昭〉：「瓦礫進寶兮……鶤鵡飛揚。」（《楚辭補註》卷一五）

棄聖。〔註24〕陸雲〈九愍‧紆思〉「頓椒丘而息駕……握蘭野之芳香」，亦以香草服飾象徵一己之好修。〈感逝〉則以自然景物之變易象徵環境之險惡。皮日休〈九諷‧捨慕〉則亦以賢俊善物之被誣，象徵世俗之不識賢聖。〔註25〕趙秉文〈黃河九昭〉以頌贊黃河之德性象徵聖人之道，乃類〈橘頌〉之以頌橘象徵屈子之品德也。黃道周〈九繹〉亂曰：「君子履艱，不得言命兮。憂繭厥中，語曷竟兮。」則此文蓋亦以祀神樂章象徵一己之遭艱履險矣。而〈九懿〉一篇據其亂詞，亦可知係以祀神曲象徵喪父之哀慟。王夫之〈九昭〉則藉屈原之事以自況也，全文九章皆有隱寓、寄託。〔註26〕蓋全文皆以象徵手法敘寫也。然其於象徵中亦復有象徵矣！如〈蕩憤〉一章，以遠遊歷程象徵蕩平異族也；而〈悼子〉一篇則以植物之稚嫩象徵幼君，又全文亦可見以香草服飾象徵一己之好修也。夏完淳〈九哀〉則除香草服飾象徵外，尚有以美人喻君之象徵，如〈雲中遊〉：「哀美人兮既亡」，〈臨清流〉：「期美人兮江干」，「美人未至兮露溥」。另外，〈秋士悲〉一章則擬〈九辯〉以秋景象徵環境之惡劣。由上引諸例亦可知屈宋之象徵手法亦為後之擬作取資。

（三）摹　寫

夫詩人感物，聯類不窮，故摹寫之技巧，多為創作者常用。然三九以其摹寫之妙，故而後世擬作者亦多有取資，而〈九辯〉之傾力寫秋，對後世影響尤鉅。研閱擬作，可知其確乎有學習自屈宋摹寫技巧者，茲舉例明之：

劉向〈九歎‧思古〉：「冥冥深林兮樹木鬱鬱……泣霑襟而濡袂」一段，其描寫與音節俱屬上乘，尤以連用十五個聯綿詞，尤為他作罕

〔註24〕 如〈憫上〉：「鵠竄兮枳棘……棗本兮萎落。」〈悼亂〉：「督萬兮侍宴……郼衍兮幽囚。」（《楚辭補註》卷一七）

〔註25〕 皮日休〈九諷‧捨慕〉：「以大鵬為爵兮……以孔聖為誣。」（《皮子文藪》卷二）

〔註26〕 參見王夫之《楚辭通釋》前言頁7（里仁版）。

見。〔註27〕然從其文字可見其有學自〈涉江〉、〈九辯〉者。皮日休〈九諷〉之〈悲遊〉、〈端憂〉二章，其情景交融，甚為佳妙，然亦有得於〈九歌〉者。高似孫〈九懷·嶹山雨〉則極力寫景，佳句頗多，如：「谷懷煙兮川引霧」、「屋如懸兮石將危」、「沙一抹兮雲垂垂」、「水如練兮月冥冥」等，而斯篇之作乃摹擬〈九歌·山鬼〉也。劉基〈九嘆〉「秋風起兮夕露溥」及「秋天沆瀁兮百草黃」兩段亦寫秋景，乃有擬於〈九辯〉者。王禕〈九誦·哀古人〉：「時仲冬方凜冽兮，號曠野之朔風。冰皚皚而層生兮，雪皓皓以遞積。」其於冬景之描摹，亦有擬於章、辯。夏完淳〈九哀·王孫〉：「三江波兮木葉脫，孤雁嗷嗷兮起天末。秋氣高兮蕭清，激流霜兮哀越。」其於秋景之描寫則有擬於〈九歌〉、〈九辯〉。而〈望首陽〉：「廖廓兮秋天蕭而氣高，搖落兮草木變黃于亭皋」，則顯然模擬〈九辯〉首段。又尤侗〈九訟〉「悲夫秋風蕭蕭兮起朔方」，「嗟秋日之易逝兮」，「招搖翕赫兮皇天怒」三段亦著力寫秋景，其首段之擬〈九辯〉悲秋，極其明顯，而二、三段除擬〈九辯〉，亦間有取資〈九歌〉者。

　　由上舉諸例，可知後世擬作，其摹寫確乎有取資於〈九歌〉、〈九章〉、〈九辯〉者。

（四）想　像

　　〈九歌〉於眾多天神地祇之描寫，顯示詩人豐富奇特之想像力，而〈九章〉、〈九辯〉之遠遊歷程，亦可見屈宋上天入地之想像。以是後之擬作者，其於想像技巧之運用，亦鮮能脫去屈宋之牢籠者。

　　王褒〈九懷〉九章大抵皆先言世俗之不分善惡，己之遭讒逢謗；繼則言欲遠遊；末則以忽覯舊邦，不忍遽去作結。而其寫遠遊，亦出於想像，然或曰：「乘虯兮登陽」（〈通路〉），或曰：「使祝融兮先行」（〈昭世〉），蓋其於〈遠遊〉之想像大體與〈離騷〉、〈九章〉、〈九辯〉無異。而劉向〈九歎·遠逝〉：「合五嶽與八靈兮，訊九魌與六神。指

〔註27〕同註16。

列宿以白情兮，訴五帝以置辭。北斗爲我折中兮，太一爲余聽之。」此段寫諸神列宿爲己折中，其想像之奇特亦擬自〈惜誦〉。而「佩蒼龍之蚴虯兮」以下及〈遠遊〉一章，其遠遊歷程之想像亦取資於騷、章、辯矣！又王逸〈九思・守志〉一章亦藉想像寫遠遊也。至若曹植〈九愁〉：「御飛龍之蜿蜒……覽九土之殊形」及陸雲〈九愍・□征〉：「結垂雲之翠虯……塵蒙飆而絕輪」，皆寫遠遊歷程，亦極想像之能事，蓋亦有擬於〈離騷〉與三九也。高似孫〈九懷〉其寫〈蒼梧帝〉、〈思禹〉、〈浙水府〉、〈秦游〉、〈江夫人〉、〈東山〉諸篇亦多從想像著筆，其靈感及造境與夫對諸神之描述，皆得之於〈九歌〉也。而王夫之〈九昭・引裹〉寫一己於苦思若夢間，與桂王相遇之幻景，其想像乃有得於〈九歌〉；〈蕩憤〉篇則幻想一己之蕩平異族，其想像則多類章、辯。而夏完淳〈九哀・思群公〉：「左徐侯兮右吳黃……叩天門兮道蒼龍」；〈望首陽〉：「召豐隆兮招玄冥……叩英皇兮訪有姚」，其想像一己之駕馭諸神，或訪尋神話中人物，亦皆擬於騷、章、辯也。

　　由上舉諸例亦可知後世擬作之想像亦多有取資於三九也。

（五）對　偶

　　三九之對偶極多，或句中對、單句對，或隔句對、長對，具皆有之。且其對偶之佳妙，尤爲後人所稱頌。以是後之擬作，亦多有學習三九之對偶技巧者。試分類舉例，並略論之：

1. 句中對

　　三九之句中對頗多，尤以〈九歌〉爲然。後之擬作者亦多有承襲者。今每篇各舉一例：王褒〈九懷・匡機〉：「芷蘭兮藥房」；劉向〈九歎・逢紛〉：「薛荔飾而陸離薦兮」；王逸〈九思・逢尤〉：「周八極兮歷九州」；曹植〈九詠〉：「茵薦兮蘭席」；陸雲〈九愍・行吟〉：「雖懷芳而握瑜」；皮日休〈九諷〉：「堯死兮舜滅」；鮮于侁〈九誦〉：「羽林爲衞兮虹霓爲旗」；高似孫〈九懷・思禹〉：「蓀橈兮桂檝」；趙秉文〈黃河九昭・避礙〉：「雷闐闐兮風冥冥」；劉基〈九嘆〉：「雲杳杳兮雨悠

悠」；王禕〈九誦・哀古人〉：「步徨徊而蜷局兮」；何景明〈九詠〉：「設俎兮陳玉」；黃道周〈九繹・貴者延〉：「來施施兮從沛沛」，〈九鼇・邇薔〉：「裳木葉兮餐朱華」，〈九訴・帝無臣〉：「斥青皇兮討朱明」；王夫之〈九昭・引褱〉：「結蘭佩兮擥羅袪」；夏完淳〈九哀・思群公〉：「蕙肴陳兮蘭席啓」；尤侗〈九訟〉：「步踟躕兮倚惆悵」；凌廷堪〈九慰〉：「荷爲衣兮蕙爲帶」，〈祀古辭人九歌〉：「雲濛濛兮風蕭蕭」。

2. 單句對

三九單句對之妙聯頗多，故後之擬作亦多有取資者。如：王褒〈九懷・通路〉：「北飲兮飛泉，南采兮芝英。」劉向〈九歎・惜賢〉：「搴薜荔於山野兮，采撚支於中洲。」王逸〈九思・逢尤〉：「悲兮愁，哀兮憂。」曹植〈九詠〉：「蘭肴御兮玉俎陳，雅音奏兮文虞羅。」〈九愁〉：「愁慊慊而繼懷，怛慘慘而情挽。」陸雲〈九愍・行吟〉：「朝彈冠以晞髮兮，夕振裳而濯足。」皮日休〈九諷・悲遊〉：「荷爲襉兮芰爲襦，荃爲褌兮薜爲褘。」高似孫〈九懷・蒼梧帝〉：「蛟何躍兮衝波，鴻何驚兮離網。」趙秉文〈黃河九昭・通塞〉：「求蛟螭兮木末，索蚌蠣兮雲中。」劉基〈九嘆〉：「往者不可悔兮，來者不可期。」王禕〈九誦・哀古人〉：「邈漫漫之不可量兮，莽芒芒之不可知。」何景明〈九詠〉：「弁列星兮嵯峨，縷曲虹兮猗靡。」黃道周〈九繹・巫咸告〉：「燕飛兮差差，蟲號兮啾啾。」〈九鼇・羽人來〉：「態莫多兮日相眺，愛莫深兮知者少。」〈九訴・三尸〉：「魚何爲兮水周，虆何食兮庭際。」王夫之〈九昭・遺愍〉：「悲風颯兮楓林幽，夕雨互兮秋草積。」夏完淳〈九哀・結玉芝〉：「捐予玦於澗濱兮，投予環兮江潯。」尤侗〈九訟〉：「朝騰駕兮海濱，夕弭節兮江渚。」凌廷堪〈九慰〉：「冠切雲之崔嵬兮，佩寶璐之喬皇。」〈祀古辭人九歌〉：「制文霓兮爲衣，襲采雲兮爲裳。」王詒壽〈九招〉：「感蟪蛄之易化，忻金石之永堅。」

3. 隔句對

如：王褒〈九懷・株昭〉：「瓦礫進寶兮，捐棄隨和；鉛刀厲御兮，

頓棄太阿。」劉向〈九歎・惜賢〉：「懷芬香而挾蕙兮，佩江離之斐斐；握申椒與杜若兮，冠浮雲之峨峨。」皮日休〈九諷・正俗〉：「吾欲以醇醲之化兮，反當今而爲往古；吾欲以忖度之志兮，定觚圓而反規矩。」尤侗〈九訟〉：「春與秋其代序兮，何韶光之忽也？江與海其滔滔兮，何芳洲之竭也？」

4. 長　對

如：劉向〈九歎・愍命〉：「放佞人與諂諛兮，斥讒夫與便嬖。親忠正之悃誠兮，招貞良與明智。」王逸〈九思・悼亂〉：「督萬兮侍宴，周邵兮負蕘。白龍兮見射，靈龜兮執拘。仲尼兮困阨，鄒衍兮幽囚。」皮日休〈九諷・捨慕〉：「以大鵬爲爵兮，以康瓠爲瓾。以裘衣爲褻兮，以黎丘爲墟。以鄭姬爲醜兮，以子產爲愚。以鮑焦爲貪兮，以孔聖爲誣。」趙秉文〈黃河九昭・通天〉：「前羲和使弭節兮，後望舒以爲御。左列缺之揚鞭兮，右豐隆以持斧。」王禕〈九誦・□□〉：「圉八極於指顧兮，等千古於斯須。遡長風之振蕩兮，睇陰雲之冥迷。」尤侗〈九訟〉：「蘋何聚兮水中，花何開兮木末。鳥何愛兮同巢，麋何親兮同穴。」凌廷堪〈祀古辭人九歌〉：「披百氏兮逍遙，設六博兮紛綸。組五章兮錦機，羅眾星兮蒼旻。」

由上舉諸例可知後世擬作之運用對偶技巧實多有受三九影響。蓋不僅句中對、單句對、隔句對、長對，皆可見於擬作；且其對偶形式，亦多類三九者，如句中對之聯綿詞相對或詞組相對，單句對若「采薜荔兮水中」，「麋何食兮庭中」，「悲莫悲兮生別離」之句式皆類三九；而於三九之妙對尤多加模擬。

以上乃從隱喻、象徵、摹寫、想像、對偶五端論擬作之寫作技巧，有取資於三九者。然除此五端外，其他若映襯、轉化、頂眞等，亦可見有擬於三九之痕迹，以篇幅所限，略而不論。　〔註28〕

〔註28〕映襯如王褒〈九懷・株昭〉之善惡對比，轉化若趙秉文〈黃河九昭〉之以擬人化著筆，頂眞若黃道周〈九訴・偓佺〉之「哀相去兮歡相慕，歡相慕兮惠然顧」。

　　綜上所論，可知後世以九名篇之擬作，不僅其內容有承襲自三九者，且其形式之模擬尤為彰顯。以是知擬作作品與三九實有血脈相連，形近貌似之密切關係。

第四章　擬作作品與「七」、「九」

　　劉申叔〈論文雜記〉云：「〈七發〉始於枚乘，蓋楚辭〈九歌〉、〈九辯〉之流亞。」而〈七諫〉雖以七名篇，仍爲騷體之作，且爲東方朔「追憫屈原」「以述其志」（〈七諫〉序）之詞。故而後世以九名篇之擬作，除受屈、宋作品影響外，亦有受枚乘〈七發〉、東方朔〈七諫〉之影響。故而本章擬探討〈七發〉、〈七諫〉與擬作作品之關係。又「七」、「九」兩數字，本非文體，然以源出《楚辭》，後之仿效者多，[註1]故後之論者，每有以其是否爲一文體，而有所爭議，以是本章第二節擬從後世之擬作作品探討「七」、「九」之能否別立一體。

第一節　〈七發〉、〈七諫〉與擬作作品

一、〈七發〉、〈七諫〉簡介

（一）七　發

1. 作者介紹

　　〈七發〉作者枚乘。字叔，淮陰（今江蘇淮安縣）人。生年不詳，卒於漢景帝後元三年（西元前 141 年）。[註2] 初爲吳王濞郎中。吳王

〔註 1〕　參見陶秋英《漢賦之史的研究》頁 330。
〔註 2〕　《中國文學家大辭典》載枚乘辛於西元前 141 年（見頁 17），而陶

欲謀逆，乘上書進諫，不納。乘乃去而之梁，從孝王游。景帝即位，御史大夫鼂錯爲漢定制度，損削諸侯，吳王遂與六國反。漢聞之，斬錯以謝諸侯，枚乘復說吳王，吳王不用，卒見禽滅。七國既平，乘由是知名。景帝召拜爲弘農都尉。乘久爲大國上賓，與英俊並游，不樂爲郡吏，故以病去官。復游梁，梁客皆善屬辭賦，乘尤高。孝王薨，乘歸淮陰。武帝爲太子時，已聞乘名，及即位，乘已年老，乃以安車蒲輪徵乘，遂卒於道中。〔註3〕其著作除〈諫吳王書〉外，據漢志載有賦九篇，今僅存三篇：即〈七發〉（見《文選》）、〈柳賦〉（見《西京雜記》上）及〈梁王菟園賦〉（見《古文苑》、《藝文類聚》六十五）。另有〈臨灞池遠訣賦〉，僅存其名。（見《文選》卷二十謝朓〈休沐重還道中〉注引）〔註4〕

2. 作品介紹

〈七發〉一文見《文選》卷三十四。全文分八段：首段爲序，言吳客爲楚太子陳致病之由，在縱耳目之欲，恣支體之安。中六段乃先言音樂之妙，次陳飲食之美，三談車馬之盛，四論遊觀宴飲之樂，五述田獵之壯，六敘觀濤之奇，然太子均未能起。末段則言吳客爲太子述要言妙道，於是「太子據几而起」，「霍然病已」。據此可知本文要在說明聲色遊觀固然可娛人心目，然終不如要言妙道之可聽。〔註5〕

《文選》李善注云：「〈七發〉者，說七事以起發太子也，猶楚詞〈七諫〉之流。」五臣注云：「（乘事）孝王時，恐孝王反，故作〈七

秋英《漢賦之史的研究》則謂卒於西元前 140 年（見頁 122）。查乘本傳謂武帝即位，乃以安車蒲輪徵乘，道死。考《漢書‧景帝紀》載帝崩於後元三年正月甲子，是日太子即皇帝位（見〈武帝紀〉），故知武帝之即位乃於後元三年，其改元則於次年（即西元前 140年）。以是二說實難斷誰是誰非，姑從前說。
〔註 3〕 參見《漢書》卷五十一本傳及《中國文學家大辭典》頁 17。
〔註 4〕 《中國文學家大辭典》頁 17 及李日剛《中國文學史辭賦編》頁 106，皆謂〈臨灞池遠訣賦〉見《文選》王粲〈七哀詩〉註引。然嚴可均《全漢文》卷二〇註「《文選》謝朓〈休沐重還道中〉詩註引《枚乘集》。」今查《文選》知嚴氏之說方是。
〔註 5〕 參見許世瑛〈枚乘七發與其摹擬者〉一文及李日剛《中國文學史辭賦編》頁 106。

發〉以諫之。七者，少陽之數，欲發陽明於君也。」而《文心・雜文》則云：「枚乘摛豔，首製〈七發〉。腴詞雲構，夸麗風駭。蓋七竅所發，發乎嗜欲，始邪末正，所以戒膏粱之子也。」二說於〈七發〉之命名及所爲作有不同看法。許世瑛先生以《文心》之說爲「近眞」，而李日剛先生則以爲《文選》之釋「較合作者原意」。〔註6〕竊以爲就其內容觀之，〈七發〉確如李善所謂「說七事以起發太子」。然〈七發〉成文既早於〈七諫〉，則李善所云「猶《楚辭・七諫》之流」則有誤。至若五臣注所云則更屬牽強附會。而《文心》所謂「蓋七竅所發，發乎嗜欲，始邪末正，所以戒膏粱之子也。」以「戒膏粱之子」爲〈七發〉之寫作動機，頗爲中肯。以是竊以爲若言其名篇之義，當從《文選》之「說七事以啓發太子。」然何以說七事，而不說六事、八事，則或如《文心》所云：「七竅所發，發乎嗜欲」也。至若論其創作動機，則「所以戒膏粱之子也。」

又就形式觀之，〈七發〉雖不以賦名，然實爲賦體。其以反復問答，敷陳故事，中亦偶雜《楚辭》句法，然已近散文化之漢賦體製。就寫作技巧言，作者從酒肉聲色言及田獵、觀濤，復轉至正面之要言妙道，乃逐步拓展楚太子之眼界，亦即逐步開導其思想。至若田獵、觀濤，作者雖視爲逸遊，然仍不完全否定其價值，尤以觀濤，作者尚且以爲有發蒙解惑之效，故將全文重點置於六段，次則五段，而其描寫亦以觀濤爲最佳，次爲田獵。以此觀之，〈七發〉之作乃有層次、有變化之描寫，不似一般漢賦平板，故可謂爲漢賦之先聲，騷賦之變體，乃楚辭、漢賦過渡時期之產物。〔註7〕

（二）七　諫

1. 作者介紹

〔註6〕同註5。
〔註7〕本段參考劉大杰《中國文學發展史》頁142及《中國文學史初稿》漢代辭賦的作家。

〈七諫〉作者東方朔。〔註8〕朔字曼倩，平原厭次（今山東惠民縣）人。約生於漢文帝後元三年，卒於武帝末年（約西元前 161年左右至前 87年左右），年約七八十。武帝初即位，徵天下舉方正賢良文學材力之士，待以不次之位。朔自上書，文辭不遜，高自稱譽，帝偉之，令待詔公車。後以善詼諧滑稽，言詞敏捷，得爲常侍郎，遂受愛幸。建元三年，起上林苑，朔進諫，遂拜爲太中大夫給事中，復爲中郎。上爲竇太主置酒宣室，使謁者引內董偃，朔不可，詔止之。朔雖詼笑，然時觀察顏色，直言切諫，上常用之。自公卿在位，朔皆傲弄，無所爲屈。後上書陳農戰強國之計，不見用，因著論，設客難己。已而又設非有先生之論。其文辭以此二篇最善。其餘尚有〈七諫〉（見《楚辭》）、〈從公孫弘借車〉、〈封泰山〉、〈責和氏璧〉及〈皇太子生禖〉、〈屏風〉、〈殿上柏柱〉、〈平樂觀賦獵〉等及七言八言上下。〔註9〕

2. 作品介紹

〈七諫〉一文見《楚辭》卷十三（《釋文》第十二），文前有王逸序云：「〈七諫〉者，東方朔之所作也。諫者，正也，謂陳法度以諫正君也。古者人臣三諫不從，退而待放。屈原與楚同姓，無相去之義，故加爲七諫。殷懃之意，忠厚之節也。或曰：七諫者，法天子有爭臣七人也。東方朔追憫屈原，故作此辭以述其志，所以昭忠信，矯曲朝也。」此王逸於〈七諫〉何以以七名篇，亦未能論定。游國恩先生則以爲〈七諫〉之名篇乃摹倣七發。〔註10〕竊以爲〈七諫〉既由七篇合成，與〈九章〉之九篇異，故而稱「七諫」，〔註11〕而其所以探七篇

〔註8〕　〈七諫〉是否爲東方朔所作，尚成問題，因漢志及本傳皆未載其有〈七諫〉之作，沈欽韓雖云〈七諫〉或即傳中所載之「八言七言」，然仍未可據信。不過據其作風可知爲西漢人之作，現既無積極證據，證其爲非朔所作，故從舊說。（參見游國恩《楚辭概論》頁262）
〔註9〕　參見《漢書》卷六十五〈東方朔傳〉及《中國文學家大辭典》頁23。
〔註10〕　參見游國恩《楚辭概論》頁264。
〔註11〕　許世瑛〈枚乘七發與其摹擬者〉一文亦如此主張。氏云：「恐怕東方

合成，或乃受枚乘「七發」之啓示。

〈七諫〉全文包括正文七章，各有分題，末則結以亂詞。首章〈初放〉，敍屈原生於國，長於野，言語訥澀，又無強輔，終爲讒小所怨，無以申忠君之志。二章〈沈江〉，列舉往古之得失，以見屈子被讒見放之痛，並表明屈子有赴沅湘自沈之志。三章〈怨世〉，寫怨世俗沈濁，美惡不分，處此濁世，必不能達志，故寧自沈江流，亦不願久見此濁世。四章〈怨思〉，言賢士窮處，讒佞日進，己願徑逝，而道壅絕。五章〈自悲〉，歎己被放離鄉之愁苦，故而有遠遊之意。六章〈哀命〉，言己內懷潔白之質而不遇於世，故哀時命之不合，並傷楚國之多憂。七章〈謬諫〉，言君王執操不固，己欲效志又恐犯忌，因敍時俗之不別賢佞，而己積思三年，亟欲陳辭以諫。亂詞言聖賢不紲，小人見用，乃自古即然，又何怨乎今人？〔註12〕

又其行文大抵首數句即點出題意，以下則援引古事、運用譬喻，反覆言賢能見疏，小人在位，而以己不能得志爲苦。故而游國恩先生以爲全篇一言以蔽之，乃替屈子抱不平，而翻來覆去也只爲言「嫉讒佞之得志，憫忠良之不用」耳。就其體製言，則爲承襲〈九章〉、〈九辯〉之騷體。而以用典太多、抄襲太多、重複太多，故而藝術價值不高。然誠如游氏所言，其體裁於文學史上乃爲獨一無二，蓋後世以七名篇者，皆擬〈七發〉，而絕少擬〈七諫〉。且〈七諫〉雖與〈九辯〉同爲騷體，然其分題及標出亂詞乃〈九辯〉所無，而此影響後世擬作頗大，故於文學史言，又自有其地位焉。〔註13〕

朔以他旳作品是由七篇合成，所以稱『七諫』，以示這個『七』是實數。」然許氏又云：「我猜測他覺得王褒〈九懷〉、劉向〈九歎〉、王逸〈九思〉都是九首合成，所以當以「九」名篇的，但他的作品既祇七首，自然該略示殊異了。」此說則值商榷，蓋東方朔生當王褒、劉向、王逸之前，何能預知三人之文以九名篇。

〔註12〕參見傅錫壬先生《新譯楚辭讀本》頁205～206。

〔註13〕參見游國恩《楚辭概論》第五篇《楚辭》的餘響第三章莊忌及東方朔（里仁版頁261～271）。

二、〈七發〉、〈七諫〉對擬作作品之影響

（一）〈七發〉對擬作作品之影響

〈七發〉乃漢賦之先聲，騷賦之變體，為楚辭、漢賦過渡時期之產物。其對後世以九名篇之擬作，亦有若干影響，茲略論之。

其一，前云〈七諫〉之以七篇合成，或有受〈七發〉說七事之啟示，而〈七發〉、〈七諫〉皆以七為實數，而後世以九名篇之作，其以九為實數之觀念，除受〈九章〉九篇之影響外，或亦有受〈七發〉之啟示。如王褒〈九懷〉除亂曰外有九篇，劉向〈九歎〉則為九篇合成。

其二，後世以九名篇之擬作，有仿〈七發〉之體製及內容者。如明劉基《郁離子》中之〈九難〉，及清王詒壽之〈九招〉。〈九難〉一文亦以設問為體。全文為十段，首段為序，言郁離子隱於山林，隨陽公子欲招之。以下二至九段，乃隨陽公子分別以歌舞峻宇、佚遊燕樂、財貨重寶、富與貴、辯士之縱橫馳騁、軍旅之事、真人之至樂、神仙之長壽八事招之，而郁離子皆不願。末章則歸入本題，郁離子告以「講堯舜之道，論湯武之事……以待王者之興」，方為己之所向，於是公子赧然，遂欲以郁離子為師。（詳見本編第一章第四節一）。又〈九招〉一文，作者自序云：「用效吳客之設辭，仍叚巫陽之本旨，本文十首，命曰〈九招〉。」其全文分十段，首段為序，言真宰使元修大夫招潛虛子。其下二至九段則分別招以高官顯爵、豪華富奢、宮室之美、紅妝倩女、服物之都美、山珍海味、田獵之樂、神仙之樂。然潛虛子皆不為所動。末章則招以太平長治之世，於是潛虛子乃瞿然而起。（詳見本編第一章第四節九）又〈七發〉之楚太子聞要言妙道，乃霍然病已；〈九難〉之郁離子言堯舜之道，即使隨陽公子赧然；〈九招〉之潛虛子聞太平長治之世乃瞿然而起。凡此皆可知其內容、義旨皆與〈七發〉無異。另〈九難〉、〈九招〉之首序、末結，中為舖陳聲色耳目之娛，其結構亦類〈七發〉。由以上固知二篇雖以言九事而命之曰「九」，

然其體製、內容皆與〈七發〉無異。其別僅〈七發〉言七事，故有八段；〈九難〉、〈九招〉言九事，故有十段耳。

其三：除名篇、體製、內容之影響擬作作品外，〈七發〉之寫作技巧亦影響擬作作品。如其分層敘寫，極力鋪陳，多使用排比整齊之句法，及疊用聯邊字，皆影響後之擬作。舉例明之：如前述〈九難〉、〈九招〉之分層敘寫，極力鋪陳，則擬自〈七發〉。又如王逸〈九思·憫上〉：「川谷兮淵淵，山岳兮嶜嶜，叢林兮嶒嶒，株榛兮岳岳。」劉基〈九難〉之「五都之市，列肆千區；三川之衢，大車千輛；二江之津，舳艫千艘。」此排比整齊之句法亦有仿於〈七發〉。至若疊用聯邊字，如劉向〈九歎·逢紛〉之「波逢洶湧濆滂沛兮」，〈思古〉之「客與漢渚涕洟淫淫兮」。

（二）〈七諫〉對擬作作品之影響

〈七諫〉雖為擬〈九辯〉之作，然以其於形式方面有所變革，故而對後世以九名篇之擬作，亦產生不少影響，略論如下：

其一：前已述及之〈七諫〉以七為實數之觀念，影響後之擬作者。故以九名篇者，多以九為實數，故文多分九章。如劉向〈九歎〉、王逸〈九思〉皆為九篇，此或有擬自〈九章〉者，然亦〈七諫〉之以七為實數之觀念所致。

其二：〈七諫〉雖以七名篇，然仍為騷體之作，其所以異於〈九辯〉者，在其不止分章，且有分題。或其分題乃擬自〈九章〉，然〈九章〉為不相關之各篇輯成，〈七諫〉則為完整之一篇。又〈九辯〉無亂詞，〈七諫〉則於七章之末，多一亂詞。故而有分題，且另具亂詞於文末，乃其形式之特色。游國恩先生以為王褒〈九懷〉、劉向〈九歎〉、王逸〈九思〉三篇之有分題，乃出於〈七諫〉。〔註14〕又〈九懷〉、〈九思〉之末繫以亂詞，亦有受〈七諫〉之影響。又如黃道周之〈九繹〉、〈九鑿〉，雖擬〈九歌〉，有十一篇，而其文末又加亂詞，此或亦

〔註14〕參見游國恩先生《楚辭概論》頁276。

受〈七諫〉之影響。

其三：〈七諫〉之句法、文句亦有影響後世擬作者。如〈七諫〉首章〈初放〉有三字句，如「塊兮鞠，當道宿。」而王逸〈九思〉首章〈逢尤〉亦有「悲兮愁，哀兮憂」，此句法未見於〈九歌〉、〈九章〉、〈九辯〉，蓋受〈招隱士〉及〈七諫〉之影響也。〔註15〕又〈七諫〉有「寧爲江海之泥塗兮，安能久見此濁世」，而後世曹植之〈九詠〉、〈九愁賦〉皆有「寧作清水之沈泥，不爲濁路之飛塵。」此則其文句之影響後之擬作也。

其四：姜亮夫先生以爲〈七諫〉與劉向〈九歎〉乃重覆屈子一生事跡最詳者。〔註16〕其影響所及，乃後之擬作者多有代屈子爲言者，如陸雲〈九愍〉、皮日休〈九諷〉、王夫之〈九昭〉。或有因感於屈子事迹，而爲文以抒一己鬱悶者，如曹植〈九愁賦〉、王褘〈九誦〉。或可謂後世之人，不斷以屈事爲題材者，乃因〈七諫〉之影響也。

又據上編所論，固知〈九辯〉之作，或有因原得感者，然全文要在抒一己懷才不遇之悲。而賈誼〈惜誓〉一文雖爲哀愍屈原之作，然通篇以第一人稱行文，蓋代屈子爲辭者。而〈七諫〉之作，開首即云：「平生於國兮長於原壄」，又云：「王不察其長利兮，卒見棄乎原壄。」於此可見其似以第三人稱觀點行文。然「舉世皆然兮，余將誰告？」以下則又爲代屈立言。此其前後稱述觀點不一，或爲其無意識之誤！然其有以第三人稱觀點行文，則或亦有影響於後之擬作者？

第二節　從擬作作品看「七」、「九」是否能成體

一、《文選》別列七體之商榷

晉摯虞《文章流別論》云：「〈七發〉造于枚乘，借吳楚以爲客主。」

〔註15〕〈招隱士〉有三字句，如「塊兮軋，山曲岪」，「圂兮沕，憭兮慄，虎豹穴。」

〔註16〕參見姜亮夫先生《楚辭今繹講錄》第十二講。

（《藝文類聚》卷五十七）《文心・雜文》篇亦云：「及枚乘摛豔，首製〈七發〉。」而《文選》則於卷三十四別列七體於賦、詩、騷後，並收枚乘〈七發〉、曹植〈七啓〉、張協〈七命〉三文。自茲而後，多有以七爲體者。如《藝文類聚》、《淵鑑類函》等類書及《文章辨體》、《文體明辨》等專著，至若各家文集亦多有標出七體者。然章學誠《文史通義・詩教篇》則以《文選》特立七體爲非，其言云：「七林之文，皆設問也，今以枚生發問有七，而遂標爲七，則〈九歌〉、〈九章〉、〈九辯〉亦可標爲九乎？」然則七當否成爲一體，則頗值商榷。今試引各家說法，並就「七」之體製、內容及擬作作品略論之。

　　許世瑛先生於〈枚乘七發與其摹擬者〉一文曾對章氏之言提出批駁。許氏以爲〈九歌〉、〈九章〉、〈九辯〉，皆屬騷體，自然不能另立九體。且以〈九歌〉之「九」本爲虛數，雖後之擬作，自〈九章〉以下，皆以「九」爲實數，然仍不可以「九」標體。至若「七發」之七，歷來皆以之爲實數，且後之摹擬者無不以「七」名題，遂成「七林之目」，故而昭明另標「七」類，正是其識見卓越，不同凡響處。而王瑤《中古文學史論》則以「七」本爲設問鋪陳之賦體，然以後之作者太多，選家不得不爲之別立一體，此固因拘於形貌，然亦有其實際困難，蓋七既成林，則編集時不得不設法立類容納。〔註17〕

　　或譏《文選》別列七體之非，或曰《文選》別列七體，正見其識見卓越；或曰「七」爲賦體，然以編集之困難，不得不爲之立類容納。究以何說爲然，今試從「七」之體製內容觀之。《文心・雜文》篇以爲「七」體「其大抵所歸，莫不高談宮館，壯語畋獵。窮瑰奇之服饌，極蠱媚之聲色。甘意搖骨髓，豔詞動魂識，雖始之以淫侈，而終之以居正。然諷一勸百，勢不自反。」此乃論「七」之內容，至若其體製，則爲「詞雖八首，而問對凡七」。〔註18〕且就七體之祖──〈七發〉

<hr>

〔註17〕見王瑤《中古文學史論》之〈中古文學思想中文體辨析與總集的成立〉一文（見長安版頁 144～145）。

〔註18〕徐師曾〈文體明辨序〉：「按七者，文章之一體也。詞雖八首，而問

觀之：其散韻相間，敘問雜用，而文多四字句，間有三字句，且聯邊疊字、轉折語辭亦皆有之，實與漢賦無異。其所以異於漢賦者，蓋在其「未極字句之整齊而已」，〔註19〕然此亦以〈七發〉乃漢賦先聲之故也。以是就其內容、體製觀之，「七」實與賦體無異。

以下復據後世擬作〈七發〉之作品論之：

（一）以七名篇之擬作

許世瑛先生〈枚乘七發與其摹擬者〉一文曾收錄摹擬〈七發〉之作共計五十一家，五十四篇，其中完整無缺者有二十一篇，並介紹此二十一篇之內容。據其所言則傅毅〈七激〉、張衡〈七辯〉、曹植〈七啓〉、張協〈七命〉、陸機〈七徵〉、湛方生〈七歡〉、簡文帝〈七勵〉、蕭統〈七契〉、蕭子範〈七誘〉、闕名之〈七召〉、馬國翰〈擬梁簡文七屬〉等篇，其內容、體製皆規仿〈七發〉，無甚創意。至若晁補之〈七述〉、王應麟〈七觀〉、金寔翰〈墨林七更〉、凌廷堪〈七戒〉、洪亮吉〈七招〉、馬象雍〈七通〉、歐陽鼎〈七痛〉、李慈銘〈七居〉等篇則立意與〈七發〉有別，而仍襲〈七發〉之對問有七之形式，唯李慈銘〈七居〉之序稍異。以上內容、體製皆同〈七發〉者共十一篇，立意有異而體製仍同者有八篇。則立意、體製皆有創新者僅元結之〈七不如〉及黃宗羲之〈七怪〉。蓋〈七不如〉每段獨立，各自爲主，皆爲言前不如後，故而其雖襲七名，然別立機杼，另成新製。〈七怪〉則雖用七名，然不襲賓主設問方式。故而許氏謂：「其大部分都只襲取了〈七發〉的爲『詞八首，而對問凡七』的形式，而毫無創意。間或有能『謝朝華於已披，啓夕秀於未振』的，但少得如同晨星一般。」準是觀之，則「七」體似有其固定體製，而其內容亦大同小異。

對凡七，故謂之七。」

〔註19〕鈴木虎雄《賦史大要》：「《文選》所收〈七發〉，其問答之體，以及於散文中隨時使用駢語韻語，可稱賦之先聲，以比於賦，未極字句之整齊而已。」（正中版頁32）

（二）以九名篇之擬作

前節論〈七發〉對擬作作品影響時已述及：蓋劉基《郁離子》所收之〈九難〉及清王詒壽之〈九招〉，雖以九名篇，然其內容義旨皆與〈七發〉無異，且其首序，末結，中鋪陳聲色耳目之娛，及設為對問之形式，亦與〈七發〉相類。據此，則其所以異於〈七發〉者，僅在「詞十首，而問對凡九」，亦即較七發多二問對耳！若然則其當入「七」體乎！抑或為之別標「九」體乎？

又〈七諫〉一篇，亦以「七」名篇，然其內容、體製則屬騷體，則又將何屬？又若盧照鄰有〈五悲文〉，並有序云：「自古為文者多以九、七為題目，乃有〈九歌〉、〈九辨〉、〈九章〉，〈七發〉、〈七啓〉，其流不一。余以為天有五星，地有五嶽，人有五常，禮有五禮，樂有五聲。五者亦在天地之數，今造〈五悲〉，以申萬物之情，傳之好事耳。」（《文苑英華》卷三五四）據此，若後之世有好事者亦擬五成林，是否又為之別立五體？故而以「七」數為實，或以問對有七，而為之另立一體，頗堪商議。然以後世擬作既多，而又有固定之體製，則正如王瑤所言，蓋以七既成林，故而選集者不得不設法立類容納，此乃有其實際之困難，以是於昭明之別列七體，又不忍深責矣！然吾人既處科學昌明之世，若欲對此問題作一較妥適之解決，則或如姚鼐之將騷、賦、七等皆歸入辭賦類，〔註20〕不然則於賦體之大類下，再以「問對有七」之「七體」為小類！

二、「九」能否成體

《後漢書》卷百十一崔琦本傳云：「所著賦、頌、銘、誄、箴、弔、論、〈九咨〉、七言凡十五篇。」同書卷一〇九服虔本傳亦有云：「所著賦、碑、誄、書、記、連珠、〈九憤〉凡十餘篇。」二處同載崔琦、服虔二人有以九名篇之作，然既未歸入賦類，又不言為騷體之作，而將之與賦、頌、碑、誄等文體並列，似隱然有以其為文體名之

〔註20〕見姚鼐《古文辭類纂・序目》。

意。而陸雲〈與兄平原書〉有云：「又見作九者，多不祖宗原意，而自作一家說。」（註21）所言乃批評當時寫作以九名篇者，未宗屈原之意。據此或可推知其似有以九為文體專名之意，且亦可知當時作「九」者必多，雖或以作品不佳，未能傳於後世，或以遭遇天災兵燹而湮沒不存，然其為「九亦成林」則或可推而知之！若然，則是否可依《文選》之別列「七體」，為之另標「九體」乎？

據許世瑛先生〈枚乘七發與其模擬者〉一文所載，其收錄枚乘〈七發〉後之擬作，共得五十一家，五十四篇，其完整無缺者，有二十一篇。而就本人參考姜亮夫《楚辭書目五種》及饒宗頤《楚辭書錄》二書所著錄，並翻閱各家文集及類書所得，共計以九名篇之擬作亦有二十七家，三十六篇之多，而其完整無缺者，蓋亦有二十一篇之多（參見附錄三表一）。準是觀之，若七體以「七既成林」而別列一體，則以九名篇之作既亦成林，是否可另立一體？此問題許世瑛先生曾加說明。許氏以為〈九歌〉之九本為虛數，且〈九歌〉、〈九章〉、〈九辯〉皆屬騷體，故不可以「九」標此體，而〈七發〉之七乃實數，故後之摹擬者無不以七名題，而成「七林之目」，故宜別立一體。（註22）而陶秋英則以為「九並不是一定九篇或九節，所以幾乎是一種體了。」（註23）二氏看法顯有出入。一以九為虛數，故定九非體，一則反以同理證其或為一體。若然，則「九」之能否成為一體，則不能以九為虛數或實數而論定之。故嘗試從後世以九名篇之擬作作品以探究此問題。

今所見之以九名篇擬作，崔琦〈九咨〉、服虔〈九憤〉、陸喜〈九思〉、陸機〈九悲〉、陸雲〈九悲〉、〈九愁〉、楊穆〈九悼〉、及黃伯思〈九詠〉、〈洛陽九詠〉九篇已亡佚。又蔡邕之〈九惟〉、張委之〈九

〔註21〕見張溥《百三名家集》頁 2026。
〔註22〕見許世瑛〈枚乘七發與其摹擬者〉（《中國文學史論文選集》（一）頁270）。
〔註23〕見陶秋英《漢賦之史的研究》頁 33。

愍〉、王船山之〈九礪〉，以殘缺較多，無法推知其內容、形式，故略而不論。其餘則有完整不缺者二十一篇，若曹植〈九詠〉、鮮于侁〈九誦〉及揭傒斯〈九招〉，雖有殘缺，然據其殘文仍可知其內容、體製，以是共得二十四篇。吾人即據此二十四篇論其內容、形式，以見「九」之是否能成體。

（一）就內容言

王褒〈九懷〉、劉向〈九歎〉、王逸〈九思〉、陸雲〈九愍〉、皮日休〈九諷〉、王禕〈九誦〉、王夫之〈九昭〉、凌廷堪〈九慰〉諸作或敘屈原之生平事迹，或藉屈子之事以抒一己之感懷鬱悶。就內容言，大抵與〈九章〉相近。又曹植之〈九愁賦〉、劉基之〈九嘆〉、黃道周之〈九繹〉、〈九鬷〉、尤侗之〈九訟〉，則為發抒一己感懷之作。就其內容言，較近〈九辯〉。而趙秉文之〈黃河九昭〉，乃借騷體宣揚聖道，較為特異，然亦有擬於〈橘頌〉。至若曹植〈九詠〉、鮮于侁〈九誦〉、高似孫〈九懷〉、何景明〈九詠〉、黃道周〈九訴〉、夏完淳〈九哀〉、凌廷堪〈祀古辭人九歌〉，雖或有借歌體傾訴一己情懷者，或有於楮墨間另有寄託寓意者，然大抵為祀神或悼人之曲，故近〈九歌〉。而揭傒斯之〈九招〉，則有類〈招魂〉。劉基〈九難〉、王詒壽〈九招〉二篇之內容則類〈七發〉，乃「高談宮館，壯語畋獵，窮瓌奇之服饌，極蠱媚之聲色。甘意搖骨髓，豔詞動魂識，雖始之以淫侈，而終之以居正。」（《文心・雜文》）據上述觀之，以九名篇之擬作，其內容表現頗為紛歧，未如七體作品內容之單純。

（二）就形式言

王褒〈九懷〉、王逸〈九思〉分九章，有分題，末為亂詞，共十章。劉向〈九歎〉亦分九章，各有分題，無亂詞，然於各章之末繫以「嘆曰」。皮日休〈九諷〉則分九章，各有分題，無亂詞，王禕〈九誦〉、王夫之〈九昭〉，與之相類，皆分九章，有分題，無亂詞。陸雲〈九愍〉、趙秉文〈黃河九昭〉則分九章，有分題，文末無亂詞，然

其中部分篇章末有「亂曰」。以上四型，大抵皆擬〈九章〉，而略有不同。至若曹植〈九詠〉、〈九愁賦〉、揭傒斯〈九招〉、劉基〈九嘆〉、何景明〈九詠〉，均未分章，無分題，亦無亂詞。尤侗〈九誦〉則無分章，無分題，然文前有序，分文九段。凌廷堪〈九慰〉，文前有序，無分題，然文分九段，末有亂詞。以上三型，就其形式言較近〈九辯〉。而鮮于侁〈九誦〉有分題，高似孫〈九懷〉、夏完淳〈九哀〉皆九篇，且有分題；黃道周〈九繹〉、〈九蝨〉皆各有十一篇，各有分題，然文末有亂詞。又黃道周之〈九訴〉有九篇，各有分題，而末亦有亂詞；凌廷堪〈祀古辭人九歌〉，分九首，無分題，然每篇末註有祀何人之歌，故與有分題者相似。以上五型，雖略有不同，然大抵為擬〈九歌〉之形式。至若劉基〈九難〉、王詒壽〈九招〉則設問對九，另加序共十首，其形式乃近於〈七發〉。據上述可知，就其結構形式言，擬九諸作，亦無固定。蓋以或仿〈九歌〉，或擬〈九章〉，或儀〈九辯〉，而又略變之，故而如斯紛歧。又就句法而言，如王褒〈九懷〉、王逸〈九思〉、曹植〈九詠〉、鮮于侁〈九誦〉、高似孫〈九懷〉、劉基〈九嘆〉、何景明〈九詠〉、夏完淳〈九哀〉皆使用〈九歌〉句法。而劉向〈九歎〉、揭傒斯〈九招〉則採〈九章〉句法。又曹植〈九愁賦〉、陸雲〈九愍〉則亦擬〈九章〉句法，然去上句句末之兮字。至若皮日休〈九諷〉、尤侗〈九訟〉則雜用章、歌句法，或可謂之為採〈九辯〉句法。黃道周〈九繹〉、〈九蝨〉則本文為〈九歌〉句法，而亂詞乃採〈橘頌〉句法。其〈九訴〉一篇則本文亦為〈九歌〉句法，其亂詞則似七言歌行。至若劉基〈九難〉、王詒壽〈九招〉，則以四字句為主，雜以三言、六言，又多用轉折詞，蓋近漢賦句法。以是觀之，其句型凡有七式，於此亦可見其形式之差異。

　　根據以上之分析，可知以九名篇之擬作，其內容與形式並未似七體之統一，此或以其所摹擬之對象較廣，而〈九歌〉、〈九章〉、〈九辯〉又各具風貌。準是觀之，以九名篇之作既無固定形式與內容，而其大致風貌亦不出騷、賦，是以無別立一體之必要。然或有為突出其以「九」

立意，而強爲之別者，則或可以層遞類分法分之。即於騷體之下，復
分以九名篇者，以騷名篇者，以招名篇者。又，以九名篇之擬作，以
其摹擬對象較廣，且各具風貌，故而其內容、形式亦皆有異，若與同
爲擬作之七體之文較之，則其藝術價值當較爲傑出矣！

第五章　擬作作品之評價

　　何景明云：「經亡而騷作，騷亡而賦作，賦亡而詩作。秦無經，漢無騷，唐無賦，宋無詩。」〔註1〕此蓋以爲一代有一代之思想，故一代有一代之創作，而後世之人，既無當代之思想，則其模擬之作，縱或體貌皆似，然以不具創造性，故無存在價值。〔註2〕以是若林雲銘、蔣驥、屈復等人編注《楚辭》，則將後人擬作，盡數刪去。〔註3〕然以朱子之明且智，其編《楚辭集注》雖以〈七諫〉、〈九懷〉、〈九歎〉、〈九思〉詞氣平緩，意不深切，如無病呻吟者而刪之，〔註4〕然仍保留〈惜誓〉、〈哀時命〉、〈招隱士〉，並補入〈弔屈原〉及〈服賦〉二作，且又錄自《荀子・成相》至呂大臨〈擬招〉諸作爲《楚辭後語》，以爲諸作出於幽憂窮蹙，怨慕淒涼之意，乃得楚辭餘韻爾！〔註5〕據是觀之，則朱子仍以擬作有可觀者焉！且若何

〔註1〕見《續說郛》卷二〈何子雜言〉。
〔註2〕參見蔣善國先生編《楚辭》引言，頁24（新文豐版）。
〔註3〕林雲銘《楚辭燈》〈九辯〉及〈惜誓〉以下盡刪，蔣驥《山帶閣註楚辭》亦然。屈復《楚辭新註》則多收〈九辯〉，〈惜誓〉以下亦盡刪之。
〔註4〕見朱熹《楚辭辯證》上。（華正版《楚辭集注》頁319）
〔註5〕朱熹《楚辭後語》序：「故今所欲取而使繼之者，必出於幽憂窮蹙，怨慕淒涼之意，乃爲得其餘韻。」

氏之雖有「漢無騷」之言，而仍汲汲於騷體之作，〔註6〕固知楚辭者，實有其萬世不泯之魅力在焉！以是竊以爲後世擬作雖言雜燕粵，事兼夷夏，誠不可謂之「楚辭」。〔註7〕然不可謂之「楚辭」，並非即謂不可以騷體爲文。蓋騷體之文，獨宜於發抑鬱窮蹙之氣，抒憤懣哀傷之情，後之作者，若其情眞、其性至，而自然發爲騷體以抒情詠懷，則何有不可乎！又況擬騷之作，「其上者，探靈均孤忠之蘊，以得其慨感幽深之志，多出于賢人失志之所爲。其次者，善體屈子心志，鍥入無間，而章擬句摹，亦得其韻調之形似，則文士工巧之術。」〔註8〕以是之故，不可逕以爲模擬之作，則輕詆誣蔑之。故而吾人於後世以九名篇之擬作，亦當據作者創發之情眞僞否，作品表現之美善否，以論其是非，斷不可遽以擬作而輕棄之。從本編第二章擬作作者與屈宋關係之論述中可知：擬作作者多爲有心之人，擬作作品多爲有意之作，非無病徒呻吟也！且從本編第三章擬作作品與三九關係之論述中，亦可知擬作之善於學騷，則其本身自有一定水準。故而本章擬先對擬作做一整體性之略評，其次則針對擬作是否可取及擬作者是否宜於以騷體爲文做一考察，末則探討擬作之價值，以求予以九名篇之擬作一較客觀公允之評價。

第一節　擬作作品略評

本編第一章已將各擬作作品作一綜述，而第三章則從內容、形式二端析論擬作有所承襲於三九者，本節則以前述各章爲基礎，進一步對歷代以九名篇之擬作，做一整體性之論評，一則可增進對各代擬作之了解，一則亦可藉以推論擬作之成就與局限，並略窺各擬作除模擬

〔註6〕何景明《大復集》卷三收有〈澧有蘭辭〉、〈九詠〉、〈告咎文〉、〈伯川詞〉、〈霍山辭〉、〈滕王閣歌〉等擬騷之作。

〔註7〕黃伯思《新校楚辭》序：「自漢以還，去古未遠，猶有先賢風概而近世文士，但賦其體，韻其語，言雜燕粵，事兼夷夏，而亦謂之楚辭，失其指矣！」（《宋文鑑》卷九十二）

〔註8〕見姜亮夫先生《楚辭書目五種》紹騷隅錄序。（泰順版頁404）

承襲外，是否受當代文風之影響。

一、兩漢時期

　　兩漢以九名篇之擬作，今得窺全豹者，僅王褒〈九懷〉、劉向〈九歎〉、王逸〈九思〉三篇。而朱熹以爲三篇詞氣平緩，意不深切，如無所疾痛而強爲呻吟者。〔註9〕王夫之則直斥爲：「悻悻然如息夫躬之惆戾，孟郊之齷齪，伎人之憎矣！」〔註10〕然皮日休則以爲諸作爲「清愁素豔，幽挟古秀，皆得芝蘭之芬芳，鸞鳳之毛羽」也，〔註11〕而黃伯思亦以爲：「自漢以還，去古未遠，猶有先賢風概」。〔註12〕今試據其本文以略論之：

　　王褒〈九懷〉雖分九篇，而九篇大意雷同，且通篇句法甚少變化，音節短促，表現亦不自由，確乎如朱子所謂「詞氣平緩，意不深切」。然斯篇句式整齊，多對句，已可見駢儷之傾向。又劉向〈九歎〉，雖爲追愍屈子之作，然以其與屈子同爲宗臣而處危國，故於楮墨間常不自覺流露一己之感懷。而〈離世〉一章之連用五「靈懷」，確能表現深沈之悲痛；〈思古〉一章則迭用聯綿詞，描寫之佳，音節之美，可謂善於學騷。故〈九歎〉之作「猶有先賢風概」也！至若〈九思〉一篇則無論內容、形式，悉仿前人，且取譬之惡物太多，文乏美感，故藝術價值亦不高。〔註13〕

　　另外，蔡邕〈九惟〉雖僅存殘文一段，而通篇以四字成句，體製不類騷體，然其文中流露憂世傷貧之情，亦有類於屈宋！

　　據〈九懷〉、〈九歎〉、〈九思〉三篇可知兩漢模擬楚辭之作，無論內容、形式皆有意學習屈宋。且或受屈子偉大人格之感召，故亦

〔註 9〕　同註4。
〔註10〕　見王夫之《楚辭通釋》卷首序例。
〔註11〕　見皮日休〈九諷・系述〉（《皮子文藪》卷二）。
〔註12〕　同註7。
〔註13〕　參見游國恩先生《楚辭概論》第五篇第四章王褒、劉向及王逸，並傅錫壬先生《新譯楚辭讀本》卷十五至卷十七。

喜代屈子立言。而〈九惟〉一文，雖非騷體，然仍襲屈宋憂世傷愍之意。以是可知兩漢偉大文學家之心靈，多為屈原之遭際和鉅製所感動、所啓發。〔註14〕故而《文心·通變》云：「漢之賦頌，影寫楚世」。

二、魏晉至唐時期

魏晉至唐為楚辭研究之中衰期，〔註15〕斯時擬騷之作或亦不鮮，然以研究者既少，則流傳不易，故於此幾近七百年間（西元 220～906年），今可見以九名篇之擬作，止曹植〈九詠〉、〈九愁〉及陸雲〈九愍〉、皮日休〈九諷〉四篇，而張委〈九愍〉則僅存四句。

曹植〈九詠〉以廣之游女、楚之湘娥喻君，言己來之不及見，進而不見聞，故而感傷萬分，泣下如雨，而寧以作清水沈泥，自絕於世。證諸子建遭遇，可知斯文之作，確為有感而發。蓋其見斥被忌，處危亡之際，故藉騷體發其哀音也。〈九愁〉之作亦然。丁晏評〈九愁〉曰：「楚騷之遺，風人之旨。」又曰：「托體楚騷，而同姓見疏，其志同，其怨亦同也。文辭淒咽深婉，何減靈均！」〔註16〕據此可知二文雖為擬騷之作，然其情真性至矣！宜乎姜亮夫先生云：「子建在三國諸人，為賦最多，而寄慨亦最深切。集中諸賦，皆有麗則之規，而所得于屈宋者多矣！」〔註17〕至若晁補之以為賦之卑弱自曹植始，且謂其賦無一篇逮漢者，〔註18〕實不知子建處於亂世，故其音自然哀而思也！

陸雲〈九愍〉之作，無論內容、形式皆有意擬〈九章〉，且亦為代屈原立言之哀志之作。全文多為上六下六之複句組成，對偶頗多，其形式漸趨整鍊，顯係受駢文之影響。而其辭藻之朗麗，則尚存靈

〔註14〕 參見徐復觀先生〈西漢文學論略〉一文（收入《中國文學論集》）。
〔註15〕 見姜亮夫先生《屈原賦校註》序言。
〔註16〕 見丁晏《曹集詮評》卷一〈九愁賦〉評。
〔註17〕 見姜亮夫先生《楚辭書目五種》頁 421。
〔註18〕 《濟北晁先生雞肋集》卷三十六〈變離騷序〉：「曹植賦最多，要無一篇逮漢者。賦卑弱自植始。」

均之風。至若皮日休〈九諷〉九章爲〈正俗〉、〈遇謗〉、〈見逐〉、〈悲遊〉、〈憫邪〉、〈端憂〉、〈紀祀〉、〈捨慕〉、〈潔死〉。觀其章名即可知此九章爲有意之組合，故其雖擬〈九章〉，然卻變〈九章〉之不相屬爲相屬。而全篇多以文入賦，句法變化甚多，且有以散文氣勢行文者，故其文頗有參差錯落之致。晁補之謂其專效〈離騷〉，而謹毛失貌，〔註19〕或亦以雜用散文、櫽栝經典入賦，風貌已不類屈作歟！

綜觀詠、愁、愍、諷四篇，可知本期之擬作，較之兩漢之謹形守貌已大不相類矣！蓋〈九詠〉後半及〈九愁〉、〈九愍〉雖仍採騷章句式，然已去其上句之「兮」字，楚聲之味已漓矣。然此或亦受漢賦之影響也。而〈九愍〉之多對偶、傾向駢儷，亦感染於當代文風。至若皮日休〈九諷〉之以散文入賦，則或亦受韓柳古文運動之影響也！

三、宋金元時期

有宋一代，文風鼎盛，斯時文人或戮力於散文之創作，或醉心於詩詞曲之創發，故楚聲之不作也久矣！〔註20〕而金元兩代，以異族入主，又國祚短暫，故擬騷之作亦少。以是宋金元三代，居今可見之以九名篇擬作，止高似孫〈九懷〉、趙秉文〈黃河九昭〉、揭傒斯〈九招〉三文，而有宋鮮于侁〈九誦〉則僅存〈堯祠〉一章。

〈九誦〉雖止存〈堯祠〉，但據此章可知其內容、形式皆擬〈九歌〉也！蘇軾曾贊其〈九誦〉曰：「追古屈原、宋玉，友其人于冥寞，續微學之將墜，可謂至矣！」〔註21〕而許彥周亦云：「觀〈堯祠〉、〈舜祠〉二章，氣格高古，自東漢以來鮮及。」〔註22〕

〔註19〕同註18。晁氏曰：「皮日休〈九諷〉，專效〈離騷〉；其〈反招魂〉，靳靳如影守形。然非也，竟離去畫者，謹毛而失貌。嗚呼！〈離騷〉自此散矣！」

〔註20〕《東坡題跋》卷一蘇軾〈書鮮于子駿楚詞後〉云：「鮮于子駿作楚詞〈九誦〉以示軾，軾讀之，茫然而思，喟然而嘆，曰：嗟乎！此聲之不作也久矣！雖欲作之，而聽者誰乎！」

〔註21〕同註20。

〔註22〕見《許彥周詩話》頁23（《藝文百部叢書》本）。

高似孫〈九懷〉九篇乃模擬〈九歌‧山鬼〉以上九篇，且其模擬之方，乃章模句擬，有若據譜填詞然。李之鼎謂其擬騷之作乃「規橅前人，董香摘豔，自具鑪錘。非誚等麟榱者所可同日共語。」〔註23〕據〈九懷〉觀之，其文或有佳句，可謂「規橅前人，董香摘豔」也；然其章模句擬，如填詞然，則亦如其《騷略》序所謂：「〈離騷〉不可學，可學者章句也，不可學者志也。」「後之人沿規襲武，摹倣制作，言卑氣嫚，志鬱弗舒，無復古人萬一」也。

趙秉文〈黃河九昭〉以擬人化手法贊美黃河之德，蓋有仿於〈橘頌〉之美橘也；然與〈橘頌〉異者，在〈九昭〉乃以第一人稱行文也。通篇雖擬《楚辭》，然亦多檃栝經子之語，兼以文要在闡揚黃河之有合於聖道，故有說理傾向，與抒情寫志之三九頗不類！蓋亦如元遺山所謂：「公之文出于義理之學，故長于辨析，極所欲言而止，不以繩墨自拘」也。〔註24〕

揭傒斯〈九招〉乃為故嗣漢三十八代天師張留公作，文雖有殘佚，然大抵可知為擬〈九章〉、〈招魂〉之作，觀其文句，亦善於學騷者。

由〈九誦〉、〈黃河九昭〉、〈九懷〉、〈九招〉四篇可見本期之擬作雖仍採騷、歌句法，然已自有主題，雖或有因屈宋而得感，然與〈九歎〉、〈九思〉、〈九愍〉、〈九諷〉之重覆屈子事迹已大異。若鮮于侁〈九誦〉，雖擬〈九歌〉，而所祀則為聖人。〈九懷〉雖與王襃之作同名，而却為緬懷古蹟之作。至若〈黃河九昭〉之說理，揭傒斯〈九招〉之悼亡，亦與三九及兩漢、魏晉至唐時期之擬作有別。

四、明清時期

明清二代，以九名篇之擬作最夥，此除時代較晚，書籍保存較易外，或抑有其故也！蓋此期去戰國之世已遠，且自漢以來，累積賦、詩、詞、曲、小說、戲劇各體文學之精華，斯時之文人所能取

〔註23〕 見高似孫《騷略》李之鼎跋語。（姜氏《楚辭書目五種》頁442引）
〔註24〕 見元好問撰〈趙公墓誌銘〉（《閑閑老人滏水文集》附錄）。

資創發者，較之前人尤多，然何以仍難忘懷於騷體之文，此或與其文風、時勢有關，而《楚辭》之驚采絕豔，騷體之宜於抒發抑鬱，或亦有以致之乎？

劉基〈九嘆〉乃藉騷體寫哀世憤俗之懷。其或以秋景襯寫悲憤情愫，或以隱喻指斥世變俗亂，頗得屈宋風概。而靈活運用歌、辯句法，間以散文氣勢行文，亦有參差錯落之致。蓋其「不僅為一代詩人，且為一特出之政治家、革命家，本其政治觀感與革命思想以吟詩作賦，其氣概與聲勢之浩大雄壯，自非一般文人學士所能及。」〔註25〕若其〈九難〉一文，則擬〈七發〉而文分九章之作也。蓋借賦體以述其生於亂世，渴望王者興起之志也！文亦如〈七發〉之極盡舖排能事！

王褘〈九誦〉亦亂世之哀音也。其文之作，乃以「荐嬰禍患，哀感并劇」（〈九誦〉序），故發為騷體之文也。其文或寫兵燹之禍，或哀民生之亂離；而於一己生於亂世，為求職而受辱，為謀生而遠離親人之苦，亦多致意。其寫親喪之痛，思鄉之悲，尤感人肺腑。故斯文也，雖為擬〈九章〉之作，而發乎真情，出乎至性，斷非無病呻吟之偽作也！

何景明〈九詠〉，自其篇題、內容、句法言，皆有意擬曹植之〈九詠〉。而子建〈九詠〉乃有寄託，何氏則純乎擬古。其文詞典雅，而善於運用聯綿詞，亦有得於三九也。

黃道周〈九繹〉、〈九齎〉、〈九訴〉三篇皆擬〈九歌〉之作也，亦與〈九歌〉同多賓主爾我之詞，復以作者精研機象之學，其文每多用之，故辭義深奧，象徵隱晦，頗不易解。然從其亂詞，或可推測文旨之一、二。蓋〈九繹〉係言君子履艱之憂，〈九齎〉乃寫人子喪親之痛，〈九訴〉則隱寓君門九重，己聞難以上達之恨。三篇大體以屈賦中語義，與個人遭遇及明季史事相揉合而作，故有真情至悃，非無病呻吟者也。〔註26〕

〔註25〕見李曰剛先生《中國文學流變史詩歌編》（下）頁192。
〔註26〕參見姜亮夫先生《楚辭書目五種》頁451。

王夫之〈九昭〉之作，自云「以旌三閭之志」。（〈九昭〉序）全文自表面視之，乃代屈子立言，而實隱寓一己亡國之孤憤。〈引裹〉一章雜騷歌句法，寫與君相遇之幻景，頗得淒美之致。〈蕩憤〉一章，藉神話寫遠征強敵，亦脫去前人窠臼。而〈悼子〉一章，運用隱喻以寫國君之沖弱。〈遺愍〉一章則善用聯綿詞，寫其綿綿遺恨。蓋全篇詞旨沈著，滄桑黍離之感溢於楮墨。

夏完淳〈九哀〉藉騷體寫國亡君死之痛，其文善於以景襯情，且文多隱喻，尤饒楚騷韻味，而檃栝《楚辭》文句亦生動自然。全文蓋「激昂壯烈，不讓易水悲歌」。〔註27〕

尤侗〈九訟〉寫羈旅之悲，亡婦之痛。全文雖多擬騷，而間亦採《詩經》、古詩、樂府之詞語入文，而與騷體契合無間，可謂善於擬作者也。至若其文辭之精切流麗，亦頗得於〈九歌〉、〈九辯〉之綺麗。而多用聯綿詞，亦可見其善於學騷。然以性情、品格與屈子大異，故其所抒之情，僅止於個人之感懷！

凌廷堪之〈祀古辭人九歌〉乃擬〈九歌〉以祀古辭人，然其文則為述辭人之生平及頌其文學成就，故情致與〈九歌〉不類。其〈九慰〉則在以著述之不朽，慰安屈原之志，故命意亦與前人有異。是以凌氏二作，雖亦以騷體為之，然其命意則與三九不同，故其文之情韻與〈九章〉之哀志、歌辯之傷情異也！

王詒壽〈九招〉與劉基〈九難〉同為擬〈七發〉之作，而文意亦歸於「人皆思治」。然其形式則或類賦、或類騷，間亦雜律絕、樂府之體，且通篇多駢詞儷語，有類駢文。

今可見以九名篇之擬騷作品以明清二代最多，計有：劉基〈九嘆〉、〈九難〉，王褘〈九誦〉、何景明〈九詠〉，黃道周〈九繹〉、〈九鼇〉、〈九訴〉，王夫之〈九昭〉、夏完淳〈九哀〉、尤侗〈九訟〉、凌廷堪〈祀古辭人九歌〉、〈九慰〉及王詒壽〈九招〉諸作。若據時代背景

〔註27〕同註25頁621：「（夏完淳）著有《夏內史集》、《玉樊堂集》、《南冠草》、《獄中草》等，激昂壯烈，不讓易水悲歌。」

及文學風氣言，可略分六期。其一，元末明初：蓋劉基、王禕生於異族統治下之亂世，故〈九嘆〉、〈九誦〉皆亂世之哀音，而〈九難〉雖有漢賦之鋪排，然其旨歸於渴望王者之興，亦亂世思治也。其二，中明之世：﹝註28﹞此期有前後七子力倡復古，而何氏景明正爲前七子之領導人物，故其〈九詠〉之作，乃模擬子建〈九詠〉，而上法楚之歌、騷。其三，末明之世：此期之作者，或處國勢危急之秋，或當國破家亡之時，故道周、船山、完淳之作，皆沈痛壯烈之悲歌。其四，清初：夫尤侗雖亦處末明之世，然其入仕有清，而〈九訟〉之作亦僅抒一己之感懷，而無喪國之悲痛，故別入此期。其五，盛清之世：﹝註29﹞凌廷堪生於有清極盛之時，故其所作有慰安、贊頌之意，而無悲哀傷痛之情。其六，中清之世：王詒壽生當有清由盛而衰之轉變期，故〈九招〉之作歸結於「天既厭亂，人皆思治」，而其文之多駢語，則亦以詒壽爲駢文家之故也。

第二節　擬作作品之省察

顧炎武云：「近代文章之病，全在摹倣。即使逼肖古人，已非極詣；況遺其神理，而得其皮毛者乎？」又云：「效楚辭者，必不如楚辭；效〈七發〉者，必不如〈七發〉。蓋其意中先有一人在前，既恐失之，而其筆力復不能自遂。此壽陵餘子學步邯鄲之說也。」﹝註30﹞近人梁容若氏亦以爲擬古倣古將阻遏破壞文人之創作力、想像力、發展力，對文學創作有不良影響。﹝註31﹞據此觀之，則以九名篇之擬作是否可取，頗值商榷。再者，擬作作者或非楚地之人，或無屈宋之才

﹝註28﹞　李曰剛先生《中國文學流變史（三）詩歌編》（下）分明代詩爲初明、盛明、中明、晚明、末明五期。
﹝註29﹞　同註28，分清代詩爲初清、盛清、中清、晚清四期。
﹝註30﹞　見顧炎武《日知錄》卷一九。
﹝註31﹞　梁容若〈中國文學史上的僞作擬作與其影響〉一文云：「擬古倣古阻遏破壞了文人的創作力、想像力、發展力。」（《中國文學史研究》頁33）

情境遇，且皆非當戰國之世，則其是否宜於以騷體寫作，則頗為可疑。以是下文擬就此二問題對擬作做一省察。

一、擬作作品是否可取

　　欲探討此問題之前，宜先了解擬作與作偽不同。蓋就作者言，作偽或以己之作品託之他人，如漢慶虯作〈清思賦〉而託之司馬相如；或以他人作品偽稱己作，如郭象竊向秀所注之《莊子》，點定之以為己作。凡此皆存心偽造，故意欺世。〔註32〕而擬作則不然。擬作或因愛而擬之，如陸機〈擬古詩〉十四首；或以摹擬為習作之方法，如揚雄之擬司馬相如賦；〔註33〕抑或有對同一題材感到興趣而心存與古人較一短長者，如陶淵明之作〈感士不遇賦〉。〔註34〕凡此或因愛而擬之，或欲擬以為式，或存心與人較一短長；於文學創作言，亦有可取。蓋愛而擬之，乃心之所嚮，自然而為；擬以為式，則可藉之促進一己之寫作能力；而以同一題材與前人較量者，則既可見某種題材為古今才士所共同注意，且更能展現作者之獨創性。據此而論，則後世以九名篇之擬作亦有可觀者焉！蓋以九名篇之擬作，或以愛而擬之，如王褒之作〈九懷〉、〔註35〕黃道周之作〈九繹〉；〔註36〕或有擬以為式，如高似孫〈九懷〉、何景明〈九詠〉；亦有雖無存心與屈宋較，然亦與屈宋採相同題材者，如劉基〈九嘆〉、尤侗〈九誦〉。且除此三因素外，以九名篇擬作之作者猶有其苦心孤詣也！蓋擬作作者或性格與屈宋相似，或際遇與屈宋雷同，或與屈宋

〔註32〕 參見梁容若〈中國文學史上的偽作擬作與其影響〉一文。
〔註33〕 《漢書‧揚雄傳》：「先是蜀有司馬相如作賦甚弘麗，雄心壯之，每作賦，常擬之以為式。」
〔註34〕 參見王瑤〈擬古與作偽〉一文（收入《中古文學史論》）。
〔註35〕 王逸《楚辭章句‧九懷》序：「褒讀屈原之文，嘉其溫雅，藻采敷衍，執握金玉，委之汙瀆，遭世溷濁，莫之能識，追而愍之，故作〈九懷〉，以裨其詞。」
〔註36〕 黃文煥《楚辭聽直》自序言道周告之曰：「少喜讀是（《楚辭》），動輒擬之。」（見姜亮夫《楚辭書目五種》頁84）

有同鄉之情，或與屈宋皆懷憂國之憤（參見本編第二章擬作作者與屈宋之關係），故其所為作，大體多出於真情至性，非純粹擬古者可比，以是其可觀者尤多焉！

　　梁容若先生以為擬古倣古對創作有不良影響，此誠是也。然若以擬古仿古為學習屬文之手段，卒能脫其窠臼，別有新意，則為文法乎上，亦創作不可或缺之法門。而屈宋之文正是「金相玉質，百式無匹」（王逸〈離騷序〉）之絕妙文字，「其敘情怨，則鬱伊而易感；述離居，則愴怏而難懷；論山水，則循聲而得貌；言節候，則披文而見時」，是以後世文人競相摹擬，「才高者苑其鴻裁，中巧者獵其豔辭，吟諷者銜其山川，童蒙者拾其香草」，皆能獲其助益，宜乎後之文人屢有擬騷之作。而〈九歌〉、〈九章〉、〈九辯〉以其命篇特殊，且文亦各具特色，各有情致，對後世之人尤具吸引力。職是之故，後之作者學其以九命篇，擬則其內容、形式，若能抒發真情，描述至性者，自亦為佳作矣！而根據前文之論述，吾人可知以九名篇之擬作，或有純乎擬古者，然大體多出乎真情至性，多有其孤詣苦心，若然則何忍以其為擬作即輕棄之？至若顧炎武所謂「效楚辭者必不如楚辭」，「即使逼肖古人，已非極詣；況遺其神理，而得其皮毛者乎？」此亦有說焉！蓋後世擬作以摹仿而減價，誠不若屈宋作品之堪與日月爭光，然以「其上者探靈均孤忠之蘊，以得其慨感幽深之志，多出於賢人失志之所為；其次者善體屈子心志，鍥入無間，而章擬句摹，亦得其韻調之形似，則文士工巧之術」，（註37）故亦有其文學價值。而以九名篇諸擬作，已歷時間之淘汰，又經歷史之品評，其居今猶存者，雖有一、二無病呻吟，雖多亦無益于楚辭者，然大體或為文士工巧之術，而尤多為賢人失志之所為。職是之故，以九名篇諸擬作當有值得吾人探討者。

　　綜上所論，可知後世以九名篇諸作，雖為擬作，然亦有其可取者。

〔註37〕同註8。

二、從創作因素看後世作者是否宜於以騷體爲文

　　三九之作，有其特殊之因緣（參見上編第二章），擬作者不幸處其後，則是否宜於以戰國之騷體創作，則亦值得探討，以下試就個人、地理、時代、文學四因素略論之：

　　就個人因素言：王國維云：「屈子感自己之感，言自己之言者也。宋玉、景差感屈子之所感，而言其所言；然親見屈子之境遇，與屈子之人格，故其所言亦殆與言自己之言無異。賈誼、劉向其遇略與屈子同，而才則遜矣。王叔師以下，但襲其貌而無眞情以濟之，此後人之所以不復爲楚人之詞者也。」〔註38〕此就境遇、人格、才氣、情感言後人不能復爲楚辭。準此以觀，以九名篇之擬作者或有境遇、情感與屈宋異者，亦有才氣、人格與屈宋殊者，故其所言，雖極力倣擬楚辭，然以先天因素既異，後天因素又別，故其所作，自不如屈宋，且不可謂之楚辭。然不如屈宋，非言其文即不可取；不可謂之楚辭，亦非謂其不可以騷體爲文。又況擬作者大抵其性格有某端與屈宋似（參見本編第二章第一節），其際遇亦多有與屈宋雷同者（參見本編第二章第二節），故其自然發爲騷體之文，亦屈宋人格之感召，則何曰不可哉！

　　就地理因素言：王夫之嘗云：「楚澤國也，其南沅湘之交，抑山國也。疊波曠宇，以蕩遙情，而迫之以釜嶔戌削之幽苑，故推宕無涯，而天采蠡發，江山光怪之氣，莫能揜抑，出生入死，上震□□□□秦□江□□，皆此爲之也。夫豈東方朔、王褒之所得與乎？」〔註39〕此言東方朔、王褒既非楚地之人，不能得其山水之助，故其所爲作自不類屈宋也！據此而論，則後之擬作者若非楚地之人，則不能得其山林皐壤之助，故其所作自不若蘊育於楚地之騷體。然考諸眾擬作者，若王逸、皮日休、王夫之乃與屈宋同爲兩湖之士，而劉向、曹植、陸雲、高似孫、揭傒斯、劉基、王禕、何景明、夏完

〔註38〕見王國維〈文學小言〉（收入《王國維先生全集》第五冊《靜安文集續編》）。

〔註39〕見王夫之《楚辭通釋》序例。

淳、尤侗、凌廷堪、王詒壽等人，則皆生於楚地，則其得自楚地山
水之鍾蘊者，自亦多矣！若然則其以騷體爲文，亦何有不宜乎！（參
見本編第二章第三節）

　　就時代因素言：一時代有一時代之文學，此不僅與文學風氣有
關，且與當時之政治、社會背景亦有密切關係。屈宋處於百家爭鳴，
諸侯力征之戰國時代，後之擬作者則不然。據此則擬作作者所得於時
代之育成者，亦與屈宋有異，若然則其是否宜於擬騷爲式，則頗值商
榷。然歷史往往不斷重演，人性亦有其共通處。擬作作者誠無屈宋之
時代背景，然亦有與屈宋同爲生於亂世，處於國家危亡之秋者，如黃
道周、王夫之、夏完淳等。（參見本編第二章第四節）況且若〈九章〉
之寫忠而被黜，賢而遭忌，及〈九辯〉之抒懷才不遇、觸景傷情，蓋
皆千載以來忠臣才士之共同心聲也。據此觀之，則後世作者擬騷爲
式，亦有其所以然也。

　　就文學因素言：黃之雋云：「顧〈九歌〉意味醲郁，本自耐人尋
索。宋玉〈九辯〉，差足繼軌，若王褒〈九懷〉、劉向〈九歎〉、王逸
〈九思〉、曹植〈九詠〉、陸雲〈九愍〉，流遠味漓，無從置解。蓋創
則見新，倣則見陳，作者不幸而處其後也。」〔註40〕夫楚騷之作乃屈
宋受詩三百、諸子散文及南方民歌、神話影響而創造出之文學體製。
後之作者，既處其後，與屈宋所染習者有異，則其能否以騷體爲文，
或有可疑焉！嘗試論之：後之作者，雖不幸而處於屈宋之後，其所作
或不免「倣則見陳」、「流遠味漓」，然倣則見陳、流遠味漓，僅能說
明較之三九，擬作價值確乎較低。然若宋詩之承唐詩體製，而以蹊徑
別開，亦有其成就。準此而論，以九名篇擬作，其沿用騷體，亦無不
可；且若其有所改創，則價值亦不容輕忽焉！

　　以上從個人、地理、時代、文學四因素論述，可知後世擬作以非
戰國楚地之作，誠不可謂之楚辭，至若其以戰國楚騷之體爲文，則並

─────────────

〔註40〕見顧成天《九歌解》黃之雋序。（姜亮夫《楚辭書目五種》頁169引）

無不可。此有如今世之人尚喜賦詩塡詞，仍愛以文言寫作。又況三九之文體製自由、風格多樣、語言美麗生動，表現手法巧妙，而騷體又宜於抒鬱勃憤懣之情，宜乎後人喜擬以爲式，以抒一己塊壘！且觀宋詩之於唐詩、明曲之於元曲，則後代之作，雖以「倣則見陳」減色，然亦有其價値存焉，此則有待吾人探討者也。

第三節　擬作作品之價値

鈴木虎雄《賦史大要》例言有云：「昔人於漢之楚辭家，有無病呻吟之誚，此嫌其僅倣屈宋口吻也。使雖襲楚騷形體，有新意者，固當可取。例之唐宋時代，襲楚騷、漢賦形體作家，有可觀作品者不尠；此類亦大爲可取。」根據上節所論，可知以九名篇諸作，雖皆有擬於楚騷，亦有其價値存焉。詳味擬九諸作，可知其於文學之價値有四：其一，開拓三九之內容；其二，發展三九之形式；其三，抒發個人之感懷；其四，吐露時代之心聲。以下試略論之：

一、開拓三九之內容

後世以九名篇之作，雖與三九有密切關係，然於〈九歌〉、〈九章〉、〈九辯〉之內容亦有所拓展。蓋擬作作品有三九所未出現之主題與思想。

就作品主題言：鮮于侁〈九誦〉之祠祀聖賢，高似孫〈九懷〉之緬懷古蹟、史事，凌廷堪〈祀古辭人九歌〉之頌贊歷代文論家，此皆三九所無。又，〈國殤〉雖係悼念爲國犧牲戰士之作，然若揭傒斯〈九招〉之悼念故嗣漢三十八代天師，可謂悼亡友之作；而尤侗〈九訟〉「有佳人兮渺何許」一段，自注：「眞人謂予亡婦在天妃宮故云」，則係悼念亡婦之作；二作或悼亡友，或傷亡妻，亦皆三九所無。至若劉基〈九難〉揭櫫「待王者之興」，王詒壽〈九招〉標舉「人心思治」，亦三九所無。另外如王禕〈九誦・世運〉、〈哀古人〉之寫兵燹之禍，王夫之〈九昭・蕩憤〉之幻想蕩平強敵，亦爲三九所無。

　　就作品蘊含之思想言：趙秉文〈黃河九昭〉之藉黃河闡述儒道思想，如〈發源〉：「曰道有象兮，無其形；其下無尾兮，其上無根。」〈通塞〉：「無閫牆而外禦兮，是亦為大正與至公。」王禕〈九誦・崦嵫〉：「哀昊天之罔極兮，將曷圖以為報。立身揚名以顯親兮，固聖哲之謂孝。」黃道周〈九鷩〉：「子不克職，為親累兮。」一寫立身揚名，毋忝所生之孝思；一發人子不克盡孝之悲痛，皆足以闡揚孝道，而「孝」之思想亦為三九所無。又，凌廷堪〈九慰〉之作，乃「以文章之無窮，著述之不朽，以慰安屈原之志」（〈九慰〉序），此文章無窮、著述不朽之思想亦三九所無。

二、發展三九之形式

　　擬作作品除開拓三九之內容外，於三九之形式亦有所發展。此可就結構、造句、遣詞三方面言之。

　　就結構言：陸雲〈九愍〉、皮日休〈九諷〉、趙秉文〈黃河九昭〉、王夫之〈九昭〉皆擬〈九章〉之作，而〈九章〉九篇以後人輯成，故其間無結構上關係。然〈九愍〉九章為：〈修身〉、〈涉江〉、〈悲郢〉、〈紆思〉、〈行吟〉、〈考志〉、〈感逝〉、〈□征〉、〈□□〉；〈九諷〉九章依次為：〈正俗〉、〈遇謗〉、〈見逐〉、〈悲遊〉、〈憫邪〉、〈端憂〉、〈紀祀〉、〈捨慕〉、〈潔死〉；〈黃河九昭〉則：〈發源〉、〈泆流〉、〈化道〉、〈通塞〉、〈匡俗〉、〈避礙〉、〈鍾粹〉、〈入海〉、〈通天〉；夫之〈九昭〉為：〈汨征〉、〈申理〉、〈違郢〉、〈引裹〉、〈局志〉、〈蕩憤〉、〈悼子〉、〈懲悔〉、〈遺愍〉；凡此諸作，其各分篇間皆有結構上關係，不可任意更改其前後次序。

　　就造句言：三九句法雖多變，然擬作作品以後出而取資者多，故亦有三九未見之句法。如劉向〈九歎・逢紛〉：「揄揚滌盪漂流隕往，觸釜石兮；龍卬脟圈繚戾宛轉，阻相薄兮。」〈遠遊〉：「潺湲轇轕雷動電發，馺高舉兮；什虛凌冥沛濁浮清，入帝宮兮；搖翹奮羽馳風騁雨，游無窮兮。」此「八三兮」之句法為三九所無。又，王逸〈九思・

逢尤〉:「悲兮愁,哀兮憂」,此三字句亦未見於三九。至若趙秉文〈黃河九昭・通塞〉:「日有光,有雲翳之,決之則明;川有源,有石礙之,抉之則通。」黃道周〈九訴〉:「天門以幽不可方,聲高以邀神哉裏……晉矢不征誰爲臧,東風離離余將行。」則兼探散文、七言詩之句法。凡此皆其句法與三九異者。

就遣詞言:擬作除承襲三九運用聯綿詞之特色,及採用楚方言、沿用三九語彙外,以其後出之故,亦兼採經史子集語。如皮日休〈九諷・正俗〉:「粵句亶之薄俗兮,其風狡而且苦。」以「粵」爲發語詞,顯受尚書影響。趙秉文〈黃河九昭・避礙〉:「深則厲淺則揭兮……先師有言,歎棠棣兮。」尤侗〈九訟〉之「聽莎雞之振羽」,「獺祭魚兮波汩汩」,「倚幽篁兮望行客」,其遣詞顯受他書影響。除此之外,擬作或亦有獨鑄之偉辭!

三、抒發個人之感懷

以九名篇擬作,或追愍屈子,代其立言;或自嘆身世,自寫憂思,然皆可見其抒發個人眞摯之感懷也。

若劉向〈九歎〉、王逸〈九思〉、陸雲〈九愍〉、皮日休〈九諷〉、王夫之〈九昭〉皆追愍屈子,代屈子立言,然亦於文中寄寓一己之感懷。劉向以宗室之親,處危亡之世,其感懷正與屈子同也。〈九思〉極寫賢斥佞進,亦可見王逸憂世之懷;〈九愍〉則殷殷致意於屈子之高志與憂國之思,亦可見陸雲之懷抱。而〈九諷〉之以「無致位於牙孽」作結,亦可知皮日休對奸枉誤國之痛恨。至若船山以遺臣痛憫宗國之覆亡,其〈九昭〉之作也,實隱寓一己亡國之痛。故而上述諸作,雖或代屈立言,然亦出於一己之眞情至性也。是以張時徹以爲〈九歎〉、〈九思〉、〈九愍〉皆以「極藻繢之詞,宣癃瘵之抱者也。」〔註41〕

〔註41〕 張時徹曰:「屈子遭讒被放,九年不返,抱石懷沙,自沈汨羅以死。〈九歌〉、〈九章〉之作,其悲憤極矣!余讀而傷之。王子淵作〈九懷〉、劉子政作〈九歎〉,王叔師作〈九思〉,陸士龍作〈九愍〉,皆以極藻繢之詞,宣癃瘵之抱者也。」(藝文版《楚辭章句》頁553引)

若曹植〈九詠〉、〈九愁〉，劉基〈九嘆〉，王禕〈九誦〉，黃道周〈九繹〉、〈九盩〉，夏完淳〈九哀〉，尤侗〈九訟〉，或自憐身世，抒一己之哀思；或感懷時局，發憂國之悲憤；亦皆出於眞情至性也。〈九詠〉、〈九愁〉乃子建抒其同姓見疏，忠而被黜之怨也。劉基〈九嘆〉則悲世之變、俗之衰，而興歸隱之思也。王禕〈九誦〉則或憫民生之亂雜，或傷干戈之爲禍，或言己之受辱，或抒親喪之痛苦，蓋以血淚交織成文者。而〈九繹〉則寫君子履艱憂命，〈九盩〉則抒子未克盡職，而爲親累之恨事；亦道周處亂世之哀音也。夏完淳〈九哀〉則悼國君之亡，傷忠臣之卒，亦志士憂國懼亡也。至若尤侗〈九訟〉則或抒羈旅之愁，或寫妻亡之傷，或悲歲月之逝，雖所憂全爲小我之事，然亦出乎眞情矣。

四、吐露時代之心聲

偉大之文學作品除能抒發個人感懷外，尤在能吐露時代之心聲。觀以九名篇諸擬作，雖以戰國楚人之騷體爲文，然亦有能吐露時代心聲者。

蔡邕生於東漢末季，先是戚宦擅權，民苦苛歛，加以邊疆用兵，民生益困。是時也，「民露而寢濕」，「下糠粃而無粒」，〔註42〕以是蔡邕〈述行賦〉既寫志士仁人被壓抑之憤慨，亦抒發對人民貧困生活之同情。〔註43〕而其〈九惟〉之作亦云：「八惟困乏，憂心殷殷。天之生我，星宿値貧……居處浮瀏，無以自存……無衣無褐，何以自溫……無絺無綌，何以蔽身。無食不飽，永離懽欣。」蓋此食不飽，衣不溫之貧困，實斯時百姓共同之痛苦，而蔡邕借其文以吐露時代之心聲也。

皮日休亦生當唐之末年，斯時虎狼放縱，百姓手足無措，上下所行，皆大亂之道。觀其所爲樂府詩如〈貪官怨〉、〈農夫謠〉，皆揭露

〔註42〕蔡邕〈述行賦〉：「窮變巧于臺榭兮，民露處而寢濕。清嘉穀于禽獸兮，下糠粃而無粒。」（《全後漢文》卷六十九）
〔註43〕參見李日剛先生《中國文學流變史（一）辭賦編》頁127。

唐末政治之橫暴。其《鹿門隱書》云：「古之置吏也，將以逐盜；今之置吏也，將以爲盜。」其直斥是時官吏之胡作非爲，實亦當時百姓之心聲。故而其〈九諷〉之作，雖代屈立言，然卻以「無致位於牙孽」爲要旨，而於文中再三致意，蓋亦有所爲而發也！

　　劉基、王禕並生於元之末世，斯時朝綱紊亂，連年蝗旱，復以苛歛嚴征，民益無以爲計，故而盜賊四起，海內動亂。〔註44〕以民生困苦，世變日亟，故而劉基〈九嘆〉之作既傷世路之難，亦悲世變之急，並論是非之不明，而有歸隱之思，〔註45〕此亦當時知識分子之心聲也。而其〈九難〉則歸結於「講堯禹之道，論湯武之事，憲伊呂、師周召，稽考先王之典，商度救時之政；明法度，肆禮樂，以待王者之興」，此亦斯時士者之心志也。而王禕之〈九誦〉以「荐嬰禍患，哀感并劇，情有所不任」（〈九誦〉序）而作，故其文極寫世路之迍邅，民生之亂離，干戈之爲禍，尤能吐露元末黎民之苦楚。如〈世運〉：「夫何世運之推移兮，時理亂之靡常……耆干戈其並起兮，鼎四海之沸騰。哀民生之多艱兮，寧性命之可憑……白骨積而爲山兮，流血紅而成河。家十室而九空兮，曾殘民之幾何。」〈哀古人〉：「哀吾不及古之人兮，胡乃遘茲亂離……干戈蔽乎中野兮，紛殺人如刈麻。雜虎狼以哮呀兮，肆攫爪而搖牙。」

　　黃道周、王夫之、夏完淳亦同處明之末季。斯時先是宦官把權，流寇爲亂，繼而異族入侵，國家淪亡。故而道周〈九繹〉之作，寫「君子履艱，不得言命」（〈九繹〉亂詞），且於文中透露進諫無由，欲言〈以難〉之意。此則當時忠臣賢士之心聲也！而夏完淳〈九哀〉悲思宗之崩逝，悼志士之見害，歎國勢之無可挽回，傷一己之存身無所；亦皆吐露當時百姓之心聲。至若船山〈九昭〉之作也，尤寄寓其亡國

〔註44〕參見羅香林《中國通史》上冊頁330。
〔註45〕姜亮夫先生《楚辭書目五種》云：「〈九歎〉凡九首，其大義第一首傷世路之難也……第五首悲世變之急也……第六首悲是非之不明也……第九首思歸隱以樂其天而無求也。」（見頁444）

之悲憤，蓋不止代屈立言，亦為傾吐明末遺臣志士之哀音也！

　　綜上所論，可知後世以九名篇擬作，其內容、形式較之三九，亦有所拓展，此則其本身之藝術價值。至若抒發個人感懷，吐露時代心聲，則肯定文學乃透過藝術技巧以表現個人對生命體認之定義，〔註46〕及「文章合為時而著，歌詩合為事而作」〔註47〕之目的；此亦其文學價值。除此之外，擬作不斷重覆屈子事迹，亦足闡揚屈宋忠君愛國之精神；且代代不絕之騷體作品，亦足證明楚騷宜於發抒鬱勃悲憤之情；〔註48〕此則亦以九名篇諸擬作之貢獻也！

〔註46〕傅錫壬先生〈楚辭的文學價值〉一文云：「我嘗為文學下個粗淺的定義：所謂『文學』，乃透過藝術技巧以表現人對生命的體認。」（巨流版《中國文學講話（二）》頁 411）

〔註47〕見《白氏長慶集》卷二十八〈與元九書〉。

〔註48〕徐復觀先生〈西漢文學論略〉云：「楚聲則較之新體詩的賦，更適宜於表達鬱勃悲憤的感情。」（學生版《中國文學論集》頁 371）

結　論

　　夫三九之作，並以九名篇，而〈九歌〉擅於寫情，〈九章〉長於敘志，〈九辯〉精於狀景，既各成絕詣，亦皆饒楚騷韻致。其「英辭潤金石，高義薄雲天」（《宋書・謝靈運傳論》語），可謂內容、形式皆臻妙境。故自漢以還，廣爲歷代各體文學所取資。而尤有甚者，後之才士，見其名篇特殊，且騷體又宜抒鬱勃之氣，故每有學其以九名篇，復擬則其文心體貌者。是以「九」作代出，蔚成大觀。

　　本文之作也，上編以內，或衡是非，或探因緣，或較異同，或論價值，或究影響，乃爲「《楚辭》三九之研究」；下編以內，則專論後世以九名篇諸作，一者可見屈宋與三九衣被後人之既深且遠，再者對前人較少著意之以九名篇眾作，或亦可藉斯篇予以客觀之評價。

　　通過「有關三九諸問題」之探索，於異說紛紜之諸多論爭，或可獲一較合理之論定。就名義言：三九雖皆以九名篇，而「九」義有別。蓋〈九歌〉、〈九辯〉乃襲舊曲名，其「九」義係音樂曲調變奏之數。〈九章〉則後人輯定名篇，其「九」義指篇章之數。就篇章言：三九於《楚辭》之篇次，今本與王逸舊本異，蓋舊本以輯錄之先後爲次，今本則依作者時代爲序。再者，三九九義既別，故〈九歌〉章分十一，〈九章〉篇目有九，與夫〈九辯〉獨立成篇，亦無可疑。又，〈九歌〉以有完整之結構，其章次宜從聞一多說，移〈東君〉於〈雲中君〉前。〈九章〉既輯不相屬之九篇而成，其篇次不妨仍舊。就作者言：〈九歌〉爲屈子據民歌修潤之再創作。〈九章〉則〈悲回風〉、〈惜往日〉

尚有可疑外，其他皆屈子之創作。〈九辯〉則宋玉之所爲也。至若論〈九歌〉之性質，當爲據民歌改創之宮廷祀神曲。其所祀諸神，則：東皇太一爲楚之上帝，東君爲日神，雲中君爲雷神，二湘爲湘水男女神，二司命爲掌壽夭、主子嗣能誅惡護善之神，河伯爲河神，山鬼爲山神，國殤則死國事之楚軍也。

夫三九之所以必產於戰國楚地之屈宋，因緣有四：其一，時代因素：戰國之世，去古未遠，先民之宗教信仰、神話傳說，尚有其影響力。而斯時政局之變動，民生之亂離，與夫縱橫弛談之風，亦皆刺激詩人發不平之鳴。其二，地理因素：屈宋既涵泳於楚地之山川景物、人文思想，又受其風俗民情、音樂舞蹈之薰染，故而「書楚語、作楚聲，紀楚地，名楚物」之三九於焉而生。其三，作者因素：屈宋有如斯之身世際遇、性情人格、思想意識，方有三九之作也，而二人之創作天才，則尤其重要。其四，文學因素：三九體製之自由，風格之多樣，語言之生動，技巧之高妙，實以其源自南方民歌，又學習《詩經》優良傳統，復受諸子散文之影響也。

〈九歌〉、〈九章〉、〈九辯〉以創作因緣有異有同，故其作品表現亦有異同。就內容言：其一，三九之創作動機皆出於「心之憂矣，我歌且謠」，然細別之，則〈九歌〉以慕，〈九章〉以怨，〈九辯〉以悲。其二，三九皆表現時間無常、空間隔離之主題，此其同也。至若其異則在〈九歌〉爲寫祭祀、言戀情、贊國殤，〈九章〉則要在表明一己之好修自飾及存君興國，〈九辯〉則不外悲秋、思君與夫自憐。其三，三九皆蘊含愛國思想，亦皆有其天命觀。然〈九歌〉以其性質殊異，故有其神鬼觀、自然觀，甚至戀愛觀。章辯則純爲人事之抒發，故有其人生觀、政治觀。然屈子既爲政治家，故〈九章〉表現之政治思想尤多。其四，山川景物與神話爲三九共用之素材。然〈九歌〉以其爲祀神曲，故多取材自神話；〈九章〉乃政治家之抒憂思也，故多採歷史傳說；〈九辯〉則文士觸景傷情之作，故多取資於山川景物。就形式言：其一，三九之結構顯然有別，蓋〈九歌〉十一章乃完整有機之

主題結構，〈九章〉則篇各爲義，無必然關聯之詩章，〈九辯〉則一獨立之抒情長篇。其二，三九之句法皆極自由，然〈九歌〉與章辯以歌體誦調有別，〈九歌〉爲兮字在句中之單句，章辯多兮字在上句末之複句（〈橘頌〉則兮字在下句末）。其三，三九皆多聯綿詞，而兮字除外之虛詞則〈九歌〉較少，此亦以其爲歌體之故也。再者，兮字之用，則〈九歌〉多具文法作用，章辯則多無意義。又，〈九歌〉多賓主爾我之詞，故第一、二身指稱詞皆多，〈九章〉則除末三篇外，第一身指稱詞特多，〈九辯〉則較少，此或與作者自我意識之強弱相涉。至若方言之運用，則〈九章〉最夥，〈九辯〉最鮮。其四，三九之節奏頗有從統一中求錯落之傾向，然歌章似較著力於利用句型之排比變換，〈九辯〉則極句子長短變化之能事。又，三九皆多押魚、陽二韻，而〈九辯〉用韻較歌章爲寬。再者，〈九歌〉之換韻以四句三韻一換爲多，章辯則以四句二韻一換爲主。其五，〈九歌〉以全能觀點行文，章辯則以第一人稱觀點寫作，而〈九章〉表現之自我情志特強。又，〈九歌〉想像豐富，章辯比興當行，而歌辯皆擅摹寫，然〈九歌〉較近《詩經》之以少總多，〈九辯〉則已傾向「重沓舒狀」。至若對偶之運用，〈九歌〉多句中對，章辯多單句對，而倒裝技巧之運用則以〈九歌〉爲夥。此三九內容形式異同之大較也。

　　三九之內容形式雖或有異，然並具楚騷之美，則其同也。蓋據三九篇局、章法、句法、用韻之靈動，知其體製之自由。而三九之韻致有別，〈九歌〉、〈九章〉各分篇又風貌殊異，足見其風格之多樣。再者，大量使用複詞、方言、虛詞，與夫多形容比況，多偶詞駢語，亦使三九語言美麗生動。至若比興技巧之純熟，神話歷史之活用，想像之豐富奇特，描寫之生動逼眞，則三九表現手法之巧妙固不待贅言。凡此皆其不朽之藝術價値也。三九既有如斯之藝術價値，則必多爲後代文學所取資。故而兩漢以還之辭賦、詩歌、文章、詞曲、小說無不受其影響，尤以辭賦、詩歌爲甚。蓋後世辭賦、詩歌之體製、命意、題材、遣詞、技巧、風格無不受三九影響。而尤爲重要者，後代詩歌

之體製，多自三九來，如五言詩、七言詩、雜言詩、樂府詩之形成，皆與之關係密切。再者，〈九章〉之朗麗哀志，多為辭賦家所承，歌辯之綺靡傷情，則影響詩歌頗鉅。又，三九設喻隸事之繁複，對仗方法之美備，詞藻之朗麗綺靡等因素，亦促進駢文之發展。而其對散文之影響，雖不若前述諸文體，然後代散文之命意、遣詞、題材、風格亦與之相涉。至於三九與詞之關係，雖不如詩之密切，然披覽諸家詞作，亦可見其體製、題材、遣詞、技巧、風格與三九攸關。至若三九與戲曲之關係，一者在〈九歌〉為戲曲之先聲，再者，後世戲曲之命意、題材亦有取自三九者。又，三九對後代小說之主題、題材、技巧亦頗有影響。要而言之，三九不僅與各體文學皆相涉，且受其衣被之詞人，蓋非一代也。

　　三九對後代文學之影響，除上所述外，其關係最直接而密切者，即以九名篇諸擬作。據翻檢載籍，共得二十七家，三十六篇，計：兩漢六人六篇，魏晉至唐七人十篇，宋金元五人六篇，明清九人十四篇。考之史傳，此二十七家，或性格與屈宋相近，或際遇與屈宋雷同，抑或與屈宋並懷同鄉之情愫，共抱憂國之悲憤。其中除楊穆以文獻不足，無法論其與屈宋之關係外，餘之二十六人，或多或少，皆與屈宋有近似之處。再者，諸家既以九名其作，則取資三九之意可知矣！研閱諸擬作，可知其創作動機、作品主題與夫蘊含之思想、運用之素材，皆與三九血脈相連，此內容之承襲也。至若其結構、造句、遣詞、聲律、寫作技巧，亦與三九形近貌似，此形式之模擬也。

　　後世以九名篇擬作之內容、形式既皆有擬於三九，其於文學史上有無價值可言，則須加以考察。大抵而言，兩漢之擬作，摹倣痕迹極其顯明，甚或有代屈子立言者。至魏晉以下，則與兩漢之謹形守貌不類。蓋魏晉至唐時期之擬作，或去三九之兮字，如曹植〈九愁〉、陸雲〈九愍〉；或以散文入賦，如皮日休〈九諷〉。至若宋金元時期，雖亦有章摹句擬如高似孫〈九懷〉者，然大多各有主意，已無代屈宋立言者。迄至明清，以時勢文風相激盪，擬九之作特夥。斯時作家，或

生亂世，或處危國，其抑鬱憤懣，自然發爲騷文，以是感慨逐深。據此可知以九名篇諸作，亦與時推移，有其創發，非徒擬古也。再者，專就其爲擬作言，諸家所以有擬「九」之作，蓋或愛而擬之，或擬以爲式，間有與屈宋感懷相近而探共同題材者，每多有其苦心孤詣，非無病呻吟也。若然則必有可觀者焉！又，三九之作有其特殊因緣，擬作者不幸而處其後，是否宜於以戰國楚人之騷體創作？斯則亦須探討。據吾人自個人、地理、時代、文學四因素之考察，擬作以非戰國楚人之作，誠不可謂之楚辭，然騷體既宜抒鬱勃之氣，諸家亦有其眞情至性，則以騷爲文，並無不可。至若其雖以「傲則見陳」減色，然既出乎眞情，法乎上品，則亦必有其價值存焉！然則諸作之價值何在？詳味之，可得而言者有四：開拓三九之內容、發展三九之形式，抒發個人之感懷、吐露時代之心聲。前二項正見其雖爲擬作，然仍有其創發也，此則作品本身之價值。至若抒發個人感懷、吐露時代心聲，則肯定文學乃透過藝術技巧，以表現個人對生命體認之定義（傅錫壬先生語），及「文章合爲時而著，歌詩合爲事而作」（白居易語）之目的；此亦擬九諸作之文學價值也。

　　上述係研探《楚辭》三九暨後世以九名篇擬作所獲之結論。除上所述外，於研探過程中尚有數則發現，或有可證成前人之說者，或有值得吾人再作探討者，茲舉較重要者略論於下：

　　其一：通過本文上編一、三章之研探，竊以爲〈九章〉之〈惜往日〉、〈悲回風〉是否爲屈子所作，尚待商榷。蓋古文家憑其鑑賞力，直覺謂此二篇與屈作不類，雖不免失之「恫悅無憑」（游國恩《楚辭論文集》頁110），然或亦爲有得之見也。蓋據本文之分析，〈惜往日〉、〈橘頌〉、〈悲回風〉與〈九章〉其他六篇的確不類。其證有四：（一）三篇之句型均較少變化，與他篇不類（參見頁109及附錄一表二之二）。（二）〈惜往日〉、〈橘頌〉無第一身指稱詞，〈悲回風〉則僅一見，與他篇及〈離騷〉之多第一身指稱詞不類（參見頁123及附錄一表四）。（三）與其他六篇比較，三篇所用之楚方言顯然較少（參見頁

125、126 及附錄一表五）。（四）〈惜往日〉、〈悲回風〉二篇皆有連押同部韻十次以上者。又，〈惜往日〉換韻僅七次，且其所用韻部皆可通叶。此亦與他篇之二進法不同。（參見頁 136、137 及附錄二）據此四證可知〈惜往日〉等三篇確與他篇不類。〈橘頌〉一篇為模擬《詩經》之少作，其不類尚有可說。至若〈悲回風〉、〈惜往日〉二篇則頗為可疑。此則有待吾人再加探討者。

其二：本文於上編第一章第三節三、〈九辯〉作者問題一小節中，已援引諸家駁斥〈九辯〉為屈原所作之說。姜亮夫、王家歆二氏復據〈九辯〉之文氣、句法、用韻、用字、文義諸端證〈九辯〉不類屈作。而本文透過對三九內容、形式之比較，尤可見〈九辯〉與屈作之殊異。除前人及前文已提及者外，要而言之，尚有數端：（一）〈九辯〉雖有存君之心，然無興國之志。（二）〈九辯〉忠君愛國之思無屈作之九死猶未悔。（三）〈九辯〉破題以景，與屈作多從自我異。（四）〈九辯〉少用第一身指稱詞，又多以「竊」字自謂，亦與屈作不類。（五）〈九辯〉所用之楚方言顯然較歌章少，且其所用之方言不出屈作所用。（六）全篇雖以第一人稱觀點行文，然無屈作強烈之主觀意識。（七）擅長運用自然景物之象徵，摹寫傾向重沓舒狀。凡此皆〈九辯〉與屈作不類者。此則或可證成前人〈九辯〉絕非屈作之說。（參見上編第三章）

其三：湯炳正先生以為《楚辭釋文》之次，亦即《楚辭章句》之次，係以纂輯之先後為序。若此推測成立，則可解決下列問題：（一）〈九章〉之名定輯錄蓋成於淮南王或其幕府之手。（參見頁 11～15）（二）〈九辯〉舊次居〈九歌〉前，其作者為宋玉並無可疑。蓋舊次乃依輯錄之先後為序，與作者時代無關。（三）〈遠遊〉不當入〈九章〉，蓋其為〈九章〉之後方輯入者。（四）《文心・辨騷》：「〈招魂〉、〈招隱〉，耀豔而深華。」〈招隱〉是否宜據唐寫本改為〈大招〉，尚待商榷。蓋彥和所見當為舊本。（參見頁 16、17）

其四：〈七諫〉以七名篇而摹擬〈九章〉，劉基〈九難〉、王詒壽〈九招〉以九名篇而摹擬〈七發〉，據此，則以「七」、「九」為文體

名，頗值商榷。然而，七體乃擬〈七發〉而成林，以其所模擬對象僅
一篇，故體貌多固定。而以九名篇諸作，雖亦蔚成「九林」，然以取
資者有三，故體貌較多變。準此則「七」若可成體，「九」則斷不可
成體。然亦以此故，擬「九」眾作，其藝術價值當較擬「七」諸文爲
高。（參見下編第四章）

　　以上係研探《楚辭》三九暨後世以九名篇擬作所得，然以才疏學
淺，或有掛一漏萬者，或有主觀臆斷者，尚祈碩儒方家，有以教之。

附 錄 一

表一：〈九辯〉各家分章表

〈九辯〉原文	晁補之《重編楚辭》	洪興祖《楚辭補注》	洪興祖《楚辭補註》	朱熹《楚辭集注》	王夫之《楚辭通釋》	張惠言《七十家賦鈔》	姚鼐《古文辭類纂》	劉永濟《屈賦通箋》	傅錫壬《新譯楚辭讀本》
悲哉秋之為氣也……蹇淹留而無成。	一	一	一	一	一	一	一	一	一
悲憂窮戚兮獨處廓……心怲怲兮諒直。	二	二	二	二	二	二	二	二	二
皇天平分四時兮……步列星而極明。	三	三	三	三	三	三	三	三	三
竊悲夫蕙華之曾敷兮……仰浮雲而永歎。	四	四	四	四	四	四	四	四	四
何時俗之工巧兮……馮鬱鬱其何極。	五	五	五	五	五	五	五	五	五
霜露慘悽而交下兮……信未達乎從容。	六	五	六	六	六	六	六	六	六
竊美申包胥之氣盛兮……恐溘死不得見乎陽春。	六	六	七	六	六	七	六	六	七
靚杪秋之遙夜兮……蹇淹留而躊躇。	七	七	八	七	六	八	七	七	八

何氾濫之浮雲兮……亦多端而膠加。	七	八	九	八	七	九	八	八	九(1)
被荷裯之晏晏兮……下暗漠而無光。	七	九	十	八	八	十	八	八	九(2)
堯舜皆有所舉任兮……妊被離而鄣之。	八	九	十	九	八	十	九	九	十
願賜不肖之軀而別離兮……還及君之無恙。	九	十	十一	九	九	十一	九	十亂	十一亂
備　　　　註	1	2	3		4	5		6	7

備註：

1. 晁補之《重編楚辭》，未見，據姜氏書目頁 27 謂藏北京圖書館。此處之分章乃據劉永濟《屈賦通箋》頁 61 所云。
2. 此洪氏補注之分章據《四部叢刊》影明翻宋本。
   據劉永濟《屈賦通箋》頁 61 云：「〈九辯〉全篇，洪氏補注本共分十章，前五，昭明太子採入《文選》，諸家皆同。惟洪本第五下至『信未達乎從容』止，為一章，與《文選》異。」又王夫之《楚辭通釋》頁 129 亦云：「洪興祖本連下至未達乎從容」為一章。
3. 此據藝文印書館印《惜陰軒叢書》洪興祖《楚辭補註》。
4. 《屈賦通箋》頁 62 云：「王氏通釋惟合洪本之第五、第六為一，餘無異同。」然考廣文、里仁版《楚辭通釋》其第六章皆從「霜露慘悽而交下兮」至「蹇淹留而躊躇」。
5. 《屈賦通箋》頁 62 云：「張惠言《七十家賦鈔》，惟第六，同晁本，餘無異洪本。」據其書後引用書目載，所據為康刻本，而今世界書局《七十家賦鈔》為道光二年 5 月合河康氏刊，然其分章與《惜陰軒叢書》之洪氏本同。
6. 譚介甫《屈賦新編》之分章亦與劉氏同，然譚氏以為首章末八句乃第七章之錯簡，故文字與劉氏異。
7. 傅錫壬《新譯楚辭讀本》前八章與《惜陰軒叢書》洪本同，其第九章則同朱熹，然分兩節。

表二：（一）〈九歌〉句型分析表

句型	5字句 2兮2	6字句 3兮2	7字句 3兮3	8字句 3兮4	9字句 3兮5	7字句 4兮2	9字句 4兮4	合計
東皇太一	3	12						15
雲中君	1	13						14
湘君	8	28		1	1			38
湘夫人	11	25	3			1		40
大司命	8	18	2					28
少司命	9	6	11			2		※28
東君	6	12	6					24
河伯		14	4					18
山鬼			26				1	27
國殤			18					18
禮魂	3	2						5
句型範例	嫋嫋兮秋風（湘夫人）	君不行兮夷猶（湘君）	若有人兮山之阿（山鬼）	女嬋媛兮為余太息（湘君）	期不信兮告余以不閒（湘君）	夫人自有兮美子（少司命）	余處幽篁兮終不見天（山鬼）	
合計	49	130	70	1	1	3	1	255

備註	1. 此表參考裴普賢先生〈詩經比較研究《楚辭》篇〉所列之〈九歌〉句型分析表製成。然本文所據爲《惜陰軒叢書》洪興祖補註，故所列各句型之合計，或與裴氏有異。 2. 〈少司命〉「與女遊兮九河，衝風至兮水揚波。」二句爲〈河伯〉錯簡。然聞一多《楚辭校補》以爲〈少司命〉與〈大司命〉，以樂調相同之故，本皆十四行二十八句。因下文衍〈河伯〉二句而「夫人自有兮美子」上二句遂闕，故此仍將〈河伯〉錯簡二句併入計算，以符二十八句之數。

表二：（二）〈九章〉句型分析表

句型	惜誦	涉江	哀郢	抽思	懷沙	思美人	惜往日	橘頌	悲回風	句型範例	合計
3兮2		4								與天地兮同壽（涉江）	4
3兮3		3								被明月兮珮寶璐（涉江）	3
3兮5						1				思美人兮擥涕而佇眙（思美人）	1
4兮4		4		1	7					滔滔孟夏兮草木莽莽（懷沙）	12
4兮5					11	1				鬱結紆軫兮離愍而長鞠（懷沙）	12
4兮6				1	3	2				玄文處幽兮矇瞍謂之不章（懷沙）	6
4兮7			1		1					忽若不信兮至今九年而不復（哀郢）	2
5兮3		1								吾與重華遊兮瑤之圃（涉江）	1
5兮4					2					刓方以爲圓兮常度未替（懷沙）	2
5兮5	2		1		3	2				變白以爲黑兮倒上以爲下（懷沙）	8
5兮5	2		1		2	1				事君而不貳兮迷不知寵之門（惜誦）	8
5兮7	1									同極而異路兮又何以爲此援也（惜誦）	1
6兮4	1					1				紛逢尤以離謗兮謇不可釋（惜誦）	2
6兮5	1	1	1			2				欲橫奔而失路兮堅志而不忍（惜誦）	5
6兮6	25	10	23*+1	24		18	33		43	悲回風之搖蕙兮心冤結而內傷（悲回風）	177
6兮7	5		3	2	1	1	1		7	傷太息之愍憐兮氣於邑而不可止（悲回風）	20
6兮8	2	1		1						終危獨以離異兮曰君可思而不可恃（惜誦）	4
7兮5	1									吾聞作忠以造怨兮忽謂之過言（惜誦）	1
7兮6	3	1	*1	2		2	4		3	不逢湯武與桓繆兮世孰云而知之（惜往日）	16
7兮7	1	2	1						2	世溷濁而莫余知兮吾方高馳而不顧（涉江）	7
8兮7		1								吾不能變心而從俗兮固將愁苦而終窮（涉江）	1
43兮		*4		*6	*5			10		后皇嘉樹橘徠服兮（橘頌）	25
44兮		*1		*4	*2			8		綠葉素榮紛其可喜兮（橘頌）	15
45兮		*1			*1					懷信侘傺忽乎吾將行兮（涉江）	2
53兮					*1					知死不可讓願勿愛兮（懷沙）	1
65兮					*1					世溷濁莫吾知人心不可謂兮（懷沙）	1
合計	44	34	33	43	39	33	38	18	55		337
備註	1. 凡標*記號者爲亂詞。 2. 〈懷沙〉「晦兮杳杳，孔靜幽默」未計入。 3. 〈悲回風〉「曰」字不計。										

表二：(三)〈九辯〉句型分析表

句型	句 型 範 例	合計	歌騷章出現之句型		
			歌	騷	章
2兮2	蓄怨兮積思 (二)	1△	∨		
2兮4	憭慄兮若在遠行 (一)	2△			
2兮5	泬寥兮天高而氣清 (一)	2△			
2兮6	廓落兮羇旅而無友生 (一)	1△			
2兮7	蕭瑟兮草木搖落而變衰 (一)	1△			
2兮8	坎廩兮貧士失職而志不平 (一)	1△			
3兮2	忼慨絕兮不得 (二) (五)	6	∨		∨
3兮3	超逍遙兮今焉薄 (二)	10△	∨		∨
4兮2	變古易俗兮世衰 (五)	2△	∨		
4兮3	登山臨水兮送將歸 (一) (二)	4			
4兮5	憯悽增欷兮薄寒之中人 (一)	2△			∨
5兮6	堯舜之抗行兮瞭冥冥而薄天 (九)	1△		∨	
5兮9	圓鑿而方枘兮吾固知其鉏鋙而難入 (五)	1△		∨	
6兮6	燕翩翩其辭歸兮蟬寂漠而無聲 (一)	72		∨	
6兮7	雁廱廱而南游兮鵾雞啁哳而悲鳴 (一)	6		∨	
6兮8	欲寂寞而絕端兮竊不敢忘初之厚德 (五) (六)	2		∨	
6兮9	無衣裘以御冬兮恐溘死不得見乎陽春 (七)	1△		∨	
7兮6	豈不鬱陶而思君兮君之門以九重 (四)～(十一)	14		∨	∨
7兮7	秋既先戒以白露兮冬又申之以嚴霜 (三)	9		∨	∨
7兮8	眾鳥皆有所登棲兮鳳獨遑遑無所集 (五)	2△		∨	
8兮6	竊悲夫蕙華之曾敷兮紛旖旎乎都房 (四) (七)	2		∨	
9兮6	願賜不肖之軀而別離兮放游志乎雲中 (十一)	1△		∨	
備註	6兮6除第二章外各章皆有。 6兮7出現於 (一) (三) (七) (九) (十) 各章。 7兮7出現於 (三) (四) (五) (六) (八) 各章。 首章首句「悲哉秋之為氣也」以句型特殊未列入。 凡標△記號者為僅出現於該章。	143			

表二：（四）三九句型分析比較表

每組字數	各組句型		九歌	九章	九辯	句型範例
5	2兮2	□□兮 □□	▲49		1	嫋嫋兮 秋風
7	2兮4	□□兮 □□□□			2	憭慄兮 若在遠行
8	2兮5	□□兮 □□□□□			2	沆瀁兮 天高而氣清
9	2兮6	□□兮 □□□□□□			1	廓落兮 羇旅而無友生
10	2兮7	□□兮 □□□□□□□			1	蕭瑟兮 草木搖落而變衰
11	2兮8	□□兮 □□□□□□□□			1	坎廩兮 貧士失職而志不平
6	3兮2	□□□兮 □□	※130	4	6	君不行兮 夷猶
7	3兮3	□□□兮 □□□	*70	3	▲10	若有人兮 山之阿
8	3兮4	□□□兮 □□□□	1			女嬋媛兮 爲余太息
9	3兮5	□□□兮 □□□□□	1	1		期不信兮 告余以不閒
7	4兮2	□□□□兮 □□	3		2	夫人自有兮 美子
8	4兮3	□□□□兮 □□□			4	登山臨水兮 送將歸
9	4兮4	□□□□兮 □□□□	1	12		滔滔孟夏兮 草木莽莽
10	4兮5	□□□□兮 □□□□□		12	2	鬱結紆軫兮 離愍而長鞠
11	4兮6	□□□□兮 □□□□□□		6		玄文處幽兮 朦瞍謂之不章
12	4兮7	□□□□兮 □□□□□□□		2		忽若不信兮 至今九年而不復
9	5兮3	□□□□□兮 □□□			1	吾與重華遊兮 瑤之圃

10	5兮4	□□□□□兮 □□□□	2		刓方以爲圓兮 常度未替
11	5兮5	□□□□□兮 □□□□□	8		變白以爲黑兮 倒上以爲下
12	5兮6	□□□□□兮 □□□□□□	8	1	事君而不貳兮 迷不知寵之門
13	5兮7	□□□□□兮 □□□□□□□	1		同極而異路兮 又何以爲此援也
15	5兮9	□□□□□兮 □□□□□□□□□		1	圜鑿而方枘兮 吾固知其鉏鋙而難入
11	6兮4	□□□□□□兮 □□□□	2		紛逢尤以離謗兮 謇不可釋
12	6兮5	□□□□□□兮 □□□□□	5		欲橫奔而失路兮 堅志而不忍
13	6兮6	□□□□□□兮 □□□□□□	※177	※72	悲回風之搖蕙兮 心冤結而內傷
14	6兮7	□□□□□□兮 □□□□□□□	▲20	6	傷太息之愍憐兮 氣於邑而不可止
15	6兮8	□□□□□□兮 □□□□□□□□	4	2	終危獨以離異兮 曰君可思而不可恃
16	6兮9	□□□□□□兮 □□□□□□□□□		1	無衣裘以御冬兮 恐溘死不得見乎陽春
13	7兮5	□□□□□□□兮 □□□□□	1		吾聞作忠以造怨兮 忽謂之過言
14	7兮6	□□□□□□□兮 □□□□□□	16	*14	不逢湯武與桓繆兮 世孰云而知之
15	7兮7	□□□□□□□兮 □□□□□□□	7	9	秋既先戒以白露兮 冬又申之以嚴霜
16	7兮8	□□□□□□□兮 □□□□□□□□		2	眾鳥皆有所登棲兮 鳳獨遑遑無所集
15	8兮6	□□□□□□□□兮 □□□□□□		2	竊悲夫蕙華之曾敷兮 紛旖旎乎都房
16	8兮7	□□□□□□□□兮 □□□□□□□	1		吾不能變心而從俗兮 固將愁苦而終窮
16	9兮6	□□□□□□□□□兮 □□□□□□		1	願賜不肖之軀而別離兮 放游志乎雲中
8	43兮	□□□□ □□□　兮	*25		后皇嘉樹 橘徠服　兮

9	44兮	□□□□ □□□□　兮		15	綠葉素榮 紛其可喜　兮
10	45兮	□□□□ □□□□□　兮		2	懷信侘傺 忽乎吾將行　兮
9	53兮	□□□□□ □□□　兮		1	知死不可讓 願勿愛　兮
12	65兮	□□□□□□ □□□□□　兮		1	世溷濁莫吾知 人心不可謂　兮
	合計		255	337	143	

附註：表二之（一）至（四）四表之句型範例，悉採出現此句型最多之篇章之文句，若各
　　　篇出現該句型數相同者，則錄較早出現之篇章文句爲例。

表三：三九關係詞分析表

篇名	於	于	其	余	夫	焉	乎	與	以	而	之	反	若	寧	更	苟
九歌　東皇太一																
雲中君							1									
湘　君									2							
湘夫人								1	1		1					
大司命								1	1							
少司命								3	1		2					
東　君											1					
河　伯								2			1					
山　鬼	1									1	2					
國　殤									2							
禮　魂																
小　計	1							8	7	1	7					
九章　惜　誦	1			1				4	22	32	15	1				
涉　江			2				2	3	6	12	9					1
哀　郢		3				1		2	7	29	23					
抽　思								5	13	22	20	1				
懷　沙			1						8	7	7					
思美人	1	2						5	9	30	12			1		
惜往日	2	3						3	7	36	21			1		
橘　頌								1	2	2						
悲回風		5							14	36	51			1	1	
小　計	4	14	3			1	2	23	88	206	158	2		3	1	1
九　辯	3	5					6	2	9	116	69					
合　計	8	19	3			1	8	33	104	323	234	2		3	1	1

篇名＼關係詞		固	故	既	及	則	然	所	遂	雖	斯	亦	愈	又	爰	且	合計
九歌	東皇太一																
	雲中君			2													3
	湘君																2
	湘夫人			1													4
	大司命	1		1									1				5
	少司命																6
	東君			1													2
	河伯																3
	山鬼			2			1							2			9
	國殤			2										1			5
	禮魂																
	小　計	1		9			1						1	3			39
九章	惜誦	1	3						1			1		7			89
	涉江	1		1						1				1			39
	哀郢																65
	抽思	1	1	2										2			67
	懷沙														1		24
	思美人	1		1	1		1	1									65
	惜往日								1	2				1			77
	橘頌		1														6
	悲回風								1			1					110
	小　計	4	5	4	1		1	1	3	3		2		11	1		542
九　辯		1		3			5					2	1	1			223
合　計		6	5	16	1		7	1	3	3		4	2	15	1		804

附註：本表〈九歌〉、〈九章〉所標使用次數，係依據傅錫壬先生《楚辭語法研究》所收錄者統計所得，〈九辯〉則依傅氏提示之原則加以統計。

表四：三九指稱詞分析表

指稱詞 ＼ 篇名			東皇太一	雲中君	湘君	湘夫人	大司命	少司命	東君	河伯	山鬼	國殤	禮魂	九歌小計
三身指稱詞	第一身	余	1		4	3	1		2		1	2		14
		予				2	1	1		1	2			7
		朕												
		我									2			2
		吾			2		2							4
	第二身	汝					1	2		2				5
		爾												
	第三身	之				1								1
		厥												
		其												
專稱指稱詞	第二身	子								1	1	1		3
		公子			1						2			3
		君	1		4		2	1			2			10
	第三身	蓀					2							2
確定指稱詞	近指	茲												
		斯												
		是												
		此												
		之												
	遠指	彼												
		夫		1	1			1						3
合　計			2	1	12	6	9	5	2	4	10	3		54

指稱詞＼篇名			惜誦	涉江	哀郢	抽思	懷沙	思美人	惜往日	橘頌	悲回風	九章小計	九辯	總計
三身指稱詞	第一身	余	4	7	1	5	5					22	6	42
		予												7
		朕				1		1				2		2
		我	1			2		1				4		6
		吾	5	7	3	5	2	7			1	30	1	35
	第二身	汝	1									1		6
		爾								1		1		1
	第三身	之	4		3		3	1	7			18	6	25
		厥						1				1		1
		其			1	3	2		1			7	6	13
專稱指稱詞	第二身	子												3
		公子												3
		君												10
	第三身	蓀				3						3		5
確定指稱詞	近指	茲	1			1						2		2
		斯				2						2		2
		是	1									1		1
		此	3	1		2		4	1		3	14	7	21
		之	1									1		1
	遠指	彼											1	1
		夫											3	6
合計			21	15	8	24	12	15	9	1	4	109	30	193

附註：本表參考傅錫壬先生《楚辭語法研究》第一編指稱詞研究所附三身指稱詞出現統計表、專稱用法統計表、確定指稱詞統計表編成。其指稱詞出現之次數，〈九歌〉、〈九章〉部分據傅先生之統計，〈九辯〉則據原文統計。

表五：三九所見楚方言分析表

楚方言		靈	壇	褋	輈	葯	橈	離(蘺)	宿莽	潭	筊	汋	棘	紀	長鋏	搴	遭(遭迴)
各家收錄情形	駱								✓	✓		✓			✓		✓
	向	✓	✓	✓	✓	✓	✓			✓	✓				✓		
	姜	✓	✓	✓	✓			✓	✓	✓	✓	✓	✓		✓	✓	✓
	傅	✓	✓	✓	✓	✓		✓	✓	✓	✓	✓	✓		✓	✓	✓
九歌	東皇太一	1															
	雲中君	1															
	湘君						1									1	1
	湘夫人		1	1		1										1	
	大司命																
	少司命																
	東君	1			1												
	河伯																
	山鬼																
	國殤																
	禮魂																
九章	惜誦							1									1
	涉江		1												1		1
	哀郢																
	抽思									1							
	懷沙										1						
	思美人								1							1	1
	惜往日											1					
	橘頌												1				
	悲回風													1			
九辯																	1
例句		靈偃蹇兮姣服	蓀壁兮紫壇	遺余褋兮醴浦	駕龍輈兮乘雷	辛夷楣兮葯房	蓀橈兮蘭旌	播江離與滋菊	搴長洲之宿莽	長瀨湍流泝江潭兮	鳳凰在筊兮	乘汜汋以下流兮	曾枝剡棘	罔芒芒之無紀	帶長鋏之陸離兮	搴芙蓉兮木末	遭吾道兮洞庭

楚方言		睇	極	離	覽	步馬	判(牉)	哈	欿	蹠	※寓	訑	戹	華	窕	憑(馮)	悼
各家收錄情形	駱												✓			✓	
	向	✓															
	姜	✓	✓	✓	✓	✓	✓	✓	✓	✓	✓			✓		✓	✓
	傅	✓						✓	✓					✓	✓	✓	✓
九歌	東皇太一																
	雲中君													1			
	湘君																
	湘夫人																
	大司命		1														
	少司命																
	東君																
	河伯																
	山鬼	1													1		
	國殤																
	禮魂																
九章	惜誦		1	2			1	1									
	涉江			1					1								
	哀郢									1							
	抽思				2		1										1
	懷沙	1															
	思美人										·1				1		
	惜往日												1				
	橘頌																
	悲回風																1
九辯													1			1	1
例句		既含睇兮又宜笑	老冉冉兮既極	紛逢尤以離謗兮	覽民尤以自鎮	步余馬兮山皋	背膺牉以交痛兮	又眾兆之所哈	欿秋冬之緒風	眇不知其所蹠	羌迅高而難寓	或訑謾而不疑	戹屯騎之容容	華采衣兮若英	子慕予兮善窈窕	羌憑心猶未化	心震悼而不敢

楚方言		爰	※娃(佳)	搏	莽	※獨	寂(宋)	嬋媛	汩	佗傺	蹇產	遙搖	羌	謇(寒)	合計
各家收錄情形	駱									v			v	v	10
	向		v												11
	姜	v	v	v				v	v	v	v		v	v	36
	傅	v	v	v	v	v	v	v	v	v		v	v	v	33
九歌	東皇太一														1
	雲中君													1	3
	湘君								1					1	5
	湘夫人														4
	大司命												1		2
	少司命														0
	東君												1		3
	河伯														0
	山鬼												1		3
	國殤														0
	禮魂														0
九章	惜誦									2			2	1	12
	涉江									1					6
	哀郢							1		1	1		1	1	6
	抽思										1	1	1	1	9
	懷沙	1			1	·1			2				1		7
	思美人													1	5
	惜往日		·1												3
	橘頌			1											2
	悲回風				1			1							4
九辯					2		2			1			1	3	13
例句		曾傷爰哀永歎喟兮	姱娃冶之芬芳	圓果搏兮	草木莽莽	懷質抱情獨無匹兮	蟬寂寞而無聲	女嬋媛兮為余太息	汩徂南土	心鬱邑余佗傺兮	思蹇產而不釋	愁歎苦神靈遙思兮 / 願搖起而橫奔兮	羌愈思兮愁人	謇將憺兮壽宮	

附註：本表據駱鴻凱〈《楚辭章句》徵引楚語考〉，向夏〈屈原賦九歌天問九章楚語方言詞
　　　音證〉，姜書閣〈屈賦楚語義疏〉及傅錫壬先生〈楚辭方言考辨〉四文所收之楚語
　　　繪製，其排列之次大抵依名詞、動詞、形容詞、副詞、語氣詞為序。
　※寓，〈思美人〉：「羌迅高而難當。」補註：「一云『羌迅高而難寓』。」姜書閣先生以
　　　為一云為是。故錄此條。（見《先秦辭賦原論》頁 103）。然以韻腳言之，似應作「當」，
　　　故合計不列入。
　※娃，〈惜往日〉：「妬佳冶之芬芳兮。」補註：「佳一作娃。」補曰：「娃，於佳切，吳
　　　楚之間謂好曰娃。」則洪興祖亦以娃為是。向夏〈屈原賦九歌天問九章楚語方言詞
　　　音證〉亦引《方言》及《說文解字》之說謂：「以娃為好，當為楚語方言詞無疑。
　　　今本《楚辭・惜往日》篇作『佳』，誤。佳娃二字中古疊韻，形音相近而譌也。」
　※獨字僅傅氏收錄，其案語言：「又考《方言》十二云：『一，蜀也，南楚謂之蜀。』
　　　（郭註：蜀猶獨耳。）然則獨亦楚方言。」然據郭璞註，或以通語「獨」釋楚語「蜀」，
　　　且傅氏止錄〈九章・懷沙〉「懷質抱情獨無匹兮」之「獨」。然他篇亦多見「獨」字，
　　　作孤獨之意，傅氏則未錄。故此字暫存疑，合計不列入。

表六：三九韻部比較表

篇名 \ 韻部	歌	月	元	脂	質	眞	微	沒	諄	支	錫	耕
九歌 東皇太一												
九歌 雲中君												
九歌 湘君		4	2			1						4
九歌 湘夫人		4	3						2			
九歌 大司命	6					3			3			
九歌 少司命	3	3								1		6
九歌 東君	1				2		3					
九歌 河伯	3						2					
九歌 山鬼	2		3									2
九歌 國殤			2						2			
九歌 禮魂												
九歌 小計	15	11	10		2	4	5		7	1		12
九章 惜誦			6			1			6			2
九章 涉江		2	2			2	2					
九章 哀郢		1	6			1		1				1
九章 抽思	2	2	2			3		1				4
九章 懷沙				2	2			6				4
九章 思美人	2	2							1			
九章 惜往日												
九章 橘頌	2		2									
九章 悲回風	2		2	1	1	2			2		9	
九章 小計	8	7	20	3	3	9	2	8	9		9	11
九辯	4	7	3	4	1	4	12	2	3		4	9
合計	27	25	33	7	6	17	19	10	19	1	13	32

韻部／篇名		魚	鐸	陽	侯	屋	東	宵	藥	幽	覺	冬	之
九歌	東皇太一			8									
	雲中君			5								4	
	湘君	5								4			2
	湘夫人	6		8									
	大司命	6		3									
	少司命	4											2
	東君	4		7									
	河伯	5		5								2	
	山鬼	3	3					2		2			4
	國殤	4		2									
	禮魂	4											
	小計	41	3	38				2		6		6	8
九章	惜誦	2	4	5						6			10
	涉江	7	2	8								2	2
	哀郢	2	4	2			2				2		5
	抽思	4	2	4			2			3	1		4
	懷沙	9	1	6			2				1		6
	思美人	3	3	4		2				3		1	12
	惜往日				1			1		8			20
	橘頌			2						4			5
	悲回風	7	3	12			2			2			6
	小計	34	19	43	1	2	8	1		26	4	3	70
九辯		13	9	23			9	3	2	4		1	8
合計		88	31	104	1	2	17	6	2	36	4	10	86

篇名＼韻部	職	蒸	緝	侵	帖	添	盍	談	合計
東皇太一									8
雲中君									9
湘君	3								25
湘夫人									23
大司命									21
少司命									19
東君									17
河伯									17
山鬼									21
國殤		4					2		16
禮魂									4
小計	3	4					2		180
惜誦	2								44
涉江				2					31
哀郢	2			2	1		1		33
抽思	5			2				2	43
懷沙	1								40
思美人									33
惜往日	8								38
橘頌	3								18
悲回風	2	2							55
小計	23	2		6	1		1	2	335
九辯	12		4	1					142
合計	38	6	4	7	1		3	2	657

九歌（左側篇名欄）、九章（左側篇名欄）

附錄二：三九韻譜 [註1]

一、〈九歌〉韻譜

（一）〈東皇太一〉

（1）良、皇、琅，芳、漿，△、倡，堂、康（陽部）。[註2]

（二）〈雲中君〉

（1）芳、英、央，光、章（陽部）。（2）降、中、窮、懭（冬部）。

（三）〈湘君〉

（1）猶、洲、舟、流（幽部）。（2）來、思（之部）。（3）征、庭、旌、靈（耕部）。（4）極、息、側（職部）。（5）枻、雪、

〔註1〕 本韻譜以陳師新雄《古音學發微》所分三十二部及群經韻譜所附《楚辭》韻譜爲據，並參考江有誥《楚辭韻讀》、傅錫壬先生《新譯楚辭讀本》篇末附之韻譜及〈江有誥《楚辭韻讀》補正〉一文。

〔註2〕 聞氏《楚辭校補》云：「案本篇通例，無間兩句叶韻者，此不當獨爲例外，疑此句（楊枹兮拊鼓）下脫去一句。」傅錫壬先生亦從其說，故「漿」下之△，係代表脫句之韻字。字上之阿拉伯數字，係表示句次。如：良、皇、琅，表示韻字於一、二、四句，後皆同。

末[4]、絕[6]（月部）。（6）淺[1]、翩[2]、閒[4]（元眞合韻）（7）渚[2]、下[4]，浦[2]、女[4]、與[6]（魚部）。〔註3〕

（四）〈湘夫人〉

（1）渚[1]、予[2]、下[4]（魚部）。（2）望[1]、張[2]、上[4]（陽部）。（3）蘭[1]、言[2]、湲[4]（元部）。（4）裔[2]、澨[4]，逝[2]、蓋[4]（月部）。（5）堂[2]、房[4]，張[2]、芳[4]、衡[6]（陽部）。（6）門[2]、雲[4]（諄部）。（7）浦[2]、者[4]、與[6]（魚部）

（五）〈大司命〉

（1）門[1]、雲[2]、塵[4]（諄部）。（2）下[1]、女[2]、予[4]（魚部）。（3）翔[1]、陽[2]、坑[4]（陽部）。（4）被[1]、離[2]、爲[4]（歌部）。（5）華[1]、居[2]、疏[4]（魚部）。（6）轔[1]、天[2]、人[4]（眞部）。（7）何[1]、虧[2]、爲[4]（歌部）。

（六）〈少司命〉

（1）蕪[1]、下[2]、予[4]、苦[6]（魚部）。（2）青[1]、莖[2]、成[4]（耕部）。（3）辭[1]、旗[2]、知[4]（之支合韻）。（4）帶[1]、逝[2]、際[4]（月部）。（5）池[1]、阿[2]、歌[4]（歌部）。（6）旍[1]、星[2]、正[4]（耕部）。

（七）〈東君〉

（1）方[1]、桑[2]、明[4]（陽部）。（2）雷[1]、蛇[2]、懷[4]、歸[6]（微歌合韻）。（3）鼓[1]、簴[2]、姱[4]，舞[2]（魚部）。（4）節[3]、日[4]（質部）。（5）裳[1]、狼[2]、漿[4]、行[6]（陽部）。

〔註3〕凡韻字識以規者指非該部之字，而爲合韻，如「（6）淺、翩、閒」，則翩爲眞部字，其他爲元部字，後皆同。

（八）〈河伯〉

（1）河、波、蟯（歌部）。（2）望、蕩（陽部）。（3）歸、懷（微部）。（4）堂、宮、中（冬陽合韻）。（5）魚、渚、下（魚部）。（6）行、浦、迎、予（魚陽二部交錯成韻）。〔註4〕

（九）〈山鬼〉

（1）阿、羅（歌部）。（2）笑、窕（宵部）。（3）狸、旗、思、來（之部）。（4）下、雨、予（魚部）。（5）間、蔓、閒（元部）。（6）若、柏、作（鐸部）。（7）冥、鳴（耕部）。（8）蕭、憂（幽部）。

（十）〈國殤〉

（1）甲、接（盍部）。（2）雲、先（諄部）。（3）行、傷（陽部）。（4）馬、鼓、怒、躐（魚部）。（5）反、遠（元部）。（6）弓、懲，凌、雄（蒸部）。

（十一）〈禮魂〉

（1）鼓、舞、與、古（魚部）。〔註5〕

二、〈九章〉韻譜

（一）〈惜誦〉

（1）情、正（耕部）。（2）服、直（職部）。（3）肮、之（之

〔註4〕有交錯成韻者，加矩號別之。
〔註5〕今本〈禮魂〉僅五句，《楚辭校補》以爲「娉女倡兮容與」，上敓一句。傅錫壬先生：「校補說甚是，然此句當無韻腳。」

部）。（4）變[2]、遠[4]（元部）。（5）仇[2]、讎[4]，保[2]、道[4]（幽部）。（6）貧[2]、門[4]（諄部）。（7）志[2]、咍[4]（之部）。（8）釋[2]、白[4]，惡[2]、路[4]（鐸部）。（9）聞[2]、忳[4]（諄部）。（10）杭[2]、旁[4]（陽部）。（11）恃[2]、殆[4]，志[2]、態[4]（之部）。（12）伴[2]、援[4]（元部）。（13）好[2]、就[4]（幽部）。（14）言[2]、然[4]（元部）。（15）下[2]、所[4]（魚部）。（16）尤[2]、之[4]（之部）。（17）忍[2]、軫[4]（諄部）。（18）糧[2]、芳[4]，明[2]、⊙身[4]（陽眞合韻）。

（二）〈涉江〉

（1）衰[2]、嵬[4]（微部）。（2）璐[1]，顧[3]、圃[5]（魚部）。（3）英[1]，光[3]、湘[5]（陽部）。（4）風[2]、林[4]（侵部）。（5）汰[2]、滯[4]（月部）。（6）陽[2]、傷[4]（陽部）。（7）如[2]、居[4]，雨[2]、宇[4]（魚部）。（8）中[2]、窮[4]（冬部）。（9）行[2]、△[4]（陽部）。（10）以[2]、醢[4]（之部）。（11）人[2]、身[4]（眞部）。（12）遠[2]、壇[4]（元部）。（13）薄[2]、薄[4]（鐸部）。（14）當[2]、行[4]（陽部）。〔註6〕

（三）〈哀郢〉

（1）愍[2]、遷[4]（元部）。（2）亡[2]、行[4]（陽部）。（3）極[2]、得[4]（職部）。（4）霰[2]、見[4]（元部）。（5）蹢[2]、客[4]，薄[2]、釋[4]（鐸部）。（6）

〔註6〕「（2）璐、顧、圃」，此處傅錫壬從劉永濟說，以爲「被明月兮珮寶璐」應在「登崑崙兮食玉英」上。竊以爲原次無誤，蓋「被明月兮珮寶璐」及「登崑崙兮食玉英」，皆爲單句，下各接以兩組複句爲一節，依原次前後二詩節韻例一致（參見湯炳正《楚辭韻讀》讀後感一文）。又「桑扈臝行」下，江有誥云：「行，疑脫偶句。」

江、東（東部）。（7）反、遠（元部）。（8）心、風（侵部）。
（9）如、蕪（魚部）。（10）接、涉（盍帖合韻）。（11）復、
感（覺部）。（12）持、之（之部）。（13）天、名（眞耕合韻）。
（14）慨、邁（沒月合韻）。（15）時、丘、之（之部）。〔註7〕

（四）〈抽思〉

（1）傷、長（陽部）。（2）浮、懮（幽部）。（3）鎮、人（眞
部）。（4）期、志（之部）。（5）媠、怒（魚部）。（6）敢、憺
（談部）。（7）聞、患（諄元合韻）。（8）亡、光（陽部）。（9）
儀、虧（歌部）。（10）作、穫（鐸部）。（11）正、聽（耕部）。
（12）北、域，側、得、息（職部）。（13）歲、逝（月部）。
（14）星、營（耕部）。（15）同、容（東部）。（16）潭、心
（侵部）。（17）願、進（元眞合韻）。（18）姑、徂（魚部）。

<hr>

〔註7〕「堯舜之抗行兮」至「美超遠而逾邁」八句，《楚辭補註》：「此皆解
於〈九辯〉之中」。傅錫壬先生〈江有誥《楚辭韻讀》補正〉云：「以
上四句，王逸云：『此皆解於〈九辯〉中。』當爲〈九辯〉錯簡入此，
今刪。」又《新譯楚辭讀本》云：「由『堯舜之抗行兮』至『美超遠
而逾邁』等八句，洪補說是〈九辯〉的錯簡，今刪之。」然補注僅
謂「此皆解於〈九辯〉之中」，並未言爲〈九辯〉錯簡。然據《楚辭
補註》目錄下所注《釋文》之次，則〈九辯〉第二，〈九章〉第五，
故知王逸《楚辭章句》舊次〈九辯〉在先，〈九章〉在後，此八句解
於〈九辯〉中並不能證明其爲〈九辯〉錯簡，蓋宋玉之作亦有抄襲
屈作之可能。據游國恩〈《楚辭·九辯》的作者問題〉一文即指出〈九
辯〉抄襲屈賦處特多，類似此整句抄襲者，除此八句外，尚有抄自
〈離騷〉之四句（見《楚辭論文集》頁242）。故此八句四韻字復補
入。又，傅氏之說或承姜亮夫之說（見《屈原賦校注》頁431），然
姜氏之說，蘇雪林先生於《楚騷新詁》已有駁正（見頁366、367）。

（19）思、媒（之部）。（20）救、告（幽覺合韻）。〔註8〕

（五）〈懷沙〉

（1）莽、土（魚部）。（2）默、鞠（職覺合韻）。（3）抑、替（質部）。（4）鄙、改（之部）。（5）盛、正（耕部）。（6）章、明（陽部）。（7）下、舞（魚部）。（8）量、臧（陽部）。（9）濟、示（脂部）。（10）怪、態，采、有（之部）。（11）豐、容（東部）。（12）故、慕（魚部）。（13）強、像（陽部）。（14）暮、故（魚部）。（15）汩、忽，喟、謂（沒部）。（16）正、程（耕部）。（17）錯、懼（鐸魚合韻）。（18）愛、類（沒部）。〔註9〕

（六）〈思美人〉

（1）眙、詒（之部）。（2）發、達（月部）。（3）將、當（陽部）。（4）詒、志（之部）。（5）化、爲（歌部）。（6）度、路（鐸部）。（7）之、時、期（之部）。（8）悠、憂（幽部）。（9）莽、草（魚幽合韻）。（10）佩、異，態、竢（之職合韻）。（11）出、△（沒部）。（12）揚、章（陽部）。（13）木、足

〔註8〕「（8）亡、光」，今本〈抽思〉：「豈至今其庸亡」，「願蓀美之可完」，補註：「完，一作光。」劉永濟、聞氏、傅氏皆以爲「完」字當作「光」字。

〔註9〕「（15）汩、忽、喟、謂」，此從朱熹《楚辭集注》之說，將「曾傷爰哀，永歎喟兮。世溷濁莫吾知，人心不可謂兮」四句，置於「道遠忽兮」之下。「（16）正、程」，朱注：「匹當作正，字之誤也。」故從朱説改。

（屋部）。（14）能、疑（之部）。（15）度、暮、故（鐸魚合韻）〔註10〕

（七）〈惜往日〉

（1）時、疑、娭、治、之、否，欺、思、之，尤、之（之部）。

（2）流、昭，幽、聊，由、廚（幽宵侯合韻，昭，宵部；廚，侯部）。（3）牛、之（之部）。（4）憂、求、游（幽部）。

（5）之、疑，辭、之（之部）。（6）戒、得（職部）。（7）佩、好，代、意，置、載，備、異，再、識（職之幽合韻；佩、載、再，之部；好，幽部）。

（八）〈橘頌〉

（1）服、國（職部）。（2）志、喜（之部）。（3）搏、爛（元部）。（4）道、醜（幽部）。（5）異、喜（職之合韻）。（6）求、流（幽部）。（7）過、地（歌部）。（8）友、理（之部）。

（9）長、像（陽部）。〔註11〕

〔註10〕 「（11）出、△」，傅氏《新譯楚辭讀本》頁114：「『羌芳華自中出』下或有脫句。韻譜亦注：「此脫偶句」。「（15）度、暮、故」，《楚辭校補》云：「度、暮、故三字相叶，依二進韻例，當脫一韻。」然〈九章〉亦有三字相叶例，故聞氏之說非是。傅錫壬先生〈江有誥《楚辭韻讀》補正〉則云：「本篇韻例，凡句末為虛字叶前一字韻者，虛字必為二，今為三也字句，當脫一句。」然今本《楚辭》於「願及白日之未暮」下云：「一本句末有也字。」據此則江有誥以「度、暮、故」三字叶韻之說無誤。

〔註11〕 「（4）道、醜」，此從洪校一本作：「類任道兮」。

—407—

（九）〈悲回風〉

（1）傷、倡，忘、長，芳、章，芳、睨，羊、明（陽部）。（2）處、慮，曙、去（魚部）。（3）恃、止（之部）。（4）膺、仍（蒸部）。（5）湯、行（陽部）。（6）至、比（質脂合韻）。（7）聊、愁（幽部）。（8）還、聞（元諄合韻）。（9）默、得（職部）。（10）解、締（錫部）。（11）儀、爲（歌部）。（12）紆、娛、居（魚部）。（13）顛、天（眞部）。（14）霰、媛（諄元合韻）。（15）江、洶（東部）。（16）紀、止，右、期（之部）。（17）積、擊，策、迹，適、慼，適、迹，益、釋（錫鐸合韻）。

三、〈九辯〉韻譜

（一）

（1）衰、歸（微部）。（2）清、清、人，新、平、生、憐，聲、鳴，征、成（耕眞合韻）。

（二）

（1）廓、繹，客、薄（鐸部）。（2）化、何（歌部）。（3）思、事，意、異（之職合韻）。（4）歸、悲（微部）。（5）息、軾，得、惑、極、直（職部）。

（三）

（1）秋、楸，悠、愁（幽部）。（2）霜、藏，橫、黃，傷、

當，佯、將，攘、堂，方、明（陽部）。

（四）

（1）房、颭，芳、翔，明、傷（陽部）。（2）重、通（東部）。

（3）㳀、歎（元部）。

（五）

（1）錯、路，御、去，擧（鐸魚合韻）。（2）入，集、洽，合（緝部）。（3）歸、棲，衰、肥（微脂合韻）。（4）下、處（魚部）。（5）食、得，德、極（職部）。

（六）

（1）濟、至、死（脂質合韻）。（2）通、從、誦、容（東部）。

（七）

（1）固，錯（魚鐸合韻）。（2）教，樂、高（宵藥合韻）。

（3）溫、餐，垠、春（諄元合韻）。〔註12〕

（八）

（1）哀、悲，偕、毀、弛，冀、欷（微脂歌合韻，偕，脂部；弛，歌部）。（2）處、躇（魚部）。

（九）

（1）月、達（月部）。（2）之、之（之部）。（3）天、名（眞耕合韻）。（4）瑕、加（魚歌合韻）。（5）帶、介，愾、邁，

〔註12〕「（1）固、錯」，今本《楚辭》作鑿，聞氏《楚辭校補》引〈離騷〉及本篇上文並《文選·思玄賦》注證「鑿當爲錯，聲之誤也。」

穢、敗，昧（月沒合韻）。(6)藏，當、光（陽部）。

（十）

(1)適、惕，策、益（錫部）。(2)約、効（藥宵合韻）。(3)下、苦（魚部）。(4)薄、索（鐸部）。(5)之、之，之、之（之部）。〔註13〕

（十一）

(1)中，湛、豐（中，冬部；湛，侵部；豐，東部；此東冬侵合韻）。(2)躍、衙（魚部）。(3)從、容（東部）。(4)、臧恙（陽部）。

〔註13〕 （九）「願皓日之顯行兮，雲蒙蒙而蔽之。竊不自聊而願忠兮，或黕點而汙之。」（十）「寧戚謳於車下兮，桓公聞而知之。無伯樂之善相兮，今誰使乎譽之。周流涕以聊慮兮，惟著意而得之。紛純純之願忠兮，妬被離而鄣之。」「蔽之、汙之」，江有誥以為無韻，朱熹以為二之字叶韻，劉永濟以為「汙乃滓誤」，聞氏校補則以為蔽、汙乃接置省略。「知之、譽之」，江氏以為支魚合韻，劉氏以為「譽」當作「訾」，聞氏亦以為「譽」作「訾」，支脂合韻也。「得之、鄣之」，江氏以為無韻，劉氏疑「得」字誤，聞氏則以「得」乃「將」字之誤。考〈九辯〉以「之」字作句末，惟此六句，而江氏或曰無韻，或曰合韻，劉氏則皆以字誤說之，聞氏則或云接置省略，或云合韻，或云字誤，江、聞二氏於三組押韻說法有異，而劉氏則概以字誤為說，皆難令人信服。今查《詩經》、〈天問〉雖有以「之」字之上字為韻者，然《詩經》及《楚辭》中亦多以句末之「之」字為韻者，如《詩經‧魏風‧園有桃》一、二章，〈秦風‧小戎〉二章，〈離騷〉、〈九歌〉、〈天問〉、〈九章〉中亦屢見（參看《古音學發微》頁934～938），以是竊以為或從朱子以之字叶韻之說較合理也。

附　錄　三

表一：以九名篇擬作作品存佚及擬作作者年里表

朝代名	作者姓名	作品名稱	作品存佚	作品出處	作者生卒年代	作者籍貫	姜氏著錄	饒氏著錄
西漢	王褒	九懷	存	《楚辭補註》卷十五	宣帝神爵元年卒（？～61B.C.）	四川資中		
	劉向	九歎	存	《楚辭補註》卷十六	昭帝元鳳二年至成帝綏和二年（79～8B.C.）	江蘇豐縣		
東漢	王逸	九思	存	《楚辭補註》卷十七	和帝永元初年至桓帝延熹初年（約89～158）	湖北襄陽		
	崔琦	九咨	佚	《後漢書》本傳著錄	和帝永元末年至桓帝延熹初年（約104～158）	河北安平	418	53
	服虔	九憤	佚	《後漢書》本傳著錄	約桓帝、靈帝間（約168前後）	河南滎陽	418	53
	蔡邕	九惟	殘	《藝文類聚》卷三十五	順帝陽嘉二年至獻帝初平三年（133～192）	河南杞縣	419	53
魏晉	曹植	九詠	存	《藝文類聚》卷五十六	漢獻帝初平二年至魏明帝太和六年（192～232）	安徽亳縣	421	57
		九愁	存	《藝文類聚》卷三十五				
	陸喜	九思	佚	《晉書·陸雲傳》著錄	約吳景帝至晉武帝太康間（約260～289）	江蘇吳縣		
	陸機	九悲	佚	陸雲〈與兄平原書〉提及	吳景帝永安四年至晉惠帝太安二年（261～303）	江蘇吳縣		
	陸雲	九愍	存	《陸士龍文集》卷七	吳景帝永安五年至晉惠帝太安二年（262～303）	江蘇吳縣	424	57
		九悲	佚	陸雲〈與兄平原書〉提及				
		九愁	佚	（同上）				

朝代	作者	篇名	存佚	出處	年代	籍貫		
南北朝	張委	九憨	殘	《太平《御覽》》卷三五八	南朝宋（約420～477）	不詳		
	楊穆	九悼	佚	《隋書·經籍志》著錄	北朝後魏（約530前後）	陝西華陰	429	53
唐	皮日休	九諷	存	《皮子文藪》卷二	約武宗會昌三年至僖宗中和三年（843～883前後）	湖北襄陽	430	54
宋	鮮于侁	九誦	殘	《淵鑑類函》卷一九八	眞宗大中祥符九年至哲宗元祐二年（1019～1087）	四川閬中	437	
	黃伯思	九詠洛陽	佚	《東觀餘論》卷下有跋語	神宗元豐二年至徽宗政和八年（1079～1118）	福建邵武		
		九詠	佚	《直齋書錄解題》卷十五著錄				
南宋	高似孫	九懷	存	《騷略》卷一	約孝宗淳熙前後（約1184前後）	浙江餘姚	441	54
金	趙秉文	黃河九昭	存	《閑閑老人滏水集》卷一	海陵王正隆四年至哀宗天興元年（1159～1232）	河北磁縣	442	59
元	揭傒斯	九招	殘	《揭文安公全集》卷十四	世祖至元十一年至惠宗至正四年（1274～1344）	江西豐城		
明	劉基	九嘆	存	《誠意伯文集》卷九	元武宗至大四年至明太祖洪武八年（1311～1375）	浙江青田	444	60
		九難	存	《誠意伯文集》卷四《郁離子》				
	王禕	九誦	存	《王忠文公集》卷十六	元英宗至治元年至明太祖洪武五年（1321～1372）	浙江義烏	447	60
	何景明	九詠	存	《大復集》卷三	憲宗成化十九年至武宗正德十六年（1483～1521）	河南信陽		
	黃道周	九繹	存	《黃漳浦集》卷三十六	神宗萬曆十三年至清世祖順治二年（1585～1646）	福建漳浦	452	
		九鼙	存	（同上）			452	
		九訴	存	（同上）			452	
	王夫之	九昭	存	《楚辭通釋》卷末	神宗萬曆四十七年至清聖祖康熙三十一年（1619～1692）	湖南衡陽	449	61
		九礪	殘	《薑齋文集》卷六著錄，《詩集憶得》錄其一				
	夏完淳	九哀	存	《夏內史集》卷二	思宗崇禎四年至清世祖順治四年（1631～1647）	江蘇松江	449	61

清	尤侗	九訟	存	《西堂雜俎》三集卷二	明神宗萬曆四十六年至清聖祖康熙四十三年（1618～1704）	江蘇吳縣	455	
	凌廷堪	祀古辭人九歌	存	《校禮堂文集》卷六	高宗乾隆二十年至仁宗嘉慶十四年（1755～1809）	安徽歙縣		
		九慰	存	（同上）			457	
	王詒壽	九招	存	《縵雅堂駢體文》卷八	宣宗道光十年至德宗光緒七年（1830～1881）	浙江紹興	457	62

附註：

1. 「姜氏著錄」欄所標即姜亮夫先生《楚辭書目五種》頁碼，「饒氏著錄」欄所標即饒宗頤先生《楚辭書錄》頁碼。

2. 姜亮夫先生《楚辭書目五種》於頁449～457，依序著錄夏完淳〈九哀〉、王夫之〈九昭〉、黃道周〈九繹〉、〈九聱〉、〈九訴〉、尤侗〈九訟〉、王詒壽〈九招〉、凌廷堪〈九慰〉，既未依生年爲序，亦不依卒年爲次，今悉從生年爲序，然尤侗雖生於王夫之、夏完淳之前，以仕於清，故移於完淳後，隸屬清代。

表二：擬作作者與屈宋關係示意表

與屈宋關係 ＼ 作者姓名	性格之相似								際遇之雷同						同鄉之情懷			憂國之悲憤	
	守死善道	△好修廉潔	嫉惡好善	△忠貞正直	孤高激烈	好諫善諷	悲天憫人	※自悲自憐	△遭讒被搆	△見疏去官	貶謫放逐	遭閔罹亂	△塊然逆旅	△懷才不遇	△兩湖之士	籍隸楚地	△南方作家	宗臣憂國	志士懼亡
王　褒						✓											✓		
劉　向		✓		✓		✓				✓						✓	✓	✓	
王　逸															✓	✓	✓		
崔　琦			✓			✓											✓		
服　虔		✓			✓							✓					✓		
蔡　邕			✓		✓	✓	✓		✓		✓						✓		
曹　植				✓	✓					✓	✓		✓			✓	✓	✓	
陸　喜		✓															✓		
陸　機						✓			✓		✓					✓	✓	✓	
陸　雲		✓		✓					✓	✓						✓	✓		
張　委																			
楊　穆																			
皮日休			✓		✓	✓							✓		✓	✓	✓		
鮮于侁	✓		✓			✓											✓		
黃伯思			✓														✓		
高似孫																✓	✓		
趙秉文			✓	✓		✓											✓		
揭傒斯			✓	✓												✓	✓		
劉　基			✓	✓					✓				✓			✓	✓		
王　禕	✓					✓					✓	✓				✓	✓		
何景明			✓	✓						✓						✓	✓		
黃道周	✓	✓	✓	✓	✓	✓	✓				✓	✓					✓		✓
王夫之		✓		✓		✓							✓	✓	✓	✓	✓		
夏完淳	✓			✓		✓							✓			✓	✓		✓
尤　侗								✓						✓		✓	✓		
凌廷堪														✓	✓	✓	✓		
王詒壽														✓	✓	✓	✓		

備註：1. 加△號者乃屈宋皆然者。
　　　2. 加※號者乃宋玉獨有者。

參考書目

一、《楚辭》類

1. 《楚辭章句》，王逸，馮紹祖觀妙齋刊本，藝文印書館，民國 63 年 4 月再版。

2. 《楚辭補註》，洪興祖，江南圖書館藏明繙宋本，臺灣商務印書館四部叢刊正編，民國 68 年 11 月臺一版。

3. 《楚辭補註》，洪興祖，惜陰軒叢書本，藝文印書館，民國 70 年 3 月六版。

4. 《楚辭集注》，朱熹，華正書局，民國 63 年 7 月臺一版。

5. 《屈宋古音義》，陳第，學津討原本，臺灣商務印書館叢書集成簡編，民國 55 年 6 月臺一版。

6. 《楚辭聽直》，黃文煥，新文豐出版社《楚辭彙編》，民國 75 年 3 月臺一版。

7. 《楚辭通釋》，王夫之，廣文書局，民國 68 年 5 月出版。

8. 《楚辭通釋》，王夫之，里仁書局，民國 70 年 10 月出版。

9. 《楚辭疏》，陸時雍，新文豐出版社《楚辭彙編》，民國 75 年 3 月臺一版。

10. 《楚辭燈》，林雲銘，廣文書局，民國 60 年 12 月再版。

11. 《屈子雜文箋略》，王邦采，光緒中廣雅書局刊，民國 9 年番禺徐紹榮重印，中研院史語所藏。

12. 《山帶閣注楚辭》，蔣驥，廣文書局，民國 60 年 7 月三版。

13. 《楚辭評註》，王萌，慎修堂本，中研院史語所藏。

14. 《楚辭新注》，屈復，青照堂叢書本，中研院史語所藏。

15. 《屈原賦注初稿》，戴震，藝文印書館，民國 45 年 10 月初版。

16. 《楚辭韻讀》，江有誥，渭南嚴氏斠刊本，廣文書局音韻學叢書，民國 55 年 1 月初版。

17. 《屈辭精義》，陳本禮，廣文書局，民國 60 年 12 月再版。

18. 《楚辭釋》，王闓運，方守道校刊本，廣文書局，民國 61 年 1 月初版。

19. 《屈賦微》，馬其昶，光緒丙午集虛草堂校刊本，新文豐出版社《楚辭彙編》，民國 75 年 3 月臺一版。

20. 《楚辭書錄》，饒宗頤，選堂叢書，民國 45 年 1 月初版。

21. 《楚辭書目五種》，姜亮夫，明倫出版社，民國 60 年 10 月出版。

22. 《楚辭校補》，聞一多，收入《古典新義》一書，九思出版社，民國 67 年 2 月臺一版。

23. 〈中國近三十年楚辭論文索引〉，史墨卿，《離騷引義》一書附，華正書局，民國 72 年 4 月初版。

24. 《楚辭》，蔣善國，新文豐出版公司零玉碎金集刊，民國 71 年 8 月初版。

25. 《楚騷新詁》，蘇雪林，國立編譯館中華叢書，民國 67 年 3 月出版。

26. 《新譯楚辭讀本》，傅錫壬，三民書局，民國 65 年 7 月初版。

27. 《楚辭精注》，何敬群，正中書局，民國 67 年 4 月臺初版。

28. 《澤畔的悲歌——楚辭》，呂正惠，時報文化出版事業有限公司，民國 71 年 11 月三版。

29. 《楚辭》，日・藤野岩友，日・集英社漢詩大系，日・昭和 57 年 3 月十二版。

30. 《屈賦新箋》，楊胤宗，民國 68 年 10 月初版。

31. 《屈原賦今譯》，郭沫若。

32. 《屈原賦校注》，姜亮夫，華正書局，民國 63 年 7 月臺一版。

33. 《屈賦通箋附箋屈餘義》，劉永濟，學生書局，民國 61 年 4 月景印初版。

34. 《屈賦音注詳解》，劉永濟，崧高書社，民國 74 年 5 月出版。

35. 《屈賦新編》，譚介甫，里仁書局，民國 71 年 1 月出版。

36. 《屈原賦選》，王濤，源流出版社，民國 71 年 10 月初版。

37. 《屈原賦譯注》，袁梅，民國 72 年出版。

38. 《離騷九歌九章淺釋》，繆師天華，東大圖書公司，民國 64 年 9 月初版。

39. 《楚辭九章集釋》，王家歙，臺灣商務印書館人人文庫，民國 69 年 1 月出版。

40. 《離騷箋疏》，詹安泰，民國 73 年 5 月再版。

41. 《楚辭今繹講錄》，姜亮夫，民國 70 年 10 月一版。

42. 《楚辭論文集》，游國恩，九思出版社，民國 66 年 11 月臺一版。

43. 《楚辭概論》，游國恩，九思出版社，民國 67 年 2 月臺一版。

44. 《楚辭論文集》，蔣天樞，民國 71 年 7 月初版。

45. 《楚辭研究論文集》，余崇生，學海出版社，民國 74 年 1 月初版。

46. 《楚辭語法研究》，傅錫壬，嘉新水泥公司文化基金會研究論文。

47. 《楚辭作於漢代考》，何天行，上海中華書局，民國 37 年 4 月初版。

48. 《屈賦論叢》，蘇雪林，國立編譯館中華叢書，民國 69 年 12 月初版。

49. 《屈賦新探》，湯炳正，民國 73 年 2 月一版。

50. 《屈原賦說》，日・西村時彥，《碩園遺集》第五冊，中研院史語所藏。

51. 《屈原與九歌》，蘇雪林，廣東出版社，民國 62 年 4 月初版。

52. 《申論楚辭九歌二招之存疑》，鄭坦，臺灣商務印書館人人文庫，民國 68 年 9 月初版。

53. 《離騷九歌輯評》，王瀣，中華叢書委員會，民國 44 年 9 月出版。

54. 《九歌研究》，張壽平，廣文書局，民國 64 年 1 月再版。

55. 《九歌證辨》，馬承驌，文津出版社，民國 70 年 7 月出版。

56. 《九歌中人神戀愛問題》，蘇雪林，文星書店，民國 56 年 3 月初版。

57. 《九辯研究》，王家歙，臺灣商務印書館，民國 75 年 3 月初版。

58. 《詩人屈原及其作品研究》，林庚，民國 73 年 7 月出版。

59. 《學術先進屈原》，游國恩，弘道文化事業有限公司，民國 62 年 5 月初版。

60. 《屈原》，王世昭，國家出版社，民國 71 年 5 月出版。

二、經史子類

1. 《尚書》，嘉慶二十年江西南昌府學刊，藝文印書館十三經注疏本，未著出版年月。

2. 《周禮》，嘉慶二十年江西南昌府學刊，藝文印書館十三經注疏本，未著出版年月。

3. 《禮記》，嘉慶二十年江西南昌府學刊，藝文印書館十三經注疏本，未著出版年月。

4. 《左傳》，嘉慶二十年江西南昌府學刊，藝文印書館十三經注疏本，未著出版年月。

5. 《孟子》，嘉慶二十年江西南昌府學刊，藝文印書館十三經注疏本，未著出版年月。

6. 《國語》，九思出版有限公司，民國 67 年 11 月臺一版。

7. 《戰國策》，劉向集錄，九思出版有限公司，民國 67 年 11 月臺一版。

8. 《史記》，司馬遷，清乾隆武英殿刊本，藝文印書館，未著出版年月。

9. 《漢書》，班固，鼎文書局，民國 68 年 11 月初版。

10. 《後漢書》，范曄，鼎文書局，民國 68 年 11 月初版。

11. 《三國志》，陳壽，鼎文書局，民國 68 年 11 月初版。

12. 《晉書》，房玄齡等，鼎文書局，民國 69 年 3 月初版。

13. 《宋書》，沈約，鼎文書局，民國 69 年 3 月初版。

14. 《周書》，令狐德棻，鼎文書局，民國 69 年 3 月初版。

15. 《隋書》，魏徵，鼎文書局，民國 69 年 3 月初版。

16. 《宋史》，脫脫等，鼎文書局，民國 69 年 3 月初版。

17. 《金史》，脫脫等，鼎文書局，民國 69 年 3 月初版。

18. 《元史》，宋濂等，鼎文書局，民國 69 年 3 月初版。

19. 《明史》，張廷玉等，鼎文書局，民國 69 年 3 月初版。

20. 《清史稿》，趙爾巽等，鼎文書局，民國 70 年 9 月初版。

21. 《水經注》，酈道元，武英殿聚珍本，上海商務印書館四部叢刊初編，民國 54 年 8 月臺一版。

22. 《讀史方輿紀要》，顧祖禹，新興書局，民國 45 年 5 月初版。

23. 《郡齋讀書志》，晁公武，宋淳祐袁州刊本，臺灣商務印書館人人文庫，民國 67 年 1 月臺一版。

24. 《直齋書錄解題》，陳振孫，武英殿聚珍本，廣文書局書目續編，民國 57 年 3 月初版。

25. 《子略》，高似孫，廣文書局書目續編，民國 57 年 3 月初版。

26. 《國史經籍志》，焦竑，粵雅堂叢書本，廣文書局書目五編，民國 61 年 7 月初版。

27. 《世善堂藏書目錄》，陳第，知不足齋叢書本，藝文印書館百部叢書集成，未著出版年月。

28. 《四庫全書總目提要》，永瑢、紀昀等，武英殿本，臺灣商務印書館，民國 72 年 10 月初版。

29. 《荀子》，荀況撰，楊倞注，臺灣中華書局四部備要，民國 65 年 9 月臺四版。

30. 《顏氏家訓注》，顏之推撰·趙曉明註，漢京文化事業有限公司四部刊要，民國 70 年 4 月初版。

31. 《東觀餘論》，黃伯思，萬曆十二年秀水項氏萬卷堂本，漢華文化事業股份有限公司藝術賞鑑選珍五輯，民國 63 年 8 月初版。

32. 《鹿溪子》，歸有光輯，《諸子彙函》卷之九，中央圖書館藏。

33. 《筆乘》，焦竑，粵雅堂叢書本，臺灣商務印書館叢書集成簡編，民國 55 年 6 月臺一版。

34. 《日知錄集釋》，顧炎武撰·黃汝成集釋，日·中文出版社，1978 年 10 月出版。

35. 《讀書脞錄》，孫志祖，師大藏東北大學寄存書。

36. 《說苑》，劉向，臺灣中華書局四部備要，民國 54 年臺一版。

37. 《新序》，劉向，江南圖書館藏明翻宋刊本，上海商務印書館四部叢刊初編，民國 54 年 8 月臺一版。

38. 《拾遺記》，王嘉，古今逸史本，藝文印書館百部叢書集成，未著出版年月。

39. 《續說郛》，陶珽，清刊本，新興書局四部集要，民國 53 年 6 月一版。

40. 《聊齋誌異》，蒲松齡，里仁書局，民國 72 年 1 月出版。

41. 《校本紅樓夢》，曹雪芹，華正書局，民國 68 年 3 月出版。

42. 《唐才子傳》，辛文房，廣文書局筆記叢編，民國 58 年 1 月初版。

三、類書及總集類

1. 《藝文類聚》，歐陽詢，宋刻本，新興書局，民國 58 年 11 月新一版。

2. 《太平廣記》，李昉等奉敕編，新興書局，民國 48 年 1 月初版。

3. 《太平御覽》，李昉等奉敕編，靜嘉堂文庫藏宋刊本，新興書局，民國 48 年 1 月初版。

4. 《淵鑑類函》，清聖祖敕撰，康熙四十九年刻本，新興書局，民國 60 年 10 月出版。

5. 《李善注昭明文選》，蕭統編李善注，河洛圖書出版社，民國 64 年 5 月臺景印初版。

6. 《六臣注文選》，蕭統編，上海涵芬樓藏宋刊本，臺灣商務印書館四部叢刊正編，民國 68 年 11 月臺一版。

7. 《評註昭明文選》，于光華編，萬國圖書公司。

8. 《玉臺新詠》，徐陵編，臺灣中華書局四部備要，未著出版年月。

9. 《文苑英華》，李昉奉敕輯，知不足齋叢書本，華聯出版社，民國 54 年 5 月出版。

10. 《宋文鑑》，呂祖謙編，世界書局，民國 56 年 12 月再版。

11. 《漢魏六朝百三名家集》，張溥輯，文津出版社，民國 68 年 8 月出版。

12. 《古文析義》，林雲銘評註，廣文書局，民國 65 年 10 月四版。

13. 《古文辭類纂注》，姚鼐編，世界書局編輯部注，世界書局，民國 54 年 6 月再版。

14. 《全上古三代秦漢三國六朝文》，嚴可均輯，日・中文出版社，1981 年 6 月三版。

15. 《御定歷代賦彙》，陳元龍奉敕編，康熙四十五年刊本，日・中文出版社，1974 年 3 月初版。

16. 《七十家賦鈔》，張惠言編，道光元年合河康氏刊本，世界書局，民國 53 年 2 月初版。

17. 《漢魏六朝文》，臧勵龢選註，河洛圖書出版社，民國 64 年 9 月臺初版。

18. 《樂府詩集》，郭茂倩編，里仁書局，民國 69 年 12 月出版。

19. 《方東樹評古詩選》，方東樹評，聯經出版事業公司，民國 64 年 5 月初版。

20. 《唐宋詩舉要》，高步瀛，學海出版社，民國 66 年 8 月四版。

21. 《宋詞三百首箋注》，唐圭璋，粹文堂，民國 64 年 6 月再版。

22. 《歷代文約選詳評》，王禮卿，國立編譯館中華叢書，民國 65 年元月再版。

四、別集類

1. 《蔡中郎文集》，蔡邕，明蘭雪堂活字本，臺灣商務印書館四部叢刊正編，民國 68 年 11 月臺一版。

2. 《曹集詮評》，曹植著、丁晏評，廣文書局，民國 50 年 11 月初版。

3. 《曹子建詩注》，曹植著、黃節注，世界書局，民國 51 年 4 月初版。

4. 《陸士龍文集》，陸雲，明・陸元大翻宋本，臺灣商務印書館四部叢刊正編，民國 68 年 11 月臺一版。

5. 《謝康樂詩註》，謝靈運著、黃節註，藝文印書館，未著出版年月。

6. 《靖節先生集》，陶淵明著、陶澍註，河洛圖書出版公司，民國 63 年 9 月景印再版。

7. 《徐孝穆集》，徐陵，明・屠隆合刻評點本，臺灣商務印書館四部叢刊正編，民國 68 年 11 月臺一版。

8. 《王子安集》，王勃，臺灣商務印書館萬有文庫薈要，民國 54 年 8 月臺一版。

9. 《幽憂子》，盧照鄰，江安傅氏雙鑑樓藏明刊本，上海商務印書館四部叢刊初編，民國 54 年 8 月臺一版。

10. 《李太白全集》，李白著、王琦集註，華正書局，民國 68 年 3 月初版。

11. 《李遐叔文集》，李華，臺灣商務印書館四庫全書珍本三集，未著出版年月。

12. 《杜詩鏡詮》，杜甫著、楊倫編，成都志古堂本，華正書局，民國 67 年 9 月出版。

13. 《白氏長慶集》，白居易，江南圖書館藏日本活字本，上海商務印書館四部叢刊初編，民國 54 年 8 月臺一版。

14. 《昌谷集》，李賀，臺灣商務印書館國學叢書四百種，民國 57 年 9 月臺一版。

15. 《李賀詩集》，李賀，里仁書局，民國 69 年 8 月出版。

16. 《溫庭筠詩集》，溫庭筠，江南圖書館藏述古堂鈔本，上海商務印書館四部叢刊初編，民國 54 年 8 月臺一版。

17. 《鹿門隱書》，皮日休，文海出版社學海類編，民國 53 年 8 月初版。

18. 《皮子文藪》，皮日休，湘潭袁氏藏明刊本，臺灣商務印書館四部叢刊正編，民國 68 年 11 月臺一版。

19. 《蘇東坡全集》，蘇軾，河洛圖書出版社，民國 64 年 9 月臺景印初版。

20. 《淮海集》，秦觀，海鹽張氏涉園藏明嘉慶間刊本，臺灣商務印書館四部叢刊正編，民國 68 年 11 月臺一版。

21. 《濟北晁先生雞肋集》，晁補之，明·詩瘦閣仿宋刊本，臺灣商務印書館四部叢刊正編，民國 68 年 11 月臺一版。

22. 《梁谿先生全集》，李綱，中央圖書館藏道光間刊本，漢華文化事業股份有限公司宋名家集彙刊，民國 59 年 4 月初版。

23. 《稼軒詞編年箋注》，辛棄疾著、鄧廣銘箋註，華正書局，民國 67 年 12 月出版。

24. 《騷略》，高似孫，陶氏涉園影宋咸淳左圭原刻百川學海本，藝文印書館百部叢書集成，未著出版年月。

25. 《鐵函心史》，鄭思肖，世界書局，民國 54 年 4 月再版。

26. 《閑閑老人滏水集》，趙秉文，光緒王灝輯刊畿輔叢書本，藝文印書館百部叢書集成，未著出版年月。

27. 《揭文安公全集》，揭傒斯，烏程蔣氏密韵樓藏孔荭谷鈔本，臺灣商務印書館四部叢刊正編，民國 68 年 11 月臺一版。

28. 《誠意伯文集》，劉基，烏程許氏藏明刊本，臺灣商務印書館四部叢刊正編，民國 68 年 11 月臺一版。

29. 《王忠文公集》，王禕，同治胡鳳丹輯刊金華叢書本，藝文印書館百部叢書集成，未著出版年月。

30. 《大復集》，何景明，臺灣商務印書館四庫全書珍本七集，未著出版年月。

31. 《黃漳浦集》，黃道周，道光六年福州陳氏刊本，臺灣大學文學院圖書館藏。

32. 《船山遺書》，王夫之，上海太平洋書店民國二十二年重校本，師範大學國文系圖書室藏。

33. 《王船山詩文集》，王夫之，河洛圖書出版社，民國 64 年 3 月臺初版。

34. 《夏內史集》，夏完淳，清·吳省蘭輯刊藝海珠塵本，藝文印書館百部叢書集成，未著出版年月。

35. 《西堂雜俎》，尤侗，清·康熙間刊本，中研院史語所藏。

36. 《述學》，汪中，無錫孫氏藏本，臺灣商務印書館四部叢刊正編，民國 68 年 11 月臺一版。

37. 《校禮堂文集》，凌廷堪，嘉慶十八年刊本，中研院史語所藏。

38. 《縵雅堂駢體文》，王詒壽，榆園叢刻本，藝文印書館百部叢書集成，

未著出版年月。

39. 《王國維先生全集》，王國維，臺灣大通書局，民國 65 年 7 月初版。

40. 《劉申叔遺書》，劉師培，民國二十五年寧武南氏校印本，臺灣大新書局，民國 54 年 8 月出版。

41. 《飲冰室全集》，梁啓超，佳禾圖書社，民國 71 年 1 月出版。

42. 《胡適文存》，胡適，遠東圖書公司，民國 42 年 10 月初版。

五、文學史、論類

1. 《中國文學史論》，華師仲麐，臺灣開明書店，民國 65 年 3 月三版。

2. 《中國文學史》，葉師慶炳，臺灣學生書局，民國 71 年 8 月學一版。

3. 《中國文學史初稿》，黃師錦鋐等，福記文化圖書有限公司，民國 74 年 5 月修訂三版。

4. 《中國文學史》，蘇雪林，光啓出版社，民國 59 年 10 月初版。

5. 《中國文學發達史》，劉大杰，臺灣中華書局，民國 62 年 4 月臺四版。

6. 《中國文學發展史》，劉大杰，華正書局，民國 64 年 8 月初版。

7. 《中國文學發展史》，林文庚，清流出版社，民國 63 年 9 月三版。

8. 《繪圖本中國文學史》，鄭振鐸，宏業書局，未著出版年月。

9. 《中國文學史大綱》，容肇祖，文海出版社，民國 60 年 7 月初版。

10. 《新編中國文學史》，中國文學史研究委員會，文復書店，民國 71 年 2 月初版。

11. 《中國文學概說》，日·青木正兒，盤庚出版社，未著出版年月。

12. 《中國文學研究》，日·兒島獻吉郎著、胡行之譯，新文豐出版公司零玉碎金集刊，民國 71 年 8 月初版。

13. 《中國文學流變史（二）辭賦編》，李日剛，聯貫出版社，民國 65 年 3 月三版。

14. 《漢賦之史的研究》，陶秋英，新文豐出版公司零玉碎金集刊，民國 69 年 2 月初版。

15. 《中國文學流變史詩歌編》，李日剛，聯貫出版社，民國 65 年 10 月出版。

16. 《中國詩史》，陸侃如，未著出版年月。

17. 《中國駢文發展史》，張仁青，臺灣中華書局，民國 59 年 5 月初版。

18. 《宋元戲曲考》，王國維，純眞出版社，民國 71 年 9 月出版。

19. 《中國戲曲史》，孟瑤，傳記文學社，民國 58 年 12 月初版。

20. 《中國小說史》，孟瑤，傳記文學社，民國 59 年 12 月初版。

21. 《魏晉南北朝文學思想史》，張仁青，文史哲出版社，民國 67 年 12 月初版。

22. 《魏晉南北朝文學史參考資料》，林庚等編，漢學供應社，未著出版年月。

23. 《中國文學史研究》，梁容若，三民書局，民國 56 年 7 月初版。

24. 《中國文學論集》，徐復觀，臺灣學生書局，民國 65 年 9 月三版。

25. 《中國韻文通論》，傅師隸樸，正中書局，民國 71 年出版。

26. 《中國韻文通論》，陳鐘凡，臺灣中華書局，民國 73 年 9 月臺二版。

27. 《先秦文學》，游國恩，臺灣商務印書館，民國 61 年 8 月臺二版。

28. 《先秦辭賦原論》，姜書閣，民國 72 年 9 月初版。

29. 《賦史大要》，日·鈴木虎雄著、殷石臞譯，正中書局，民國 65 年 4 月臺二版。

30. 《中國駢文論》，瞿兌之，清流出版社，民國 60 年 11 月初版。

31. 《駢文學》，張仁青，文史哲出版社，民國 73 年 3 月初版。

32. 《中古文學史論》，王瑤，長安出版社，民國 71 年 8 月再版。

33. 《六朝文論》，廖蔚卿，聯經出版事業公司，民國 67 年 4 月初版。

34. 《漢魏六朝詩論稿》，李直方，龍門書店，民國 56 年出版。

35. 《中國三大詩人新論》，黃國彬，源流出版社，民國 72 年 4 月再版。

36. 《詩和詩人》，黃如卉，源流出版社，民國 71 年 11 月初版。

37. 《神話與詩》，聞一多，未著出版年月。

38. 《中國詩學思想篇》，黃永武，巨流圖書公司，民國 68 年 4 月出版。

39. 《詩經欣賞與研究》，裴普賢，三民書局，民國 66 年 12 月五版。

40. 《詩經比較研究與欣賞》，裴普賢，臺灣學生書局，民國 72 年出版。

41. 《司馬遷之人格與風格》，李長植，臺灣開明書店，民國 65 年 3 月臺九版。

42. 《古詩十九首探索》，馬茂元，河洛圖書出版社，民國 67 年 5 月臺景印初版。

43. 《陶詩彙評》，溫謙山纂訂，新文豐出版公司零玉碎金集刊，民國 69 年 2 月出版。

44. 《歷代名家評傳》，文鏡文化事業有限公司，民國 73 年 3 月初版。

45. 《曹植評傳》，劉維崇，黎明文化事業公司，民國 66 年 12 月初版。

46. 《李商隱和他的詩》，朱偰等，臺灣學生書局，民國 65 年 3 月再版。

47. 《李義山詩析論》，張淑香，藝文印書館，民國 63 年 3 月初版。

48. 《李清照研究》，何廣棪，九思出版社，民國 66 年 12 月初版。

49. 《文心雕龍注》，劉勰著、范文瀾注，學海出版社，民國 66 年 8 月初版。

50. 《文心雕龍注釋》，劉勰著、周振甫注，里仁書局，民國 73 年 5 月出版。

51. 《詩品注》，鍾嶸著、汪師履安注，正中書局，民國 65 年 3 月臺五版。

52. 《林泉隨筆》，張綸，明高鳴鳳輯今獻彙言本，藝文印書館百部叢書集成，未著出版年月。

53. 《六一居士詩話》，歐陽修，百川學海本，藝文印書館百部叢書集成，未著出版年月。

54. 《東坡題跋》，蘇軾，汲古閣本，廣文書局，民國 60 年 12 月初版。

55. 《容齋隨筆》，洪邁，臺灣商務印書館人人文庫，民國 63 年 5 月出版。

56. 《許彥周詩話》，許顗，百川學海本，藝文印書館百部叢書集成，未著出版年月。

57. 《西溪叢語》，姚寬，鶉鳴館刻本，臺灣商務印書館涵芬樓祕笈第六冊，民國 56 年 11 月臺一版。

58. 《四溟詩話》，謝榛，清道光海山仙館叢書本，藝文印書館百部叢書集成，未著出版年月。

59. 《藝苑卮言》，王世貞，藝文印書館《續歷代詩話》第四冊，未著出版年月。

60. 《文體明辨序說》，徐師曾，泰順書局，民國 62 年 9 月出版。

61. 《詩藪》，胡應麟，中央圖書館藏善本，廣文書局，民國 62 年 9 月初版。

62. 《閒情偶寄》，李漁，長安出版社，民國 68 年 9 月臺三版。

63. 《說詩晬語》，沈德潛，臺灣中華書局四部備要，未著出版年月。

64. 《文史通義》，章學誠，盤庚出版社，未著出版年月。

65. 《四六叢話》，孫梅，世界書局，民國 51 年 2 月初版。

66. 《藝概》，劉熙載，廣文書局，民國 63 年 10 月再版。

67. 《校注人間詞話》，王國維著、徐調孚校註，漢京文化事業有限公司，

民國 69 年 9 月初版。

68. 《文心雕龍與詩品之詩論比較》，馮吉權，文史哲出版社，民國 70
年 11 月初版。

69. 《修辭學》，黃師慶萱，三民書局，民國 64 年 1 月初版。

70. 《藝術的奧秘》，姚一葦，臺灣開明書店，民國 57 年 2 月初版。

71. 《苦悶的象徵》，日·廚川白村著、徐雲濤譯，經緯書局，民國 56
年 11 月出版。

六、其　他

1. 《説文解字》，許慎著、段玉裁注，經韵樓藏版，黎明文化事業公司，
民國 65 年 12 月三版。

2. 《古音學發微》，陳師新雄，文史哲出版社，民國 64 年 12 月再版。

3. 《中國文法講話》，許世瑛，臺灣開明書店，民國 65 年 3 月修訂十
二版。

4. 《要籍解題及其讀法》，梁啓超，華正書局，民國 63 年 9 月臺一版。

5. 《中國神話研究》，玄珠，廣文書局，民國 68 年 5 月初版。

6. 《中國疆域沿革略》，童書業，臺灣開明書店，民國 46 年 10 月臺一
版。

7. 《中國歷代地名要覽》，日·青山定雄，洪氏出版社，民國 64 年 2
月再版。

8. 《先秦諸子繫年》，錢穆，香港大學出版社，民國 45 年增訂初版。

9. 《中國通史》，羅香林，正中書局，民國 66 年 11 月臺十五版。

10. 《宋人傳記資料索引》，昌彼得等，鼎文書局，民國 69 年 5 月增訂
再版。

11. 《宋人軼事彙編》，丁傳靖，臺灣商務印書館，民國 71 年 9 月臺二
版。

七、論　文

1. 〈楚辭的時代背景及其形成因素〉，王師熙元，《中國文學講話》(二)，
巨流圖書公司。

2. 〈讀騷析疑〉，臺靜農，《東吳文史學報》第二號。

3. 〈伴你走入繁華有趣的神話世界——請讀《楚辭》〉，李紡訪彭毅，
《明道文藝》四十八期。

4. 〈楚辭的文學價值〉，傅錫壬，《中國文學講話》（一），巨流圖書公司。

5. 〈楚辭篇題探釋〉，傅錫壬，《淡江學報》第十期。

6. 〈楚辭方言考辨〉，傅錫壬，《淡江學報》第九期。

7. 〈江有誥楚辭韻讀補正〉，傅錫壬，《淡江學報》第六期。

8. 〈歷代楚辭品評要略〉，史墨卿，《中國國學》第十三期。

9. 〈楚辭重言觀〉，史墨卿，《高雄師院學報》第五期。

10. 〈楚辭之影響〉，史墨卿，《中國國學》第八期。

11. 〈楚辭虛字藝術觀〉，史墨卿，《高雄師院學報》第八期。

12. 〈楚辭對後代文學的影響〉，吳宏一，《中國文學講話》（二），巨流圖書公司。

13. 〈楚辭篇第爭論之辨識〉，張正體，《古典文學》第二集，臺灣學生書局。

14. 〈楚辭體製音韻之辨識〉，張正體，《中華文化復興月刊》十七卷十一期。

15. 〈楚辭源於詩經考〉，袁顯相，《嘉義農專學報》第三期。

16. 〈甚麼是楚辭〉，陸侃如，《楚辭研究論文集》，余崇生編，學海出版社。

17. 〈楚辭語法〉，張縱逸，《楚辭集釋》，新文豐出版公司。

18. 〈楚辭中的疊字研究〉，陳香，《學粹》九卷一、二期。

19. 〈楚辭屈宋文研究導論〉，何敬群，《珠海學報》第五期。

20. 〈論屈賦之流變〉，趙璧光，《成功大學學報》第八卷。

21. 〈論屈賦淵源於詩三百篇〉，魏子高，《中華文化復興月刊》十一卷十期。

22. 〈屈原作品中隱喻和象徵的探討〉，彭毅，《文學評論》第一集，書評書目社。

23. 〈屈原作品分論（之一）〉，郭沫若，《楚辭彙編》第九冊《屈子》，新文豐出版社。

24. 〈屈原作品分論（之二）〉，游國恩，《楚辭彙編》第九冊《屈子》，新文豐出版社。

25. 〈論時：屈賦發微〉，陳世驤著，古添洪譯，《幼獅月刊》四十五卷二、三期。

26. 〈屈原賦九歌天問九章楚語方言詞音證〉，向夏，《大陸雜誌》三十

五卷十一期。

27. 〈《楚辭章句》徵引楚語考〉，駱鴻凱，《師大國學叢刊》第一卷第一期。

28. 〈屈原評傳〉，王師熙元，《潘重規教授七秩誕辰論文集》。

29. 〈論屈原〉，黃師錦鋐，《中國文學講話》（二），巨流圖書公司。

30. 〈屈原研究〉，梁啓超，《國學研究會演講錄》，廣文書局。

31. 〈屈原的儒家精神〉，傅錫壬，《孔孟月刊》十四卷十二期。

32. 〈屈原爲儒家考〉，楊胤宗，《孔孟月刊》三卷十二期。

33. 〈屈原與宋玉〉，林庚，《中華學術論文集》，未著出版書局。

34. 〈愛國詩人屈原及其離騷〉，文懷沙，《中國文學名著巡禮》，陽明書局。

35. 〈楚辭九歌的名義問題〉，彭毅，《書目季刊》十卷二期。

36. 〈析論楚辭九歌的特質〉，彭毅，《臺靜農先生八十壽慶論文集》，聯經出版社。

37. 〈楚辭九歌的結構分析〉，陳世驤著、吳菲菲譯，《幼獅月刊》四十九卷五期。

38. 〈楚辭九歌的倒裝法〉，翁世華，《中華文化復興月刊》八卷六期。

39. 〈九歌中的上帝與自然神〉，文崇一，《中研院民族學研究所集刊》第十七期。

40. 〈銅鼓圖文與楚辭九歌〉，凌純聲，《中研院院刊》第一輯。

41. 〈九歌中河伯之研究〉，文崇一，《中研院民族學研究所集刊》第九期。

42. 〈國殤禮魂與馘首祭梟〉，凌純聲，《中研院民族學研究所集刊》第九期。

43. 〈楚辭國殤新解〉，蘇雪林，《大陸雜誌》四卷七期。

44. 〈什麼是九歌〉，陸侃如，北京述學社《國學月報彙刊》第一集，文海出版社。

45. 〈九歌之來源及篇數〉，李嘉言，《國文月刊》第五十八期。

46. 〈九歌的組織〉，徐嘉瑞，《文學遺產》增刊六輯。

47. 〈再論九歌爲漢歌辭考〉，孫楷第，《學原》二卷四期。

48. 〈九歌非民歌說〉，孫作雲，《語言與文學》，國立清華大學中國文學會編，中華書局。

49. 〈九歌山鬼考〉，孫作雲，《清華學報》十一卷四期。

50. 〈論九歌〉，馬茂元，《楚辭研究論文集》，余崇生編，學海出版社。

51. 〈略談九歌的來源篇章和作者問題〉，薛承明，新加坡大學《中文學會學報》第七期。

52. 〈楚辭九歌之舞曲結構〉，日・青木正兒著，孫作雲譯，《中國文學史論文選集》（一），臺灣學生書局。

53. 〈九章析論〉，張壽平，《中國文學講話》（二），巨流圖書公司。

54. 〈從九章考證屈原絕筆〉，楊胤宗，《大陸雜誌》二十四卷一期。

55. 〈屈原及其九章研究〉，袁顯相，《嘉義農專學報》第二期。

56. 〈楚辭哀郢篇研究〉，陳怡良，《中華文化復興月刊》十五卷七、八期。

57. 〈屈原哀郢與其存君興國思想〉，伏嘉謨，《藝文誌》二〇一期。

58. 〈從離騷的寫作年代說到離騷、惜誦、抽思、九辯的相互關係〉，孫作雲。

59. 〈宋玉及其九辯〉，葉師慶炳，《中國文學講話》（二），巨流圖書公司。

60. 〈宋玉評傳〉，陸侃如，《中國文學研究》，中文出版社。

61. 〈宋玉作品的真偽問題〉，胡念貽，《文史集林》第二輯，木鐸出版社。

62. 〈在中國古代文學裡遊仙思想的形成──楚辭遠遊溯源〉，彭毅，《鄭因百先生八十壽慶論文集》（下），臺灣商務印書館。

63. 〈說屈原話漁父〉，李正治，《鵝湖》二卷四期。

64. 〈稼軒與楚辭〉，傅錫壬，《文史季刊》一卷二期，廣文書局。

65. 〈楞伽、楚辭與李賀的悲劇〉，楊鍾基，《中國學人》第六期。

66. 〈服飾服食與巫俗傳說──從巫俗觀點對楚辭的考察〉，李豐楙，《古典文學》第三集，臺灣學生書局。

67. 《楚辭研究》，徐泉聲，師大國研所五十九年碩士論文。

68. 《六十年來之楚辭學》，黃志高，《師大國研所集刊》第二十二號。

69. 《屈子人格世界與騷歌之藝術境界》，楊宿珍，師大國研所六十八年碩士論文。

70. 《九歌天問二招的成立背景與楚辭文學精神的探討》，施淑女，臺大

文史叢刊。

71. 《楚辭二招析論》，張春榮，師大國研所集刊第二十八號。

72. 《屈賦與鄭澈歌辭之比較研究》，全英蘭，師大國研所七十年碩士論文。

73. 〈古音學與詩經〉，陳師新雄，《鍥不舍齋論學集》，臺灣學生書局。

74. 〈漢賦的文學價值〉，簡宗梧，《中國文學講話》（一），巨流圖書公司。

75. 〈漢賦中的山水景物〉，王國瓔，《中外文學》九卷五期。

76. 〈枚乘七發與其摹擬者〉，許世瑛，《中國文學史論文選集》（一），臺灣學生書局。

77. 〈談鵩鳥賦的用韻〉，許世瑛，《大陸雜誌》二十九卷十、十一期。

78. 〈鵩鳥賦與鸚鵡賦之比較研究〉，高秋鳳，《中華文化復興月刊》十八卷九期。

79. 〈談詩〉，錢穆，中國《古典文學論文精選叢刊詩歌類》，幼獅文化事業公司。

80. 〈神仙思想與遊仙詩研究〉，唐亦璋，《淡江學報》十四期。

81. 〈曹丕與曹植〉，林文月，《中國文學評論》第一冊，聯經出版事業公司。

82. 〈論李賀的詩〉，陳貽焮，《文學遺產增刊》五輯。

83. 〈聊齋女主角的塑造〉，梁伯傑，《中國古典文學研究叢刊小說之部》（二），巨流圖書公司。

84. 〈楚文化研究〉，文崇一，中研院《民族學研究所專刊》之十二。

85. 〈商代的神話與巫術〉，陳夢家，《燕京學報》第二十期。

86. 〈殷代的祭祀與巫術〉，張秉權，《史語所集刊》四十九本四分。

87. 〈河字意義的演變〉，屈萬里，中研院《史語所集刊》三十本上冊。

88. 〈淮南多楚語〉，陳麗桂，《漢學研究》二卷一期。

89. 《論漢賦之寫物言志傳統》，曹淑娟，《師大國研所集刊》第二十七號。

90. 《六朝詠懷組詩》，李正治，《師大國研所集刊》第二十五號。

91. 《六朝宮體詩研究》，黃婷婷，《師大國研所集刊》第二十八號。

92. 《劉向學述》，韓碧琴，《師大國研所集刊》第二十九號。